AUTOR

Rolf Suter, geboren 1959 in Zürich/Schweiz, hat einen handwerklichen Beruf gewählt, den des Malers. Geschichte im Allgemeinen faszinierte ihn schon seit früherster Jugend, hauptsächlich die Geschichte der Germanenstämme und der Kelten – vor allem die der Nordgermanen, der Wikinger. Ihre Epoche, ihr Glauben und die Runen ziehen ihn noch jetzt in Bann.

Nach vielen Reisen nach Skandinavien und England, Besuchen an den Schauplätzen der Geschichte entstand dieses Werk. Suter kennt jeden der Orte, die er beschreibt, er ist Fachmann für die Mythologie der Wikinger. Alle nachprüfbaren Behauptungen seines Werks stimmen.

Im Bann des Walknut

Walknut

Band 2

Neue Gestade

von
Rolf Suter

ELVEA

Impressum

www.elveaverlag.de
Kontakt: elveaverlag@gmail.com
© ELVEA 2019

ISBN: 978-3-94-6751-61-8

Lektorat: Michael Lohmann

Covergestaltung/Grafik: ELVEA

Coverfotos: Andrey Kiselev, Michael Rosskothen, Vyacheslav Biryukov

Layout: Uwe Köhl

LAYOUT

Projektleitung

BOOKUNIT
www.bookunit.de

RITUALE UND BLUT
WIND UND GÖTTER

Die letzten Minuten vor der Abreise. Wulfgar und Snorre standen zusammen und genossen ihren Abschiedsbecher. Ich konnte gut in Snorres Gesicht lesen, wie schwer es ihm fiel, sich von seinem neuen Freund zu trennen, mit dem er stundenlang über das Meer und das Erlebte sprechen konnte. Am liebsten hätte er die Kommandos für das Verstauen der Ladung gegeben. Und noch lieber würde er das Steuer selbst in die Hand nehmen und das Schiff durch die See steuern.

Einer nach dem anderen verabschiedete sich, bestieg das Schiff und nahm seinen Platz ein. Auch bei Olaf bemerkte man Unbehagen aufsteigen. Alle seine alten Freunde, mit denen er so viele Jahre gelebt und so manch blutige Schlacht geschlagen hatte, verließen ihn. Er blieb allein zurück. Wie er es wollte, mit seiner neuen Liebe. Er musste sich fühlen, als hätte er den Todesstoß erhalten. Era bemerkte seine Stimmung und hielt ihn eng umschlungen fest – nicht dass er noch im letzten Augenblick ins Boot spränge und sie zurückließe. Ich hatte Fenya in meinem Arm, während ich mich von meiner Familie verabschiedete. Auch Großvater wollte uns Lebewohl sagen; er wurde eigens auf einem Stuhl hergetragen. Mutter weinte stumm, als sie mich an sich drückte. Selbst Vaters kräftige Stimme schien zu versiegen, darum nahm er meine Hand zwischen seine und nickte nur mit seinen wässrigen Augen. Mein Bruder wünschte mir alles Gute und Hallveig küsste mich zum Abschied.

Behutsam setzte ich meine kleine Schwester Fenya wieder auf den Boden und drückte ihr einen Kuss auf die Stirn: »Mach deinen Eltern keine Sorgen und folge ihnen. Sie wollen nur dein Bestes.«

Sie nickte mir zu. »Ja das verspreche ich dir, Bruder. Kommst du denn wieder zurück?«, fragte sie mich mit ihrer feinen, hohen Stimme.

»Ja, aber natürlich. Ich will doch sehen, wie du gewachsen bist und wie schön du geworden bist.«

Sie strahlte mich an und gab mir einen Kuss. Ich erhob mich, winkte ihnen noch mal zu und sprang ins Boot. Die Leinen wurden vorn und hinten gelöst, langsam trennte sich das Schiff vom Anleger. Die Strömung zog unser Boot langsam in den Fjord.

Die Trennung riss mir innerlich fast das Herz heraus. Würde ich jemals zurückkehren? Oder war dies das letzte Mal? Erst als wir uns wegen des tosenden Meeres kaum noch verstanden, wurden die Ruder ausgefahren. Manch einer sah noch wehmütig zurück, wenn er sein Ruder zog. Schnell wurde das Segel gehisst und bald war von unserem Dorf nichts mehr zu sehen.

Björn versuchte, mich aus meinen schwermütigen Gedanken zu reißen. »Jetzt habe ich doch glatt vergessen, deine Mutter zu entführen.«

Wulfgar rief von hinten. »Mir fehlen Snorres Geschichten jetzt schon und wir sind noch nicht lange fort.«

Einar stand nur stumm neben Wulfgar und schaute in die Ferne.

Wir segelten an der Küste nach Norden, passierten Hunderte von Inseln, und rechts von uns lag immer noch das Festland. Ich hätte nie im Traum gedacht, dass unser Land so groß sein könnte. Ich verbrachte so manche Stunden stehend am Vordersteven, um zuzusehen, wie sich die Wellen daran brachen. Sonne, Wolken und Regen begleiteten uns auf unserer Reise.

Gloi auch. Manchmal flog er vor uns, dann wieder mit uns oder er saß neben mir auf einer Seekiste. Je weiter wir nach Norden segelten, desto spürbarer sanken die Temperaturen. Es wurde merklich kühler und auch die Vegetation veränderte sich. Die dichten Laub- und Nadelwälder verschwanden. Nur noch selten sahen wir Birken – alleine oder in Gruppen –, bis auch sie verschwanden und nur noch Tundra zu sehen war, geschmückt mit zerzausten Büschen. Ich wusste, ich war schon einmal hier. In meinem Traum. Ich flog mit den Runen über dieses Land.

Trotzdem fragte ich Einar: »Wollen wir uns mit den Eisriesen prügeln?«

Er schmunzelte. »Nein, keine Prügelei mit Eisriesen. Die Fahrt führt uns auch nicht an den Weltenrand. Wir stürzen keinesfalls ins Nichts hinab. Wir haben das Ziel morgen erreicht.«

Wulfgar nickte.

»Darf ich fragen, was oder wen wir in dieser Einöde abholen? Weshalb sind wir hier?«

»Ja, du sollst es auch wissen. Hier in dieser Einöde, wie du das nennst, befindet sich eine der größten Siedlungen der Goden und Schamanen. Sie suchen die Verbindung zu den Göttern. Es ist ein mächtiger Ort, wie der Weiher bei dir im Wald.«

»Und was wollen wir dort?«

»Wir ersuchen sie um ihre Hilfe. Wir bitten sie darum, uns bei deiner Weihe beizustehen.«

»Meiner Weihe?«

»Du hast gesagt, du willst unseren Weg gehen. Oder nicht?«

»Ja, ich will es noch immer.«

»Gut, jeder von uns kennt diesen Ort oder war schon einmal hier. Einen solchen Ort gibt es noch einmal da, wo wir leben. Ganz im Norden des Sachsenlands. Bei den Pikten, wo Hugh herkommt.« Dann wandte er seinen Blick wieder der See zu.

»Was erwartet mich dort, Einar?«

Wieder wandte er seinen Blick zu mir. »Das kann weder ich noch ein anderer von uns dir sagen. Jeder von uns bekommt eine andere Bestimmung. Ein anderes Los. Wir werden sehen.«

Gloi erhob sich und setzte sich flatternd auf meine Schultern. Als er Halt gefunden hatte, rückte er näher und rieb seinen Kopf an meinem. Sein Schnabel öffnete sich leicht und eine Art Gegurgel kam aus seiner Kehle.

»Dein Freund Gloi stimmt zu, wie ich meine«, schmunzelte Wulfgar.

»Sieht so aus.« Gloi verließ meine Schulter und stieg auf meinem Arm herunter, auf meine Hand und sah mich an. Stumm erwiderte ich seinen Blick, während mir Tausende Gedanken durch den Kopf gingen. Wie die beiden das gesagt hatten …

Am darauffolgenden Tag steuerte Wulfgar sein Schiff näher an die Küste. Sie war karg und an den meisten Stellen ragten steile Klippen aus dem Meer empor, die eine Landung unmöglich machten. Je näher wir der Küste kamen, desto deutlicher waren viele kleine Inseln auszumachen, die aus der See ragten – einige indes waren nicht zu sehen, wie Wulfgar uns sagte. Er hielt uns an, am Bug Wache zu halten. Skeld und ich übernahmen die Aufgabe und warnten vor Hindernissen und Untiefen. So steuerte Wulfgar das Schiff durch diese tückische Inselsperre hindurch. Als wir dieses Wirrwarr hinter uns gelassen hatten, sahen wir die Landungsstelle vor uns liegen. Langsam setzte Wulfgar das Schiff auf den Strand. Knirschend schob sich die Knorr durch den Kies und kippte dann leicht auf die linke Seite. Skeld und ich sprangen in das seichte, aber eiskalte Wasser und wateten an den Strand. Wir fassten die Seile und trieben Pflöcke in den Kies, banden dann die Seile darum, die das Boot hielten, sodass es sich bei höherem Seegang nicht vom Strand lösen konnte. Das Boot war gesichert. Björn und Hugh warfen uns Zelte, Decken, Kochtöpfe und so manche Utensilien herunter, die wir alle auf dem trockenen Strand aufhäuften. Immer mehr kamen uns zu Hilfe und halfen. Gloi betrachtete alles genau – auf einem Pflock sitzend. Plötzlich pfiff Björn und zeigte auf das Strandende.

»Ein Herold.«

Einar ging auf den Mann zu. Der Herold senkte seine Lanze. »Wer seid ihr? Aber ich glaube, ich kenne dich, oder?«

»Ja, das stimmt. Mein Name ist Einar Sturloson«, rief er ihm entgegen. Es war das erste Mal, dass ich Einars Familienname hörte.

Der Herold hob seine Lanze und nickte. »Er ist mir bekannt.« Mit der Lanze zeigte er aufs Landesinnere. »Schlagt eure Zelte auf der Ebene auf. Ich melde eure Ankunft meinem Herrn.« Er wendete sein Pferd und ritt davon. Wir schleppten alles auf die Ebene und stellten unsere Zelte auf.

»Wer bleibt als Wache beim Schiff?«, fragte ich. Alle sahen mich an, einige schmunzelten und andere lachten.

»Hier braucht niemand Wache zu stehen, Eric«, sagte Halfdan und schlug weiterhin Zeltpflöcke ein.

»Bist du sicher, Halfdan?«, fragte ich. Erneut schaute er mich an und legte den Hammer weg.

»Eric. Hier befindest du dich auf heiligem Boden. Du wirst die Wächter noch sehen. Hier kannst du einen Sack Gold auf den Boden legen und am anderen Morgen fehlt kein einziges der Goldstücke.«

»Weder die Wächter noch Priester streben und gieren nach Gold oder Edelsteinen. Nicht wie die Mönche und Heiligen unter dem Kreuz. Sie wollen und suchen nur die Verbindung zwischen den Göttern und uns«, sagte Njall zu mir.

Es dauerte nicht lange, bis der Herold mit einem ganz in Weiß gekleideten, alten Mann zurückgeritten kam. Sein grauer Bart reichte ihm bis zum Bauch. Unter seinen buschigen Augenbrauen schauten stechende grüne Augen auf uns. Begleitet wurden sie auf beiden Seiten von Soldaten, die Abstand hielten. Einar eilte ihnen entgegen und sank auf seine Knie.

»Steh auf, Einar Sturloson. Wir kennen dich. Du kommst nicht als Bittsteller.« Seine ruhige tiefe Stimme überraschte mich.

»Doch, Meister. Wir bitten dich und deine Brüder um eure Hilfe.«

»Welche Hilfe könnten wir euch Wölfen Odins geben?«, fragte er.

»Wir bitten um eure Hilfe bei der Weihe unseres neuen Bruders.« Einar zeigte auf mich.

»Es ist Eric Hallvardson.«

Seine grünen Augen durchbohrten mich. Ich konnte nicht anders, ich musste vor ihm auf die Knie. Ich spürte seine unglaubliche Macht. Seine Ausstrahlung, seine Aura. Wie ein König. Sein Blick zog mich in den Bann. Rabengekreisch war am Himmel zu hören und Gloi stieß im Sturzflug auf uns zu und setzte sich auf meine Schulter. Er plusterte sich auf und krächzte. Ich versuchte, ihn zu beruhigen, doch er protestierte lauthals weiter. Bald war auch klar, warum. Er wollte uns warnen. Wir waren nun auch von Fußsoldaten umzingelt. Alle Fußsoldaten trugen langstielige Äxte. Die Berittenen als Hauptwaffen Lanzen mit langen, scharfen Spitzen, an ihren Seiten hingen Schwerter. Alle trugen Helme, die über ihre Augen reichten und um die Augen ausgeschnitten waren. Ausnahmslos alle zeigten lange dichte Bärte, offen oder an den Enden zu Zöpfen geflochten. Ihre Körper wurden von einem dicken Lederpanzer in Fischschuppenmuster geschützt, der bis zu den Knien reichte. Auch die Fußsoldaten ließen an ihren breiten Gürteln ein Langschwert blitzen. Alle trugen Hosen in erdig-grüner Farbe mit Metallplättchen darauf. Ihre schweren Stiefel waren an den Schienbeinen zusätzlich mit einer dicken Lederschicht bestückt. Ihre Hände schützten Handschuhe, die über Handrücken und Finger zusätzlich mit Kettengliedergeflecht bestückt waren.

Der Gode erhob die Hand, was die Soldaten bewog, ihre Lanzen zu heben und ihre Äxte zu schultern. Langsam be-

ruhigte sich Gloi; er schien keine Aggression mehr zu spüren.

Der Gode schaute mich durchdringend an. »Eric Hallvardson ist dein Name – und dein Begleiter? Hat er einen Namen?«

»Entschuldigt, Herr, für sein Benehmen. Sein Name ist Gloi.«

Er schaute auf ihn. »Dein Freund glänzt tatsächlich wie schwarzes Gold und ist dir ohne Frage treu ergeben. Wie bist du zu ihm gekommen?«

Ich erzählte ihm in kurzen Worten, was geschehen war: Von Hild, ihrer Rettung und ihrem Gebet zu Freya. Er schaute mich erstaunt und durchdringend an. »Schweig nun, junger Hallvardson. Ich habe genug gehört.«

Mir blieb der Satz im Halse stecken und ich schwieg.

»Einar, um dich und deine Männer habe ich keine Angst. Aber gib auf den Jungen acht.«

Einar nickte.

»Du und Njall, wenn ich mich recht entsinne.« Er zeigte auf ihn.

»Ja, Herr. Euer Gedächtnis ist gut«, sagte Njall.

»Euch zwei will ich heute Abend bei mir und meinen Brüdern begrüßen. Dann werden wir alles besprechen. Ihr alle genießt unseren Schutz und den Frieden.« Er wendete sein Pferd und ritt mit seinem Herold und seinen berittenen Soldaten davon. Auch die Fußsoldaten verschwanden geräuschlos, wie sie gekommen waren.

Danach bauten wir das Lager weiter auf. Die letzten Zelte wurden aufgestellt. Brennholz, das wir genügend an Bord hatten, wurde aufgeschichtet, denn in dieser Tundra wäre es schwer gewesen, genügend Holz zu finden. Zusammen saßen wir ums Feuer und erzählten wieder mal Geschichten der Fahrten, Frauengeschichten und von toten Freunden.

Skeld rührte in seinem Topf und gab oft seinen Kommentar dazu – was zu häufigem Gelächter führte und zu neuen Geschichten. Ich erzählte ihnen die Geschichte, wie unsere Lebensgemeinschaft zusammenwuchs, über meine Altvorde-

ren und über deren Fahrten zu den Mauren und was sie dort erlebten. Alle hörten mir aufmerksam zu, stellten Fragen und, soweit ich das konnte, beantwortete ich sie.

Ingwar griff ein. »Das habe ich auch schon einmal gehört. Diese Mauren besitzen so viel Gold, dass sie es selbst nicht mehr zählen können.«

Halfdan schwärmte weiter. »Mir hat ein Händler in Jorvik davon erzählt und er schwärmte förmlich. Er erzählte das Gleiche wie Eric und wie schön die Frauen dort seien. Mit ihren schwarzen Augen, wenn sie einen ansehen, und gleich verliebt sind.«

Skeld unterbrach. »Hat ja schon Eric erzählt, wie schön ihre Augen sein müssen. Dunkel und glänzend, und wenn du mit ihr im Bett liegst, hast du auch nicht viel davon. Keiner hat etwas von ihren Körpern erzählt. Wahrscheinlich haben sie einen Meter achtzig lange Beine und Brüste wie eine Riesin. Ist doch alles Quatsch. Es gibt nichts Schöneres als englische Wieber. Sie sind so anschmiegsam und zärtlich.« Skeld schmunzelte zufrieden.

»Denkst wohl an deine zwanzig Weiber, die aufs ganze Land verteilt auf dich warten«, spottete Ronan.

Halfdan lachte. »Das erzählt gleich der Richtige. Wie war das, als wir auf deiner Insel waren? Wie viele Weiber haben deinen Namen geschrien.« Wulfgar nickte heftig, und Skeld der an seinem Kochtopf saß, sagte: »Ich gönne es unserem Schwerenöter von Herzen, aber während er jeden Abend mit zwei Weibern in seinem Zelt verschwand, bekamen wir lange Nasen.«

Björn ergänzte. »Oder sie waren schon so alt, dass du sie erst nach diversen Bechern Met als schön empfandest.«

Wulfgar lachte herzhaft. »Schön gesagt, Björn. Diese Fahrt werde ich nicht mehr so schnell vergessen.«

Den ganzen Abend hatte ich nie das Gefühl, nur der Neue zu sein. Ich war unter ihnen akzeptiert. Ein Mitglied ihres

Bundes. Kein Übergehen, wenn der Metschlauch rumgereicht wurde.

Das Feuer war schon recht runtergebrannt, als Einar und Njall zurückkehrten. »Übermorgen werden wir Eric aufnehmen. Die Goden werden an unserer Seite stehen. Morgen wird kein Met getrunken, vor allem du nicht, Eric.«

Der Tag darauf war unendlich lang. Keiner meiner Freunde war hier. Nur Gloi und ich befanden uns in der verlassenen Zeltstadt. Doch auch er verhielt sich sonderbar. Sobald ich mich mehr als zwanzig Schritte von den Zelten entfernte, flog er hoch und setzte sich vor mich und krächzte. Seine Flügel ausgebreitet, hüpfte er vor mir herum und pickte mit seinem Schnabel gegen meine Schienbeine. Es tat höllisch weh und an einigen Stellen floss Blut. Was bewegte ihn dazu, so zu handeln? Spürte oder wusste er mehr?

Ich kehrte zurück und setzte mich vor die Feuerstelle. Ich warf zwei Scheite auf die Rest-Glut und sah zu, wie sich die Flammen an den Scheiten labten und sich an ihnen hoch schlängelten. Zum Nichtstun verdammt, rollte ich meine Decke wieder aus, legte mich darauf und schaute dem Spiel der Flammen zu, wie sie das Holz auffraßen. Irgendwann fiel ich in einen traumlosen Schlaf.

Als ich erwachte, hörte ich Stimmen neben mir. Ich hatte meine Augen noch geschlossen, aber ich erkannte Björns und Skelds Stimmen. Ich schaute ins Feuer, auf dem neue Scheite lagen. Es brannte schön, gab wohlige Wärme ab. Ich schob meine Decke zur Seite und setzte mich auf.

»Ahhh, sieh, Björn, unsere Schlafmütze ist aufgewacht.«

Björn lachte und winkte mir zu. Etwas entfernt saßen Ronan und Hugh. Sie trieben Späße mit Gloi. Skeld stand in der Nähe seines Kochtopfes und hackte auf Gemüse herum. Noch schlaftrunken setzte ich mich zu Björn und Skeld und zog meine Decke um die Schultern. Irgendwie fröstelte es mich. Etwas später kamen Einar und Njall in Begleitung des Herolds.

»Es ist nun so weit, Eric. Es ist alles vorbereitet«, sagte Einar. »Wir geleiten dich nun zum Heiligtum und morgen werden wir dich weihen und dir beistehen.«

Ich nickte und stand auf, wie auch Björn, Skeld und alle anderen. Gloi flog hoch und setzte sich auf meine Schulter und ließ sich auch nicht mehr abschütteln. Bei jedem Versuch zogen sich seine Krallen zusammen und drangen schmerzhaft in mein Fleisch.

Der Herold wendete sein Pferd und ritt langsam voran. Hinter ihm gingen Njall auf der linken Seite und Einar zu seiner Rechten. In einigem Abstand folgte ich in der Mitte. Rechts und links gingen meine Freunde. Zu meinen Seiten schritten Hugh und Björn voran. Wortlos gingen wir durch die Einöde, bis wir zu einem kleinen, nicht allzu hohen Felsplateau kamen. An vielen Stellen waren Eingänge zu erkennen. Überall brannten kleine Feuer, an denen weiß gekleidete Goden saßen; sie befanden sich in Trance oder sangen vor sich hin. Sie waren so mit sich beschäftigt, dass sie uns keines Blickes würdigten.

Der Herold führte uns zum vermeintlichen Haupteingang, davor hielten zwei Soldaten, mit Äxten bewaffnet, Wache. Unaufgefordert traten sie zur Seite, als wir uns näherten. Meine Freunde blieben stehen und ich trat mit dem Herold ein. Ich drehte mich noch mal um.

Njall sagte: »Wir sehen uns morgen.« Dann gingen sie. Auch Gloi blieb draußen. Ich wurde in einen Waschraum gebracht, wo ich mich erfrischen konnte. Später holte mich der Herold ab und brachte mich in mein Schlafgemach, wo schon ein Essen dampfend auf dem Tisch stand. Während ich den Hirsebrei löffelte, schaute ich mich um. Die Steinwände waren übersät mit Runen und Zauberkreisen, die mit roter Farbe aufgetragen waren; sonst war alles karg eingerichtet. Im Raum standen ein Tisch und ein Stuhl sowie ein großes Bett. So groß, dass ich mit Hild sehr gut Platz gefunden hätte. Es war unglaublich leise hier, obwohl ein reges Treiben um mich herum zu herrschen schien. Ich schlief zufrieden und tief.

Am nächsten Morgen kamen zwei junge hübsche, auch in lange weiße Kleider gehüllte Frauen in mein Gemach, begleitet vom Herold. Er erklärte mir in groben Zügen den Ablauf der Weihe. Die Frauen stellten mir mein Frühstück hin und verschwanden sofort wieder. Dann ging auch der Herold. Ich hatte Hunger und verschlang mit Genuss das Brot und den Käse.

Später holte der Herold mich wie besprochen ab. Stumm führte er mich durch die spärlich mit Fackeln beleuchteten Höhlengänge, bis wir eine große, runde Halle betraten. Ich sag Einar und Njall, die auf mich zu warten schienen. In der Mitte brannte ein gewaltiges Feuer. Im Kreis saßen Goden und Schamanen zusammen. Die Goden in Weiß, die Schamanen trugen farbige Gewänder oder Hosen und Blusen in Erdtönen; gelbe, grüne oder braune Farben dominierten. Besetzt waren die Gewänder mit farbigen Bändern und Bordüren. Manche trugen Mützen oder Hüte mit vier Ecken. Die Goden nahmen sich dagegen in ihren weißen Gewändern und ohne Kopfbedeckungen beinahe unscheinbar aus.

Der Herold geleitete mich in die Mitte. »Vor euch steht Eric Hallvardson.«

Der Gode, den ich schon auf der Ebene gesehen hatte, stand auf, hob seine linke Hand und unterbrach seinen Herold. »Wir wissen, wer dieser junge Mann ist. Wir kennen auch den Namen seines gefiederten Freundes.« Er sah sich um. »Es scheint, er wartet draußen.«

Ein Schamanenpriester stand auf und fragte mich ernst: »Ich will von dir wissen, warum du diesen Weg gehen willst. Einen harten Weg. Einen, der mit Odin eng verbunden ist. Willst du ein Wolfskrieger werden? Ein Krieger, der jeden Tag das Blut von anderen vergießen wird? Willst du ein Mann werden, der durch seine Eingebungen von anderen nicht verstanden wird?«

Mich überraschte die Frage und ich sah mich um. Alle Anwesenden sahen mich durchdringend an.

»Hast du meine Worte verstanden? Warum willst du ein Wolfskrieger werden?«

Ich spürte die starke Kraft in dieser Halle aus allen Richtungen. Ich wusste nicht, warum, aber ich musste auf meine Knie sinken.

»Warum willst du ein Wolfskrieger werden? Ein Schlächter Odins auf Mittgard …«

Ich erzählte ihnen, wie ich zu den Runen kam, wer sie mir beibrachte und mich lehrte, sie richtig einzusetzen, wie ich mit ihnen flog, auch hierhin, an diesen Ort. Wie ich zu Gloi kam. Sie hörten mir aufmerksam zu, ohne mich zu unterbrechen. Als ich meine Geschichte zu Ende erzählt hatte, schlug der Schamane seinen Stock auf den Boden, während seine Brüder nickten. Auch die Goden bestätigten mit Kopfnicken die Meinung ihrer Schamanenbrüder.

»Dann lasst uns mit der Zeremonie beginnen!« Er hob seine Arme. Alle standen auf und wie in einer Prozession gingen wir durch die Gänge unter dem Fels. Draußen betraten wir eine Ebene. Auch sie war wie die Halle kreisrund, völlig vom Fels umschlossen. In der Mitte stand eine knorrige Esche. Einige dicke Äste erreichten mit ihrem Laubwerk fast den Boden. Auch war es hier völlig windstill und der Duft der Blätter erfüllte das Innere des Kraters. Langsam gingen wir auf ihn zu. Ehrfürchtig blieb ich einige Meter vor ihm stehen. Wie alt ist dieser Baum?, fragte ich mich.

Als hätte der Schamane neben mir meine Gedanken lesen können, sagte er: »Der Baum ist so alt wie der Boden, auf dem du stehst. Niemand kann sich an seine Geburt erinnern. Auch unsere Vorgänger nicht und in den alten Schriften steht immer das Gleiche: ›In der Mitte steht eine alte Esche‹. Vielleicht stimmen die Überlieferungen. So alt wie Mittgard.«

Mein Blick ging weg vom Schamanen und wanderte wieder zur Esche. Zwei junge Priesterinnen lösten sich vom Baum

und kamen auf uns zu. Jede trug einen Becher vor sich.

Der Gode ergriff das Wort. »Eric Hallvardson. Trinke nun den ersten Becher! Er bedeutet Nahrung.« Er zeigte auf die links stehende Priesterin. »Dann trinke den anderen. Er heißt Traum. Beides spendet dir der Baum. Er wird dir helfen zu reisen und deine Bestimmung zu erfahren, wenn schon eine für dich bestimmt ist. Sei aber nicht enttäuscht, wenn du nichts außer Nebel siehst. Die Götter und Nornen sind sich nicht immer schlüssig, was mit uns geschehen soll. Wenn du beide Becher getrunken hast, dann lege dich dort vor die Esche. Zwischen die Pflöcke, die dort in der Erde eingeschlagen sind. Du wirst dort gebunden. Zu deiner Sicherheit.«

Gleichzeitig betraten alle Schamanen und Goden den Krater und zogen einen weiten Kreis um den Baum und mich. Sie setzten sich und fingen leise mit beschwörenden Gesängen an. Trommeln kamen dazu. Die erste Priesterin reichte mir ihren Becher. Ich nahm ihn und trank ihn aus. Es schmeckte würzig und süß. Seine dicke Konsistenz glich einer Nahrung. Der zweite Becher enthielt eine Flüssigkeit, die so klar war wie frisches Bergwasser. Sein Geschmack war zuerst erfrischend und kühlend, dann baute sich ein bitterer Geschmack im Gaumen auf. Einar und Njall geleiteten mich zu den Pflöcken, zwischen die ich mich legte. Priesterinnen hatten kurz vorher eine dicke rote Decke ausgelegt. Einar und Njall legten mir die Fesseln an Händen und Füßen. Mein Kopf wurde langsam träge, es fiel mir schwer, mich zu konzentrieren, meine Glieder wurden schwer. Ich merkte noch, wie mir eine Priesterin ein Kissen unter meinen Kopf schob. Wie im Nebel sah ich den Schamanenpriester auf mich herabblicken. »Schließ nun deine Augen und gib dich den Gesängen und den Trommeln hin.«

Ich tat, was er von mir verlangte.

»Einar, bist du noch hier?«

»Ja, Eric.«

»Wo ist Gloi? Ich spüre ihn nicht.«

»Er sitzt neben dir und hält Wache wie wir.«

Ich begann meine Wanderung durch den Nebel und die Düsternis. Dann sah ich erst schwach, doch bald hellrot leuchtend die Rune Raidho über mir. Kurz darauf durchbrach Kenaz mit ihrer orangenen Leuchtkraft die Dunkelheit. Unter ihrem warmen Licht wanderte ich weiter. Ich sah mich auf einmal mitten in einem Schildwall. Um mich Kampflärm und Schreie der Verwundeten. Ich schwang mein Schwert und ließ es immer und immer wieder auf meine Feinde niedersinken. Später erkannte ich mich in einem Zelt sitzen und Verwundete pflegen. Die Bilder verblassten langsam. Thiwaz erschien blutrot und neben ihr glänzte Sowilo golden. Ich ging weiter und über mir zog tiefblau Gebu hinweg. Ich sah mich Geschenke verteilen und auch bekommen. Die Gesichter flossen schnell an mir vorbei, ich konnte keines erkennen. Mir fiel nur jemand auf, den ich mehrmals sah. Er sah nach etwas Höheren aus, vielleicht ein Graf oder König. Wie es schien, verstanden wir uns gut. Wir saßen zusammen, lachten und tranken. Auch diese Bilder verblassten wieder und ich stand auf einem Hügel. Über mir strahlte Algiz in seinen Regenbogenfarben. Unter mir liefen Leute, Händler und Krieger vorbei und grüßten mich. Einige dankten mir oder riefen Freundlichkeiten zu mir hoch. Wieder zogen Nebelschwaden an mir vorbei. Aus dem Nebel strahlten wieder Raidho und Kenaz in ihren warmen Farben über mir. Dann sah ich Pfeile durch die Luft fliegen. Speere durchbohrten Schilde und Körper. Krieger brachen zusammen und blieben blutend auf dem Feld liegen. Schwerter trafen einander und schlugen Funken, Körperteile wurden abgetrennt. Über all dem Schlachtgetümmel leuchteten erneut Tiwaz und Sowilo. Doch diesmal verschwanden sie nicht. Nein, sie gesellten sich zu Raidho und Kenaz. Weiter wandelte ich durch den Nebel, als in einem pulsierenden Purpurviolett Ansuz heranschoss und vor mir stehen blieb. Sie leuchtete grell. Es tat in meinen Augen weh. Dann schoss sie auf mich zu und drang in mich ein. Sie fühlte sich heiß an und beflügelte mich. Ich hatte das Gefühl, immer schneller zu rennen, bis meine Füße keinen Halt mehr fanden und ich fiel. Über mir schwebten noch immer die Runen. Irgendwann schlug ich auf und blieb liegen.

Als ich meine Augen wieder öffnete, verspürte ich keine Schmerzen und stand auf. Ich merkte, dass ich eine Sense in der Hand hielt und in einem Feld reifer Ähren stand. Es musste am Ende des Herbstes sein. Wie wild mähte ich das Feld. Der Wind blies schon kühl und die Sonne hatte nicht mehr die Kraft, richtig zu wärmen. Dunkle Wolken zogen auf und türmten sich hoch. Bald würde ein Sturm losbrechen. Immer besessener mähte ich das Feld. Herbst, schoss es mir durch den Kopf. Odins wilde Schar brauchte für ihre Pferde Futter. Also ließ ich zwei riesengroße Bündel stehen und mähte weiter.

Eine Stunde später zuckten die ersten Blitze am Himmel und der Wind nahm immer stärker zu. Da hörte ich Pferdehufe hinter mir. Verschwitzt hörte ich auf zu mähen, legte meine Sense auf den Boden und sah mich um. Täuschte sich mein Auge? Ritten dort nicht zwischen den Wolken Reiter? Sie zogen an mir vorbei, dann machten sie einen Bogen und kamen auf mich zu. Hunderte waren es. Schwer gepanzerte Krieger; ihre Rüstungen glänzten. Einer der vordersten Krieger ritt auf: »Gehe aus dem Weg. Mach Platz für unseren Herrn.« Seine Stimme klang rau.

Ich stand inmitten meines Feldes, aufgestützt auf meine Sense und entgegnete: »Ich stehe euch nicht im Weg. Die Straße ist dort, von wo du geritten kamst, und sie ist frei. Ihr könnt unbehelligt weiterziehen.«

»Sei nicht frech, Bursche, sonst bring ich dir Demut bei. Niemand widersetzt sich uns. Sink wenigstens vor deinem Herrn auf die Knie.« Als ich keine Anstalten dazu machte, herrschte er mich erneut an. »Hörst du, was ich gesagt habe.« Er senkte seinen Speer und wollte mich zu Rechenschaft ziehen, als vom Himmel Gloi herabstieß. Er stürzte sich auf ihn

und schlug seinen harten Schnabel auf dessen Helm. Der Krieger sah sich verdutzt um, als Gloi ihn nach einer scharfen Kurve erneut angriff und ihn in sein Gesicht zu hacken versuchte. Er fuchtelte in der Luft herum und bemühte sich, Gloi so abzuwimmeln. Dabei ließ er seinen Speer fallen, um seinen rechten Arm zur Verteidigung frei zu haben.

»Soll ich ihn von dir fernhalten?«, fragte ich. Er schrie auf, weil mein Gloi ihn am Nacken erwischt und ein Stück seiner Haut herausgerissen hatte. »Dein Vogel?«

Ich rief Gloi und hielt meinen Arm hoch. Er landete darauf, plusterte sich und krächzte den Krieger an. Er ließ ihn nicht aus den Augen und stieg auf meine Schulter. Der Krieger wollte noch was sagen, lenkte aber sein Pferd mit gesenktem Kopf nach hinten, während ein riesiger Krieger sich aus der Truppe seiner Gefolgsleute trennte. Er war ganz von einem goldenen Fischschuppenpanzer geschützt. In seiner Rechten hielt er einen gewaltigen Speer, Gungnir hieß er. An seinem muskulösen rechten Arm glänzte Draupnir, der alle neuen Nächte acht neue Ringe von sich tropfen ließ. Unter seinem Helm fielen seine langen weißen Haare über den Nacken und die Schultern. Ich stand noch immer auf meiner Sense abgestützt da. Doch an Glois Reaktion merkte ich, dass dies kein normaler Krieger sein konnte. Er senkte seinen Kopf und drückte ihn an meinen Hals. Da verstand ich.

Odin stand vor mir. Odin mit seiner wilden Schar. Er sagte mit seiner tief grollenden Stimme, einer Stimme, die so tief war, dass sie, würde er laut, Berge zum Einstürzen bringen könnte: »Lass gut sein, Einherier. Ich kenne ihn. Vor dir stehen Eric Hallvardson und sein Freund Gloi. Ein Geschenk der schönen Freya.«

Der Krieger nickte seinem Herrn zu und mit gesenktem Kopf wendete er sein Pferd und ritt zurück. Ich ließ meine Sense sinken, legte sie auf den Boden und ging vor ihm auf die Knie.

»Entschuldigt, Odin. Mein Herr. Ich wollte Euch nicht erzürnen.« Ich sprach voller Demut. Obwohl die Sonne nicht schien, glänzte seine Rüstung heller als jemals Ketils Glut in seiner Schmiede. Sie blendete mich und ich traute mich nicht, ihn anzusehen.

»Steh auf! Ich will dich aufrecht vor mir stehen sehen.« Seine Stimme ließ den Boden um mich beben. »Ich danke dir für die Ähren, die du stehen ließest. Die Pferde laben sich daran.« Ich sah ihm in sein Auge. Sein Blick durchbohrte mich und ließ mich wanken. Ich machte einen Schritt zurück, um dann standhaft stehen zu bleiben. Nun erwiderte ich seinen Blick. Sein Auge brannte wie Feuer.

»Mein ergebenster und stärkster Wolf auf Mittgard hat mich gebeten, dich aufzunehmen. Du kennst ihn. Du nennst ihn Einar. Darum habe ich dich beobachtet. Es gibt nicht viele, die mich in ihren Hainen verehren. Einar hat nicht zu viel versprochen. Du bist standhaft. Das gefällt mir. Auch die Runen zeugen davon, die dich begleiten. Mächtige und starke Runen haben dich gewählt.«

Sleipnir tänzelte nervös und schnaubte. Odins Wölfe Geri und Freki kamen auf uns zu. Sie umrundeten mich und Gloi. Geifer lief ihnen aus ihren offenen Schnauzen. Gloi fühlte sich bedroht, stellte seine Flügel auf und krächzte die Wölfe an.

Odin hob seinen Speer, was die Wölfe sofort bewegte, an seine Seite zurückzukehren. Wieder musterte er mich. »Ich weiß, du bist noch sehr jung und deine Muskeln noch zu schwach, doch das wird sich bald ändern. Sieh dich um. Das Korn, das du geschnitten hast. Sieh auf dein Feld!«

Ich drehte mich um und sah, was ich geschnitten hatte.

»Sie bedeuten keine Halme, sondern die Zahl der Feinde, die du getötet hast. Jeder Halm bedeutet einen Mann. Du weißt, was das bedeutet. Du wirst ein Kriegsjarl werden. Aber auch ein Führer und Beschützer. Ein Bewahrer des Friedens und der Traditionen. Trage nie dein Schwert gegen Menschen,

die sich nicht verteidigen können. Keine Raubzüge gegen Bauern, die mühsam ihr Feld bestellen und um ihre Existenz kämpfen.«

»Ja, Herr, das verspreche ich.«

»Dann komm zu mir.«

Ich trat zwei Schritte vor ihn.

»Eric Hallvardson. Ich schaue auf dich.«

Wieder bebte um mich der Boden. Er wendete sein Pferd Sleipnir – und in der Drehung stieß er seinen Speer Gungnir in meine Richtung und ritzte mich an meiner linken Brust. Ich spürte, wie Blut über meine Brust rann.

Odin kehrte zu seinem Gefolge zurück, das sich sofort formierte und im Galopp weiterritt. Kurz darauf waren sie am Horizont verschwunden.

Blut floss aus meiner Wunde und ich sank auf den Boden. Nadelstiche weckten mich. Ich öffnete mein Auge, blieb aber bewegungslos liegen. Die Nadelstiche kamen von Gloi, der auf meiner Brust saß und mich beobachtete. Er brachte mich zurück und ließ mich erst in Ruhe, als ich mich bewegte.

Die Schamanen und Goden trommelten und sangen noch immer. Ich träumte nicht mehr, ich war zurück. Meine Fesseln hielten mich noch, darum konnte ich nur meinen Kopf heben. Es war kein Traum, den ich erlebt hatte. Meine Brust war blutverkrustet und brannte schmerzhaft. Ich drehte meinen Kopf und sah in Glois Augen, der sich freute, eine Reaktion von mir zu sehen, er hüpfte umher. Er krächzte und kam ganz nahe an meinen Kopf und schmiegte sich an mich.

Als ich auf die rechte Seite sah, stand der Gode vor mir. »Willkommen zurück, Eric Hallvardson.«

Einar und Njall kamen und schmunzelten mich an. Sie lösten meine Fesseln und halfen mir auf. Njall sah auf meine Brust und meinte: »So wie wir sehen können, hat dich unser Vater aufgenommen.«

Ich nickte, noch schwach. Die Oberhäupter der Goden und der Schamanen kamen näher und sahen sich meine Brust an, dann sahen sich die beiden erstaunt an, daraufhin mich.

»Eine Binde-Rune hast du bekommen und eine mit sehr viel Macht.« Einar und Njall nickten zustimmend.

»Du hast Tiwaz und Sowilo erhalten«, sagte Einar erstaunt.

»Was heißt das für mich?«

»Er will dich als seinen Vollstrecker und Behüter, aber auch als seinen Schlächter auf dem Schlachtfeld.«

»Wie kann ich Behüter sein und sein Schlächter zugleich?«

»Das wird deine Zukunft zeigen. Wie du deine Bestimmung umsetzt«, sprach der Gode, der nun etwas im Hintergrund stand.

Meine Freunde halfen mir hoch; Njall stützte mich, als sie mich in die Halle zurückbrachten. Mir wurden Brot, Käse und dazu Trockenfleisch aufgetischt und ein großer Krug Met. Ich verschlang alles, als hätte ich seit einer Woche nichts mehr zu essen bekommen. Noch mit vollem Mund leerte ich den letzten Tropfen aus dem Krug und verlangte nach einem neuen.

Als ich den Rest der Mahlzeit hinuntergeschluckt hatte, fragte ich: »Wie lange war ich fort?«

Njall sagte: »Zwei Tage und bis jetzt. Also zweieinhalb Tage. Alle ausnahmslos. Schamanen, Goden, Priesterinnen und auch wir. Natürlich auch Gloi. Er saß immer neben deinem Kopf und beobachtete dich. Einar und ich saßen an deinen Seiten und achteten auf deine Fesseln, dass sie sich nicht lösten.«

»Warum, ich konnte mich ja nicht bewegen.«

»Das weiß man nie. Je nach dem, wie dein Weg aussieht. Auch du hast an deinen Fesseln gezerrt und gezogen«, sagte Einar.

Nachdenklich zupfte ich das Trockenfleisch auseinander und warf es Gloi zu, der sich sofort darauf stürzte und die Stückchen verschlang.

Njall fragte mich: »Wie war deine Reise? Kannst du dich noch an etwas erinnern?«

Ich setzte meinen Metkrug ab und wischte mir mit der Hand über meinen Mund. »Ja, aber nur an Bruchstücke.« Ich erzählte ihnen, an was ich mich noch erinnern konnte. Dann traten zwei Novizinnen ein. »Seid ihr bereit? Wir bringen euch in euer Quartier.«

Verdutzt schaute ich meine beiden Freunde an. »Was, mein Quartier?«

Einar stand auf. »Ruhe dich heute aus. Wir sehen uns morgen. Wir holen dich ab und dann vollenden wir das Ritual.«

Ich ließ sie und Gloi gehen und folgte den beiden Novizinnen. Sie brachten mich in ein Dampfhaus, wo sie mir in einem Vorraum die Kleider abnahmen. Schwitzend saß ich auf einer Steinbank und versuchte, mich an alles zu erinnern. Nun fielen mir auch die Abschürfungen und die roten Druckstellen an Hand und Fußgelenken auf, die unter der feuchten Hitze zu brennen begannen. Also stimmte es, ich musste an den Fesseln gezerrt haben. Der Schweiß lief in Bächen an mir herunter und die Binde-Rune, die ich von Odin erhalten hatte, brannte; es bestätigte mir noch mal, dass ich nicht geträumt hatte. Ich brauchte dringend Abkühlung.

So verließ ich das Dampfhaus und stieg in das große Becken, das in der Nähe stand. Das kühle Wasser tat gut. Da betraten die beiden Novizinnen wieder den Raum und reichten mir ein Tuch, mit dem ich mich abtrocknen konnte. Dann geleiteten sie mich in mein Gemach. Ich musste mich auf das große Bett legen. Eine der beiden ging im ganzen Raum herum und zündete Kerzen an, was eine gemütliche, warme Stimmung brachte. Die andere war um mich besorgt.

Sie holte einen Topf mit Salbe. »Die wird dich beleben und deine Wunden schneller zur Heilung bringen.« Dann fingen sie an, mich mit der Salbe einzureiben. Sie kühlte und duftete angenehm frisch; sie wirkte prickelnd und anregend, wie die

ganz Prozedur, was ich nicht verbergen konnte. Die beiden kicherten, als unter ihren Händen meine Lust erwachte.

In dieser Nacht liebte ich beide, und als ich später alleine auf dem Bett lag, musste ich schmunzeln. Zum Glück hatte Gloi nichts mitbekommen. Er hätte mir noch mein letztes Auge ausgehackt.

Am Morgen wurde ich geweckt und in eine Nachbarhalle geführt. Dort bot man mir, gemeinsam mit Schamanen, Goden und Soldaten, ein reichhaltiges Frühstück. Alle saßen an einem langen Tisch. Es wurde gelacht, diskutiert und Sachen besprochen. Nach dem Essen geleiteten mich zwei Soldaten und ein Schamane aus dem Höhlenlabyrinth.

Draußen erwarteten mich meine Freunde. Sie standen im Halbkreis vor dem Eingang. Neben Einar und Njall hatte sich der Gode postiert, der mich am Vortag in Trance versetzt hatte. Ich trat in ihren Halbkreis und wie in einer Prozession zogen wir weg vom Heiligtum. Der Gode, ich an seiner Seite, flankiert von meinen Freunden. Zuvorderst Einar und Njall. Gloi flog immer über uns. Der Gode klärte mich über die Abfolge der Zeremonie auf. Wir gingen durch die Einöde, bis wir mitten in diesem Nichts aus langen Gräser und Büschen auf einen kleineren Krater stießen. Auf dem Rand saßen wieder Schamanen und Goden; sie sangen und trommelten.

Wir traten in den Krater und der Gode überreichte mir ein Schwert: »Wenn du das Gefühl hast, dich verteidigen zu müssen«, sagte er.

Nun stand ich mit gezogenem Schwert vor meinen Freunden. Eine absurde Situation. Ich stieß das Schwert in den Boden und harrte der Dinge, die passieren würden. Björn, Hugh, Njall und alle andern umzingelten mich, bis der Kreis um mich geschlossen war.

Und dann … sie verwandelten … sie verwandelten sich alle.

Ich stand riesigen Wölfen gegenüber, die auf ihren Hinterbeinen tänzelten und mich anfauchten. Speichel tropfte von ihren Lefzen, und ich hatte das Gefühl, in derselben Sekunde von ihnen angegriffen zu werden. Die Trommeln und Gesänge wurden lauter und intensiver. Am Horizont verdichteten sich die Wolken. Ein Gewitter kam auf. Erste Blitze zuckten am Himmel. Der Wind nahm zu und steigerte sich.

Dann trat Einar vor. »Ab heute Abend gehörst du zu uns. Als Bruder.« Er trat wieder zur Seite.

»Sie sind deine Taufpaten.« Er zeigte auf die beiden, die aus dem Kreis traten – Hugh und Björn. Björn riss mir mein Hemd vom Körper. So stand ich mit nacktem Oberkörper vor ihnen. Ich breitete die Arme aus und bot ihnen meine Brust an. Björn trat vor mich und mit der Kralle seines linken Zeigefingers fing er an, auf meiner rechten Brust tiefe Linien zu ziehen, bis Hugh dazukam und Björns Werk vollendete. Die Linien fühlten sich brennend an. Heißer als die weiß glühende Kohle in Ketils Schmiede. Blut floss über meinen Oberkörper. Trotz meiner Schmerzen blieb ich stumm stehen; gespannt schaute ich auf Einar, der auf mich zukam.

Er legte seinen Arm um mich: »Sei willkommen, Bruder.«

In meinem Augenwinkel sah ich, wie sich sein Maul öffnete. Geifer tropfte von seinen Zähnen auf meinen Körper. Dann gruben sich die Reißzähne in meine Schulter. Ich musste unter seinem Biss stöhnen, und ich hatte das Gefühl, als würde Gift in mich dringen. Mir wurde schwindlig. Unter dem Beifall aller sackten meine Beine weg.

Als ich erwachte, lag ich auf einem Bett. Ich war mit einer dicken Decke bis zum Hals zugedeckt. Ich war schweißnass und mir war schwindlig. Die beiden Novizinnen saßen bei mir. Eine neben mir auf dem Bett; sie legte mir kalte Tücher auf meine heiße Stirn. Die zweite verließ uns schnell und holte Einar, wie ich später merkte. Mir fiel mein Auge wieder zu. Als ich wieder aufwachte, stand Einar neben meinem Bett.

»Das Schlimmste hast du überstanden. Aber du brauchst dir darüber keine Sorgen zu machen. Das ist normal. Die Umstellung deines Körpers. Morgen sitzen wir alle zusammen und trinken Met.«

Ich merkte noch, wie ich nickte, dann fiel ich in den nächsten Fieberschub. Als ich aufwachte, wusste ich nicht, wie spät oder wie früh es war in diesem Höhlengebilde. Auf jeder Seite von mir lag eine Novizin. Vorsichtig stieg ich aus dem Bett. Mir war noch etwas schwindlig und ich stank bestialisch. Ich suchte den Waschraum auf, in einem Wasserbecken sah ich mich im Spiegelbild. Einars Biss an meiner Schulter war noch deutlich zu sehen. Auch Hughs und Björns Zeichen sah ich. Es war das Walknut, das Symbol Odins. Treu ergeben, ich, sein Krieger. Ich stieg in das kalte Wasser und wusch mich. Doch das Walknut und die Binde Rune kühlten sich nicht ab. Sie pulsierten weiter.

Als ich zu meiner Lagerstatt zurückkehrte, erwarteten mich schon meine beiden Pflegerinnen. Sie waren ebenfalls nackt und hoben die Decke, sodass ich wieder zwischen sie schlüpfen konnte. Doch ihr Duft und ihre Wärme brachten mir keinen Schlaf. Sie entfachten das Tier in mir. Als wir Stunden später aufstanden und sie mir meine sauberen Kleider brachten, geleiteten sie mich durch die vielen Gänge nach draußen.

Goden- und das Schamanenoberhaupt verabschiedeten sich von mir und wünschten mir alles Gute. Sie sagten mir, wo ich meine Freunde fand. So verließ ich das Heiligtum und machte mich auf den Weg zum Platz, an dem wir unsere Zelte aufgeschlagen hatten.

Gloi musste mein Kommen bemerkt haben, bevor ich das Lager sah. Er flog mir entgegen und machte die wildesten Manöver über mir in der Luft. Einige Meter vor mir landete er auf dem Boden, krächzte seine Begrüßung und hüpfte dabei umher.

Ich hob meinen Arm. »Gloi, mein Freund, komm zu mir.« Er flog direkt zu mir und setzte sich. Ich strich über seinen Hals und kraulte seinen Bauch. Er genoss es sichtlich. Hob seinen Kopf und gurgelte, als wollte er sagen »Mach weiter, es tut gut!« Als ich weiterging, stieg er auf meine Schulter und thronte dort, während er unaufhörlich weiterkrächzte, um die

anderen zu rufen. Dann kamen sie auch schon alle und begrüßten mich herzlich. Auch der eher verschlossene Halfdan lachte freudig und klopfte mir auf die Schulter. Er war es auch, der mir einen Becher Met reichte. »Habe ich extra für dich mitgenommen. Nicht, dass du uns noch auf den letzten Metern bis zum Lager verdurstest.«

»Keine Angst, Halfdan, die beiden Novizinnen haben sich sicher bestens um ihn gekümmert.« Björn lachte und stieß ihn in die Seite.

Njall schaute die beiden ernst an. »Und ihr glaubt mir nie, wie gut sie sich um ihn gekümmert hatten.« Er legte die Betonung eigens auf ›wie gut‹. Die beiden sahen sich erstaunt an.

»Ihr könnt es mir glauben oder fragt Einar. Wir beide haben es in den Nächten gehört. Sein Brüllen hat nicht nur uns den Schlaf geraubt.« Dann konnte er sein Lachen nicht mehr zurückhalten.

»Nun kommt schon, ihr Witzfiguren. Lasst uns heute mit unserem neuen Bruder feiern«, sagte Einar.

Skeld eilte schnell zu seinem Kochtopf zurück, nachdem wir unser Lager erreicht hatten. Mir wurde erneut ein Becher gereicht, und ich musste alles erzählen, was sich im Inneren des Heiligen Bergs zugetragen hatte. Es dauerte auch nicht mehr lange, bis uns Skeld händereibend zum Essen rief.

Schmunzelnd stand er mit einer Schale vor mir. »Wartet alle!«, rief er. »Eric soll den ersten Löffel kosten.«

»Was soll das nun heißen? Wir haben alle Hunger«, grollte Wulfgar. Erstaunt wie alle anderen sah ich Skeld an.

Erneut beharrte er: »Keiner von euch bekommt etwas, bevor Eric gekostet hat. Und nun Schluss.«

»Na, mach schon, Eric.«

»Los. Probiere endlich. Mir fällt der Bauch ein.«

Langsam tauchte ich den Löffel in die Suppe. Hob den gefüllten Löffel hoch und blies etwas hinein, bevor ich ihn in den Mund steckte. Ich sah, wie mich alle gespannt ansahen. Niemand traute sich, etwas zu sagen. Ihre Augen waren ge-

spannt auf mich gerichtet. Die größten Augen aber hatte Skeld. Seine großen Augen sahen mich erwartungsvoll an. So wie alle mich anstarrten, dachte ich: Na wartet! Euch spanne ich noch ein wenig auf die Folter. Langsam und genüsslich kaute ich das Fleisch. Es war genau richtig gekocht. Die Suppe mit frischen Kräutern und Gemüse. Durch das Fleisch bekam sie noch mehr Würze. Es schmeckte wirklich gut. Ich tat so, als müsste ich Fleischfasern zwischen den Zähnen entfernen, als Einar und Björn beinahe gleichzeitig fragten: »Na, und jetzt? Wie schmeckt das Essen?«

Björn hakte nach. »Sag schon endlich! Spann uns nicht so lange auf die Folter!«

»Mhhh. Jaaa. Ich würde sagen, meine Mutter hätte es nicht besser machen können.«

Hughs Augen fielen ihm fast aus den Höhlen, als er meine Worte hörte. »Das kann ich kaum glauben. Willst du uns auf den Arm nehmen?«

Nun gab es für die anderen kein Halten mehr. Alle schöpften ihre Schalen aus dem Topf. Ein riesiges Gedränge und Geschubse. Schon fast gierig löffelten sie die Suppe, und manch einer nickte stumm mit seinem Kopf, andere wie Ronan oder Skjold lobten Skeld. Er freute sich wie ein Kind und klatschte in seine Hände.

Sogar Björn, der sich ständig über Skelds Kochkünste lustig gemacht hatte, stand auf, rülpste laut, nahm den Metschlauch und ging langsam zu Skeld. »Lass mich dir einschenken, alter Freund und glaube mir: So gut habe ich schon lange nicht mehr gegessen.« Was alle mit Hochrufen auf Skeld bestätigten. Manch einer stand noch mal auf, um sich nachzuschöpfen. Skeld war der Held des Abends, was er auch sichtlich genoss. Einen Abend ohne dumme Sprüche über sich ergehen zu lassen – und die, die kamen, nahm er lachend an.

Njall sagte: »Nimmt mich wunder, mit wem du geschlafen hast? Freya oder Signy?« Er wischte sich seinen Mund ab.

»Du hast sehr gut gekocht.«

»Entschuldige, Eric. Ich wollte deine Mutter nicht entehren. Aber ein so gutes Essen hat er noch nie gekocht.«

Ich nickte. »Du hast absolut recht, Njall. Da stimme ich dir zu, wenn ich daran denke, als wir Hild zurückholten. Es war keine Freude, seine Kochkünste zu genießen.«

Alles lachte laut.

»Endlich einer, der die Wahrheit sagt«, lachte Einar.

»Da können wir nur hoffen, dass dies nicht das letzte Mal war«, rief Ronan.

Es war schön und tat gut, wieder bei den Freunden zu sitzen, zu trinken, ihren Geschichten zu lauschen, auch wenn einige erfunden erschienen, um sich hervorzuheben. Aber das störte keinen. Es wurde gelacht und gehänselt. An diesem Abend wurde es spät.

Am Morgen weckten mich Hugh und Björn. »Komm Eric, steh auf. Du musst dich und deine neue Gabe kennenlernen.« Björn stand vor mir, seine Hände vorn in seinem Gürtel eingehakt. Ich schaute beide verschlafen an.

Hugh gab mir mit seinem Schuh einen leichten Tritt. »Komm endlich hoch!«

Vor mich hinmurmelnd, löste ich mich aus meiner Decke.

»Was murmelst du?«, fragte Björn.

»Nichts, schon gut.«

»Scheint das Feiern noch nicht gewohnt zu sein.«

»Mhhh. Kommt hin«, sagte Björn. »Das alte Lied mit unseren Kriegern. Sie saufen zu viel und haben das Gefühl, dass auch der Feind erst nach dem Mittagessen zum Kämpfen bereit ist. So sind schon viele Siege vergeben worden.«

»Was meinst du damit?«, fragte ich, während ich meine Schuhe anzog.

»Zu viel Met in den Nächten. Viele sind am Morgen noch besoffen und für den Kampf nicht zu gebrauchen.«

Ich verstand. Als wir aufbrachen und an den Zelten vorbeigingen, in denen unsere Freunde noch schnarchten, fragte ich:

»Wohin wollen wir?«

»Wir haben beschlossen, deine Paten zu sein«, meinte Hugh. »Wie du bei deiner Weihe schon gehört hast. Nun ist es unsere Aufgabe, dich auszubilden, was uns am Herzen liegt.«

»In was wollt ihr mich unterrichten?«

»Kannst du das Tier in dir entfesseln?«, fragte Björn. »Wenn ja, dann zeig es uns. Probier's!« Hugh schaute mich nur an.

Ich fing, mich an zu konzentrieren. Minuten verstrichen, aber es geschah nichts. Björn legte seine Hand auf meine Schulter und zog belustigend seine Augenbrauen hoch. »Es ist nicht so leicht, den Weg zum Tier zu finden. Auch, sich wieder davon zu trennen. Darum sind wir deine Paten. Außer einem roten Kopf hat sich nichts getan, also lass uns dir helfen.«

Wir gingen noch eine lange Strecke ins Landesinnere, bis wir eine Anhöhe erreichten. Von hier aus hatte man das Gefühl, zu sehen wie ein Adler. Das weite, karge Land auf der einen Seite und gegenüber der Blick über die Küste und das Meer. Mein Blick suchte das Heiligtum. Das Felsmassiv konnte ich erkennen. Aber nicht die Esche und den Krater, auch keine Rauchfahnen. Als läge alles unter einer Decke des Nichts. Vielleicht war das der Grund dafür, dass über so lange Zeit nur Eingeweihte davon wussten. Trotz der Kargheit strahlte das Land einen besonderen Zauber aus. Etwa fünfhundert Meter von uns weg entfernt zog eine Herde Hirsche vorbei oder wie sie hier sagen: Rens. Hugh sah, wie ich sie beobachtete.

»Ja, Eric, ja, genau. Versetz dich in den Jäger, der ihr Fleisch will. Du riechst ihr Blut. Du willst es. Aber du musst schnell sein, sonst bemerken sie dich zu früh und rennen davon.«

»Fühlst du den Herzschlag dieses Rens dort?«, fragte Björn und zeigte auf ein Tier, das von uns am nächsten graste. »Schau es an. Versetz dich in das Tier. Fühle es, spüre es.«

Ich versuchte es. Ich spürte seinen Puls gleichmäßig schlagen. Wie das wilde Pochen des Elches, den ich mit Ketil erlegt hatte. Doch ich konnte machen, was ich wollte, das Tier kam nicht zum Vorschein. Ich war verwundert und etwas enttäuscht. »Es tut mir leid. Ich spüre ihn. Ich höre, wie er das Gras frisst, aber mein Blut beginnt nicht zu rasen.«

»Du brauchst dich nicht zu entschuldigen. Vielleicht ist unser erster Weg falsch gewählt«, sagte Hugh schmunzelnd.

Björn sah mich durchdringend an. »Wartet!« Er wippte mit seinem Zeigefinger durch die Luft. »Da kommt mir was in den Sinn. Eine Geschichte, die ich gehört habe. Die könnte uns jetzt helfen. Entschuldigt mich.« Er rannte los. Wir schauten ihm nach.

»Du hast das Ren fressen gehört?«, fragte Hugh.

»Ja, glaube mir. Wie ich auch Gloi spüre, der übers Land fliegt.«

»Kannst du ihn rufen. Mit deinen Gedanken?«

»Ich glaube schon. Ich versuch es.« Ich konzentrierte mich auf Gloi und gedanklich rief ich ihn. Es vergingen einige Minuten. Am Horizont sahen wir schwarze Flügel, die sich schnell in unsere Richtung bewegten. Später hörten wir ihn krächzen. Ich hob meinen Arm. Gloi landete, plusterte sich auf, hüpfte auf meine Schulter und rieb zur Begrüßung seinen Kopf an meinem.

»Siehst du, Hugh?«

Er nickte. »Gut, sehr gut. Dann lass mich deine Schnelligkeit testen. Ich habe dort hinten zwei Schwerter deponiert.« Gemeinsam gingen wir an den Ort. Hugh wickelte die Schwerter aus dem Schaffell und warf mir eines zu. Ich fing die Klinge auf und setzte Gloi ab. Dann stellten wir uns auf. Hugh führte den ersten Schlag. Doch er begann verhalten, was für mich keine große Herausforderung war. Dann griff ich an. Doch Hugh wechselte sofort auf ein schnelleres Tempo. Seine Schläge und Stiche wurden immer schneller. Ich musste mich konzentrieren, um nicht getroffen zu werden.

Ich hatte keine Ahnung, wie lange wir uns mit Schlägen eindeckten oder wie viele ich einstecken musste. Ich hob mein Schwert und verlangte eine Pause. Hugh nickte und senkte sein Schwert. Ich war schweißnass, aber Hugh wischte sich nur eine feuchte Haarsträhne aus dem Gesicht.

»Bis jetzt bin ich mit dir zufrieden«, sagte Hugh. »Aber zum Überleben zu langsam, mein Junge. Nach der Pause werde ich mich verwandeln. Mit deiner neuen Fähigkeit sollte das kein Problem für dich bedeuten.«

Ich schnaufte und nickte. Gloi hüpfte vor mir über den Boden und ich bemerkte seinen Blick. Wie er mich ansah!

»Los nun, Eric. Genug Erholung. Machen wir weiter«, grollte Hugh. Ich hatte kaum mein Schwert erhoben, als eine neue Welle von heftigen Schlägen auf mich niederprasselte. Hugh trieb mich mehr oder weniger vor sich her. Ich hatte keine Chancen anzugreifen. Mein Part bestand nur aus Verteidigung. Hinter mir hörte ich Gloi krächzen. In einer kurzen Verschnaufpause schaute ich zu ihm. Sein Blick sagte alles. Als verhöhnte er mich. So als wollte er sagen: Werd endlich schneller! Ich riss das Schwert hoch und griff an. Schlug zu, immer und immer wieder. Versuchte neue Varianten. Doch Hugh schien alles im Ansatz zu erkennen. Ich verspürte einen Schmerz an meiner linken Schulter, machte mir aber darüber keine Gedanken und kämpfte unerbittlich weiter. Mir lief der Schweiß in Strömen und mein Atem rasselte wie der eines Alten. Doch meine Reflexe ließen mich nicht im Stich. Es traf Stahl auf Stahl. Verteidigung und Angriff. Ein Wirbelwind von Schlagabtäuschen. Auch Hugh schwitzte. Mit erhobenen Schwerter umkreisten wir uns. Patt. Wir nickten uns zu. Wir steckten beide unsere Schwerter in den Boden. Schnaufend standen wir uns gegenüber und wischten uns den Schweiß ab. Gloi hüpfte zwischen uns durch, drehte Hugh den Rücken zu und krächzte mich an, als hätte er genug gesehen. Flog fort. Hugh lachte, doch ich hob mein Schwert und zeigte mit meiner Spitze gegen ihn.

»Gut, mein Sohn. Wie du willst.« Schon schlug er mit viel Kraft zu und deckte mich abermals mit Schlägen ein. Funken flogen, als sie aufeinandertrafen, der singende Stahl erfüllte die Luft. Vor Müdigkeit stolperte ich über eine Unebenheit am Boden. Als ich mich gefangen hatte, fühlte ich den kalten Stahl an meinem Hals.

»Lass gut sein, Eric. Ich bin mehr als zufrieden. Lass uns nach deinem Arm sehen.«

»Was ist damit?«, fragte ich ihn und schaute auf meinen linken Oberarm. Es klaffte eine circa zehn Zentimeter lange Wunde von der Schulter beginnend über den Oberarm hinunter. Mein ganzer Arm war voller Blut. »Ich habe es kaum gespürt. Ein leichtes Ziehen.«

Hugh sah sich den Schnitt an. »Ist nicht so wild. Habe dich nur geritzt. Die Wunde ist nicht tief. Nach ein paar Tagen ist sie verheilt. Aber ich bin stolz auf dich. Kein Normalsterblicher hätte so lange dieses Tempo durchhalten können. Genug für heute. Gehen wir zurück.«

»Sehr gute Idee. Ich verdurste fast und Hunger verspüre ich auch.«

Hugh nickte. So gingen wir langsam zurück, mit einem Abstecher zu unserem Schiff, das noch immer an seinem Platz am Strand lag. Hugh verstaute die beiden Schwerter im Schiff, während ich mich auszog und in die eiskalte See stieg. So kalt hatte ich schon lange kein Wasser mehr gespürt. Es zog sich alles zusammen und das Atmen fiel mir schwer. Das Salzwasser brannte in meiner Wunde. Doch es tat gut.

»Nicht dass du mir noch einen Kälteschock bekommst und absäufst«, rief Hugh. Ich winkte ihm zu und schwamm an den Strand zurück. Als ich mich angezogen hatte, liefen wir schwatzend über den Kiesstrand, erklommen die Dünen und kehrten in unser Lager zurück, wo unsere Freunde um das Feuer saßen und sich unglaubliche Geschichten erzählten. Skeld saß wie immer an seinem Kochtopf und rührte darin.

Halfdan kam uns entgegen und sah auf meinen Arm. »Was ist passiert? Es blutet stark. Lass sehen!« Dann rief er nach Njall, der sich meine Wunde ebenfalls ansah.

»Setz dich! Ich hole Nadel und Faden. Sonst läuft dir der Met gleich wieder raus. Ist ein sauberer, scharfer Schnitt.« Mit zwei, drei gekonnten Stichen nähte er die Wunde und legte mir einen Verband an.

Halfdan reichte mir einen Becher Met und fragte Hugh: »Bist du zufrieden mit Eric?«

»Ja, sehr. Aber er würde noch viel besser sein, wenn er seine Gabe abrufen könnte.«

Einar, der nun auch zu uns gekommen war, sah mich an und fing zu schmunzeln an. »Das kommt noch. Warte nur.«

Skeld rief allen zu: »Los, haltet eure Schalen bereit. Das Essen ist fertig.«

Doch an diesem Abend war alles anders. Niemand musste mit seinen Schalen anstehen. Wir wurden bedient von einer Novizin aus dem Heiligtum, die sich schon in den Nächten zuvor um mich gekümmert hatte. Ich fühlte gleich wieder ihre warmen, weichen Hände über meinen Körper streicheln. Mir wurde heiß und mein Verlangen nach ihrem Körper wuchs, besonders in dem Moment, als sie mir meine Schale reichte. Sie beugte sich tief vor und ihre weit ausgeschnittene weiße Bluse ließ einen Blick auf ihre Brüste zu. Dabei schaute sie mich verlangend an. Sie erinnerte mich an Hild. Ihre langen blonden Haare und ihre tiefblauen Augen. Als sie sich erhob, zwinkerte sie mir noch zu. Am liebsten hätte ich sie an ihrer Hand genommen und wäre mit ihr in mein Zelt verschwunden.

Sie saß, wie es sich für einen Gast üblich war, neben dem Gastgeber. Einar fühlte sich bei seinen weiblichen Gast wohl. Er schwatzte und lachte häufig mit ihr. Mir blieb nur mein schmachtender Blick zu ihr. Wie ich bemerkte, beobachtete mich Björn – wie er dachte – heimlich. Doch wenn ich ihn ansah, wandte er sich schnell ab. Ich musste schmunzeln und fragte mich, was er im Schilde führte.

Im Laufe des Abends verabschiedeten sich immer mehr, was mich noch mehr verwunderte. Nein, es kam mir gelegen. Auch ich stand auf und wünschte allen eine gute Nacht, wobei ich die Novizin ansah. Es dauerte nicht lange, bis sie in mein Zelt kroch, ihre Kleider auszog und unter meine Decke schlüpfte. Zum Schlafen kamen wir nicht viel; es wurde schneller hell, als uns lieb war. Die Sonne hatte sich erst kurz vom Horizont gelöst, als sie ging. Ich blieb noch liegen und lauschte den Vögeln. Als ich mich dann auch endlich aufraffen konnte und mein Zelt verließ, sah ich mich um. Es war erstaunlich ruhig. Kein Schnarchen aus den anderen Zelten. Nach dem Sonnenstand musste es ungefähr fünf Uhr am Morgen sein. Ich schaute in Skelds Zelt. Es war leer, ebenso wie Björns und auch Hughs. Ich begann sie zu suchen, und fand sie in der Nähe unseres Schiffes in den Dünen liegen.

Als Ersten fand ich Skjold, ein paar Meter entfernt Ronan. Ich stupfte Skjold mit meinem Fuß an. Er öffnete seine Augen und mit belegter Stimme fauchte er mich an. »Du lässt mich jetzt noch schlafen.« Er rollte sich wieder in seine Decke. Ronan, der es gehört hatte, schmunzelte und stand auf. »Mein lieber Freund. Wir hielten es nicht mehr aus. Alle sind vor deinem Lärm geflohen. Keiner konnte ein Auge zumachen. Hoffentlich lebt die Kleine noch?«

Ich schaute Ronan an. »Natürlich lebt sie noch. Was hast du denn gedacht?«

Er nickte. Schaute mich erneut an und schüttelte noch mal seinen Kopf. Er zeigte in die Dünen. »Sie liegen überall in der Gegend. Mach du im Lager Feuer, ich wecke sie.«

Ich ging zurück und legte Holzscheite auf die noch spärliche Glut und blies hinein, bis das Feuer erwachte. Es verging einige Zeit. Wulfgar und Einar waren die Ersten, die mit ihren Decken zurückkamen. Ihnen folgten Halfdan und Skeld, der noch halb schlief und mich schmunzelnd ansah. Einer nach dem anderen traf ein.

Björn stand vor uns und hielt seine Arme in die Höhe. »Ich hab's doch geahnt. Zum Glück erinnerte ich mich, was ihr zwei uns erzählt hattet.« Einar und Njall sahen ihn an.

»Wie Eric im Berg brüllte, natürlich. Nicht im Fieberwahn. Dann ging mir ein Licht auf. Sein Blut kommt in Raserei, wenn er bei einer Frau liegt. Das ist mir gestern durch den Kopf gegangen und ich hatte recht. Das Geheimnis ist entschlüsselt. Zum Glück hatte der Gode Verständnis für mein Anliegen, als ich ihm von Eric erzählte; er hatte keine Einwände. Auch die Kleine stellte sich gerne zur Verfügung und freute sich schon fast darauf. Musst bei ihr bleibende Eindrücke hinterlassen haben.« Er schaute mich an.

»Daran musst du noch arbeiten«, sagte Skjold, »sonst lebst du als Einsiedler.« Was wieder mit Kopfnicken und Gelächter bestätigt wurde.

Nun konnte ich mein Blut steuern. Ich konnte einen neuen Versuch starten, um mich zu verwandeln. Mit Hugh und Björn streifte ich wieder durch die Tundra, als wir weit entfernt von uns Rens sahen.

Hugh hielt mich an der Schulter. »Versetze dich in sie! Versuch es! Denke an die Kleine und deine Gier nach ihr. Fühle nun das warme pulsierende Blut, das in den Tieren fließt. Du willst deine Zähne in ihr Fleisch treiben. Lass dich nun treiben und lass dein Tier in dir raus.«

Mein Blut fing zu kochen an. In mir erwachte die Gier des Tieres. Ich spürte, wie sich mein Brustkasten wölbte und auseinanderbrach. Herz und Lungen wuchsen und meine Rippen schlossen sich wieder schützend um alles. Ich hatte überhaupt keine Schmerzen. Auch nicht, als meine Beine wuchsen. Neue, zähe Muskeln spannten sich unter meiner Haut. Die Füße knackten. An den Zehen bildeten sich Krallen. Am ganzen Körper sprießten in Sekundenschnelle lange helle Haare, bis es so dicht war wie ein Fell. An Unter- und Oberarmen traten mächtige Muskeln hervor, die – wenn ich sie anspannte – das Fell schier zum Platzen brachte. Die Hände gingen auseinander. Finger dehnten sich und aus den Fingernägeln wurden starke Krallen. Ich warf meinen Kopf zurück. Mein Schädel und Hirn drohten zu platzen. Der Kiefer schob sich nach vorn. Aus Zähnen wurden lange, spitze Reißer. Zähne, die gemacht waren, um Fleisch zu reißen und den Tod zu bringen. Als ich mit meinen Händen über den Kopf fuhr, tastete ich über die langen, nach oben spitz zulaufenden Ohren. Ich hatte es tatsächlich geschafft. Ich konnte mich verwandeln und heulte es aus mir raus.

Björn und Hugh, die sich ebenfalls verwandelt hatten, standen neben mir – zu dritt heulten wir Odins Wolfsgesang.

Dann setzten wir zur Jagd an. In einem Bogen rechts und links von mir rannten Hugh und Björn. Sie trennten ein Tier aus der Herde und trieben es auf mich zu. Es konnte nicht mehr fliehen. Zitternd stand es da und sah seinem Tod in die Augen. Ich stürzte mich auf das Ren und trieb meine Zähne in seinen Hals. Zusammen rissen wir das Ren in Stücke und labten uns an seinem warmen Blut und Fleisch. Es war ein wunderbares Gefühl, meine Zähne ins Fleisch zu treiben und es herauszureißen.

Gloi flog über mir und krächzte. Für ihn riss ich kleine Stücke heraus und warf sie ihm zu. Ich fühlte mich großartig. Ein unbeschreiblicher Zustand. Ein Zustand, unbesiegbar zu sein. Die Schnelligkeit, die ich nun hatte. Die Kraft, das Hören und Riechen. In diesem Moment hätte ich mich jedem Gegner gestellt. Riechen und hören konnte ich schon nach Einars Biss besser als jeder, den ich kannte, doch nun – unfassbar.

Den Rest unserer Beute zerlegten wir und nahmen ihn für unsere Freunde mit. Björn und Hugh waren zufrieden damit, ihr Ziel erreicht zu haben: Mich dazu zu bringen, dass ich mich verwandeln konnte. Ohne Hast kehrten wir zurück. Ich hatte kein Bedürfnis, mich zurückzuverwandeln. Warum auch? Alle sollten mich so sehen, als Eric, den Wolf. Noch immer hatte ich den anregenden Blutgeschmack im Mund.

Meine Zunge fuhr immer wieder über meine Schnauze, um den Rest abzulecken. Doch es fehlte mir jemand. Mein Blick wanderte über den leicht bewölkten Himmel, doch von Gloi keine Spur. Ich dachte an ihn und rief ihn. Er hatte mich gehört und kam angeflogen und landete wie immer auf meinem Arm, um kurze Zeit später wie gewohnt auf meiner Schulter zu sitzen. Er hatte keine Angst vor mir, obwohl ich nun die Gestalt eines Wolfes angenommen hatte. Er thronte wie immer auf meiner rechten Schulter und blickte wie ein König übers Land. So trafen wir im Lager ein.

»Wie ich sehe, habt ihr schon gegessen«, sagte Wulfgar. »Umso besser, dann bleibt für mich mehr.«

»Oder für mich«, fügte Halfdan bei.

Skeld, der in seinem Kochtopf rührte, schaute auf. »Mhhh. Also, Eric gefällt mir viel besser als du, Ingwar. Du siehst hässlich aus.«

»Bin auch schon älter als er und habe schon viele Schlachten geschlagen. Er sieht nach so vielen Jahren auch nicht viel besser aus.«

»Ohhh, da ist jemand gekränkt, Skeld. Du musst mehr Feingefühl walten lassen«, sagte Ronan, »wenn du mit ihm sprichst. Glaube mir.«

»Ach was. Er ist und bleibt ein Blümchen. Das war er schon immer.«

Am liebsten wäre ich in meiner neuen Gestalt geblieben. So gut fühlte ich mich. Doch Björn, der nun, zwei Köpfe kleiner, wieder in seiner menschlichen Gestalt neben mir stand, klopfte mit seiner Hand auf meinen Bauch. »Befrei dich vom Tier, Eric. Lass los!«

Es war nicht leicht. Der Wolf hatte Macht und fühlte seine Freiheit. Er wollte jagen. Doch es gelang mir, ihn zu unterdrücken. So schnell, wie ich mich zu einem Wolf verwandelt hatte, so mühsam und dennoch relativ zügig war ich wieder Eric Hallvardson; ich fühlte mich schwach und klein. Ich saß am Feuer und schaute meinen Freunden zu, wie sie Skelds

Suppe schöpften und genüsslich löffelten. Ich hatte noch genug rohes Fleisch in meinem Bauch und noch immer den Blutgeschmack im Mund. Darum begnügte ich mich mit dem Met.

Nach dem Essen hob Einar seine Hand und brachte die Stimmen und das Gelächter zum Schweigen. »Da nun Eric bereit ist und unumstößlich zu unserer Gemeinschaft gehört, ist die Zeit gekommen, um von hier fortzugehen. Ich treffe mich morgen noch mit den beiden Oberhäuptern, um einiges zu besprechen. Je nachdem, wie das Gespräch verläuft, reisen wir übermorgen ab.«

Alle nickten und waren glücklich, dass es weiterging. Einar setzte sich neben mich und schenkte uns Met nach.

»Gut Eric. Nun bist du unumstößlich mit unserer Bruderschaft verbunden. Übe in den folgenden Tagen, wie du nur einzelne Körperteile zur Verwandlung bringst. Zum Beispiel die Hand.« Noch hielt seine Hand den Becher, als sie knackte und sich zu verändern begann. Kurze Zeit später hielt eine Wolfspranke den Becher. Außer seiner Hand war an ihm keine Veränderung zu sehen. »Du kannst damit spielen. Schau auf meine linke Hand.«

Gespannt sah ich auf seine Hand, die auf seinem Oberschenkel lag. Es war faszinierend zuzuschauen, wie sich erst der kleine Finger und später der Zeigefinger verwandelten.

Mit hochgezogenen Augenbrauen sah ich ihn an. »Ist kaum zu glauben, dass das möglich ist.«

Einar schmunzelte mich an und boxte mich an die Schulter. »Du hast genügend Zeit, um deinen Willen so zu trainieren, dass du das auch fertig bringst.«

Hugh, der in unserer Nähe saß und alles mitbekommen hatte, grinste nur. »Versuchs aber nie mit deinem Schwanz. Du wirst keine Frau damit beeindrucken. Eher das Gegenteil wird geschehen und sie werden fluchtartig aus dem Bett hüpfen und kreischend davonrennen.« Es klang so, als hätte er es selbst einmal getestet. Aber Einar und Björn schmunzelten

zustimmend.

»Da kann ich dir eine Geschichte erzählen, Eric. Hugh und ich, wir teilten uns eine schöne Maid. Es war in Jorvik.«

Einar winkte ab und stand auf. »Nein, nein, bitte nicht diese Geschichte!«

»Es hätte fast unseren Kopf gekostet. Wir wären beinahe der Hexerei angeklagt worden. Es hat mich viel Redekunst gekostet, euch wieder rauszuholen. Niemand wollte mehr was mit uns zu tun haben. Also verschont mich mit noch mehr solchen Weibergeschichten.«

Björn sah Hugh an und dann zu Einar. »Das hat sich wirklich so zugetragen.«

»Das weiß ich nur zu gut«, sagte Einar. »Schon gut, Björn. Erzähle die Geschichte nur Eric. Ich muss ins Bett. Morgen ist ein langer Tag.« Er ging in sein Zelt.

Beide rückten näher zu mir und Björn fing an zu erzählen. Er war ein guter Erzähler und konnte alle Geschichten blumig ausfüllen. Wir lachten herzhaft und der Met floss durch unsere Kehlen.

Am Morgen traf ich Ronan beim Rasieren. Ich fuhr mir über meine Backen und Kinn. Es war schon lange her, dass ich mich das letzte Mal rasiert hatte. Bereitwillig überreichte er mir sein kleines Messer. Er schaute zu, wie ich es machte.

»Wenn wir das nächste Mal in einer Stadt sind, kaufe ich mir mein eigenes Messer.«

Ronan schmunzelte. »Ich werde mit dir eines aussuchen. So lange gehört es auch dir. Du siehst besser aus. Dein blonder Schnauzbart kommt besser zur Geltung.«

STEPPENREITER UND ODINS WÖLFE

Gloi flog krächzend tief über uns hinweg und unterbrach unsere Unterhaltung. Wir beide schauten ihm nach, wie er enge Kreise um unser Lager flog und lauthals rief.

»Scheint aufgeregt zu sein, dein Vogel«, sagte Ronan.

Ich nickte. »Etwas stimmt aber nicht. So habe ich ihn noch nie erlebt.«

Alle, die schon aus ihren Zelten waren, sahen ihm zu, uns beschlich dasselbe Gefühl. Ich sah, dass Björn Hugh weckte, ebenso Skjold, der in Halfdans Zelt ging. Njall kam in unser Lager gerannt. Zuerst sahen wir ihn in Wolfsgestalt rennen, dann verwandelte er sich wieder und rief: »Los, alle aus den Betten, schnell. Und holt unsere Waffen vom Schiff.«

Keiner stellte eine Frage und handelte sofort. Wir rannten über die Dünen zum Strand zu unserem Schiff. Alles wurde aus dem Stauraum geholt und zu unserem Lager gebracht, wo wir unsere Rüstungen anzogen.

»Was ist passiert, Njall?«, fragte Ingwar.

»Einar wird gleich eintreffen und euch alles erzählen.«

Gespannt standen alle in ihren Kettenhemden im Lager. Die, die zuerst kampfbereit waren, bezogen in jeder Himmelsrichtung Posten, etwas entfernt vom Lager, wo man besser in die Weite spähen konnte.

»Einar kommt!« Halfdan zeigte in die Richtung, wo er ihn sah. Es dauerte nicht lange, bis er eintraf.

»Gut, ihr seid alle bereit«, sagte Einar schnaufend. Als er wieder zu Atem gekommen war und alle von ihren Posten wieder bei uns standen, erzählte er weiter. »Die beiden Oberhäupter haben uns gebeten, ihren Soldaten beizustehen. Angeblich werden sie alle zwei oder drei Jahre von einer marodierenden Steppenreiterbande aus der Tundra angegriffen. Ich habe ihnen unsere Hilfe zugesichert. Wir brechen unser Lager hier ab und beziehen unsere Quartiere im Heiligtum.«

Keiner widersprach, obwohl sich einige gefreut hatten, endlich weiterzusegeln. In Windeseile war alles abgebrochen und im Schiff verstaut. In voller Rüstung zogen wir Richtung Heiligtum.

Als wir dort eintrafen, war alles totenstill. Nicht wie beim ersten Mal, als rundherum Feuer brannten, an denen Schamanen oder Goden in Trance saßen. Alles menschenleer. Ein gespenstischer Anblick. Einar hob die Hand, was uns zum Anhalten bewog. Wir formierten uns sofort zu einem Viereck. So konnten wir uns auf allen Seiten verteidigen.

Doch das war nicht nötig. Die beiden Oberhäupter traten aus ihren Felsbehausungen und empfingen uns freudig. Sie luden uns ein einzutreten. Für die einen war es das erste Mal, so etwas zu sehen, und sie staunten nicht schlecht, wie es hier im Felsen aussah. Wir wurden in eine große Halle geleitet, wo wir uns an einen langen Tisch setzten. Uns wurden Speisen und Getränke gereicht; der Hauptmann, der uns hierher gebracht hatte, erzählte uns die neusten Begebenheiten. Die ersten berittenen Späher seien gesichtet worden. Sie kannten sie und bestätigten, dass es sich um diese Bande Steppenreiter handelte, die hier in der Gegend alle Jahre wieder Raubzüge unternahmen. Sie kamen aus den nördlich benachbarten Ländern und waren nur auf Beute und Sklaven aus. Schnell geführte Angriffe, um schnell mit der Beute zu verschwinden. Doch diesmal schien es anders auszusehen. Einar, der dem Hauptmann gespannt zugehört hatte, stand auf. »Wir werden Späher aussenden.«

Skjold stand auf. »Ich werde gehen.«

Ich sah ihn an. »Ich werde ihn begleiten.« Ich legte meine Hand auf Skjolds Schulter.

Einar nickte uns zu. »Gut.«

Hugh und Björn wollten Einwände erheben, doch Einar blockte ab.

So verließen wir gegen Abend das Heiligtum. Zwei Wölfe rannten im fahlen Licht. Wir schlugen einen weiten Bogen um sie. Unser Ziel war es, sie von der Seite oder von hinten zu beobachten. Zusammen rannten wir durch die Einöde der Tundra – bis uns nach einer Ewigkeit feiner Rauchgeschmack in die Nase kam. Bald darauf sahen wir ihre Zeltstadt. Wir schlichen uns an. Sie fühlten sich absolut sicher, denn auch ihre Wachposten nahmen ihre Aufgabe nicht richtig ernst. Sie standen auf ihren Speeren gestützt da und schwatzten laut mit ihren Freunden, die in einiger Entfernung an den Feuern saßen. Einer kam ganz gemütlich in unsere Richtung gelaufen und pisste an ein Büschchen. Er machte sich nicht einmal die Mühe, sich umzublicken, so sicher fühlte er sich. Hätte er genauer hingesehen, hätte er uns sicher entdeckt. Auch wäre es kein großes Problem gewesen, ihre Pferde zu stehlen, die etwas außerhalb der Zelte an Pflöcken gebunden waren und das Gras fraßen. Es waren kleine Pferde, aber sie schienen sehr zäh zu sein, wie geschaffen für diese karge Gegend. Doch Skjold und ich machten uns nur zur Aufgabe, ihre Anzahl und Bewaffnung zu erkunden, um dann schnell zurückzukehren.

Wir wurden schon mit Spannung erwartet und sofort zu den beiden Oberhäuptern gebracht, wo auch Einar, Njall und der Hauptmann der Wache warteten. Skjold erzählte, dass es sich um circa vierzig bis sechzig Mann handelte. Alle in voller Kampfmontur.

»Wie sahen sie aus?«, fragte der Hauptmann.

»Ihr Körperwuchs war viel kleiner als unserer«, sagte ich. »Auch habe ich noch nie solche Augen gesehen. Wie Schlitze.

Einige hatten flache Nasen. Die meisten hatten Körperpanzer aus Leder. Es glich einer Fischhaut, Lederplatten, die sich überlappten.«

»Ihre Schwerter sind schlanke, gekrümmte Klingen«, ergänzte Skjold. »Auch habe ich Lanzen und kleine Pfeilbögen gesehen. Aber ihre Anführer tragen weder eine Standarte noch eine Fahne, kein Anzeichen.«

Der Hauptmann war zufrieden, nickte stumm und wandte sich an seine Oberhäupter. »Es handelt sich ganz bestimmt um dieselben Banditen, die uns vor zwei Jahren angegriffen haben.«

Die Goden sahen sich an und stimmten ihm zu.

»Wie sollen wir vorgehen?«, wollte das Schamanenoberhaupt wissen.

Njall stand auf. »Darf ich sprechen?«

Er erhielt die Zustimmung.

»Ja, lass uns deinen Plan hören, Njall von der Grünen Insel. Sprich.«

»Lasst uns eure Augen und Ohren sein. Wir werden ausschwärmen, während ihr eure Soldaten hierhin zurückzieht. Für die Verteidigung. Der Rest von uns sollte sich außerhalb aufhalten und sie bei einem Angriff von der Flanke angreifen.«

Es wurde still im Raum. Die Goden und der Hauptmann sahen sich an.

»Warum schlägst du vor, dass ihr außerhalb kämpft?«, wollte der Hauptmann wissen.

»Sie wissen nichts von unserer Anwesenheit. Ich rechne mit einem Überraschungsmoment«, erläuterte Njall.

Wieder tauschten die Goden und der Hauptmann Blicke.

Einar wandte sich an Njall. »An wen hast du gedacht, alter Freund? Wen willst du als Späher einsetzen?«

Njall sah uns alle an, dann drehte er seinen Kopf zu Einar: »Ich werde mit Halfdan in nördlicher Richtung gehen, während Ronan und Ingwar die südliche Richtung nehmen. So haben wir noch eine dritte Option, sie von hinten anzugreifen.

Du, Wulfgar, Skjold, Björn, Hugh, Skeld und Eric, ihr versteckt euch in der Nähe in den Dünen, wo unser Schiff liegt. So könnt ihr in ihre Flanke fallen, womit sie nicht rechnen, da sie ja von unserer Anwesenheit nichts wissen.«

Einar rieb sich sein Kinn. »Das bedeutet, unsere jetzt schon bescheidenen Kräfte zu teilen.«

Njall nickte ihm zu. »Ja, das stimmt. Und es ist gewagt. Das gebe ich zu«, sagte Njall, der sich mit seinen Armen auf der Tischplatte abstützte und Einar ansah.

Einar sah zu Njall und schmunzelte. »Einverstanden! Wir wollen ja nicht ewig leben.«

Nach langem Zögern gaben auch die Oberhäupter ihr Einverständnis.

Und so geschah es. Die vier verließen uns; wir gingen alle aus dem Heiligtum und zogen in die Dünen. Jeder suchte sich einen Platz und überprüfte seine Kleidung und Waffen. Die einen nützten die Ruhe, um zu schlafen und schnarchten friedlich vor sich hin. Ich fand keine Ruhe und fuhr mit einem Wetzstein immer und immer wieder über die Klinge meines Schwertes, das ich aus dem Sachsenland mitgebracht hatte. Mir war auch bewusst, dass die Klinge scharf genug war. Aber ich zog den Wetzstein unaufhörlich darüber.

Hugh legte seine Hand auf meinen Arm. »Lass gut sein, Eric. Das Schwert ist scharf genug. Schlaf noch ein wenig, bevor es losgeht. Ich kann mir vorstellen, was in dir vorgeht. Mir ging es genau gleich in der Nacht vor meiner ersten Schlacht. Die Fragen, die einen quälen. Wie stelle ich mich an oder versage ich? Erfülle ich die Anforderungen, die meine Freunde an mich stellen? Lebe ich am Abend noch? Es geht uns allen gleich. Glaube mir. Auch ich habe vor jeder Schlacht das Gefühl, es könnte die letzte sein, und ich sehe meine Lieben zu Hause nie mehr. Und sie werden nie erfahren, wo ich meinen letzten Atemzug tat.« Er schmunzelte mir erneut zu.

Ich sah ihn wortlos an und wusste, er hatte genau das beschrieben, was in mir vorging. Genau diese Gedanken und genau diese Gefühle, genau diese Fragen quälten auch mich. Ausgestreckt lag ich auf meiner Decke. Die Augen geschlossen, aber Schlaf fand ich keinen.

Es war schon fast eine Erlösung, als uns Einar weckte. Aber an diesem Morgen lachte keiner. Niemand erzählte einen aufheiternden Witz. Stumm und konzentriert zogen wir unsere Rüstungen an. Gürteten unsere Waffen, fassten Schilde und Helme. Dann begaben wir uns an den Ort, den Njall und Einar bestimmt hatten. Wir versteckten uns hinter einer Anhöhe, während immer zwei von uns Wache hielten und den Horizont beobachteten. Es vergingen Stunden, so wie ich glaubte, und es geschah nichts.

Plötzlich stieß lautlos Ingwar von hinten zu uns. »Der Tanz beginnt. Sie sind alle aufgestanden und sammeln sich.«

Einar nickte. »Wo ist Ronan?«

»Er kommt so schnell wie möglich nach, er will auf Nummer sicher gehen.«

Nun dauerte es nicht mehr lange, bis die ersten Reiter auftauchten, gefolgt vom Rest. Sie stellten sich in einer Reihe auf, um ihre Stärke zu zeigen. Dann näherten sie sich im leichten Trab und blieben in Formation zweihundert Meter vor dem Heiligtum stehen. Ihr Anführer trat aus der Formation und näherte sich dem Felsmassiv. Er rief etwas in einer Sprache, die keiner von uns verstand. Aber sein Begehr war nur zu gut zu interpretieren. Da erschien am oberen Rand der Felsen das Schamanenoberhaupt und rief in seiner Sprache etwas zurück. Dabei schwang er seinen Stab und richtete ihn gegen die Reiter. Am Schluss schlug er den Stab hart auf den Felsen. Ich hatte das Gefühl, als würde die Erde erzittern, und in meinen Ohren dröhnte der Schlag, als hätte er mit einem übergroßen Schmiedehammer auf den Amboss geschlagen. Ihre Pferde wieherten und tänzelten nervös und brachten Unruhe in ihre Reihen. Doch ihre Reiter hatten sie schnell wieder unter Kontrolle. Der Anführer zog sein Schwert, hielt es gegen den Schamanen und, wie es schien, verhöhnten seine Worte ihn.

Der Priester hob ebenfalls seinen Stab gegen ihn und hielt ihn stumm auf ihn gerichtet. Er blieb auch weiterhin so stehen, auch als der Reiter abdrehte und seitlich davonritt. Ihm folgten alle seine Krieger. Sie ritten einen Bogen, um sich weiter hinten neu zu formieren. Wir hörten die Anfeuerungsrufe ihres Anführers und die Hochrufe seiner Männer.

Ich schaute zu dem Felsmassiv. Der Schamane stand noch immer mit erhobenem Stab an derselben Stelle. Das Kriegsgeschrei der Reiter lenkte mich ab; ich blickte zu ihnen. Ich beobachtete, wie sie geschlossen anritten. Die meisten hatten einen Pfeilbogen in der Hand. Diese Art sah ich indes zum ersten Mal. Sie waren nur halb so groß wie der Bogen von Ketil und stark geschwungen.

Ingwar flüsterte mir zu: »Sie haben Reiterbögen. Pass ja auf. Sie reiten und schießen und treffen ausgezeichnet. Sie lernen es von Kindesbeinen an. Ich habe sie schon einmal bei den Rus gesehen und konnte zusehen, wie gut sie sind.«

Ich schaute zu, wie sie auf die Felsen zuritten. Dabei zogen sie Pfeile auf. Ihre Pferde lenkten sie nur mit dem Druck ihrer Schenkel. Als sie nahe genug waren, wurden sie von einem Pfeilhagel der Wache empfangen. Pferde wieherten oder schrien verletzt auf; der Tod forderte seine ersten Opfer. Pferde brachen verletzt oder tot zusammen und zogen ihre Reiter mit. Oder sie galoppierten mit den anderen weiter – ohne ihre Herren, die getroffen auf der Erde lagen. Die Reiterbande teilte sich und schwenkte links und rechts ab, während sie zugleich ihre Pfeile abschossen. Dann zogen sie ab, um sich weiter hinten zu sammeln und wieder neu zu formieren. Der Schamane hatte sich kurz vor dem Pfeilhagel zurückgezogen und machte seinen Soldaten Platz.

Wieder ritten sie an, doch diesmal sprangen viele ab. Ihre Schilde hielten sie hoch, als Schutz gegen die Pfeile, und rannten zu dem Fels. Ihre Freunde gaben ihnen mit anhaltendem Pfeilhagel Schutz, so gut es ging. Die, die es schafften, erklommen sofort den Fels. Doch aus unsichtbaren Nischen flogen Pfeile, Speere wurden nach ihnen geworfen oder gestoßen. Einer nach dem anderen stürzte getroffen wieder hinunter.

Plötzlich waren heftiger Trommelschlag und Hörner aus dem Berg zu hören: das Zeichen!

Einar winkte uns zu. Sein Banner wurde entrollt. Nun flatterten seine zwei schwarzen Raben auf weißem Grund im Wind. Zusammen stiegen wir auf die Anhöhe und zeigten uns. Dann schlugen unsere Schilde vor uns zusammen, dazu ertönten im Takt unsere Schwerter und Äxte. Gloi, der immer in meiner Nähe war, stieg in die Luft und flog krächzend dem Feind entgegen und verhöhnte ihn. Er flog tief über ihre Köpfe und durch ihre Reihen, um zu zeigen, dass ihr Tod schon bestimmt war. Die Reiter, die uns am nächsten waren, rissen ihre Pferde herum und griffen uns sofort an. Doch deren Angriff war nicht koordiniert. Sie attackierten uns mit großen Zwischenräumen. Ihr Schwung wurde gebremst, als ein erneuter Hornruf erschallte. Doch dieses Mal klang es hell und klar. Aus einer Tür, die kaum zu sehen war, traten Soldaten hervor und bildeten wie wir einen Schildwall. Der bremste einige Reiter, die uns angriffen und nicht recht wussten, ob sie uns oder den neuen Gegner angreifen sollten. So kamen sie nicht in einer Front angeritten, was unser Glück war. Sich ihnen als Wall entgegenzustellen, hätte bedeutet, dass sie uns umgeritten hätten. Wir hätten keine Chance gehabt. So aber öffneten wir bei jedem Angreifer kurz vor dem Aufprall den Wall und ließen sie durch. Ich auf der einen Seite und Ingwar neben mir oder Björn. Zugleich hoben wir unsere Schilde, um uns vor Schwerthieben zu schützen. Gleichzeitig stachen und schlugen wir nach den Angreifern. Neben mir fiel ein Reiter aus dem Sattel, den Hughs Langaxt in die Brust getroffen hatte. Das Pferd lief weiter, während sein Reiter noch seine letzten Atemzüge tat. Ich schlug einem das linke Bein ab und traf mit meinem Schwert auch die Flanke des Pferdes, das ihm den hinteren Teil des Bauches bis zum Schenkel aufriss. Es fiel ein paar Meter weiter um und verendete wie sein Herr. Ich konnte ihrem Todeskampf nicht folgen, da schon die nächsten Angreifer ihre Pferde den Hügel hinauftrieben. Sie feuerten ihre Pferde an, die schnaufend die Anhöhe hinaufkamen. Ich hatte noch Zeit, meinen Schild zu heben, als auch schon eine Schwertklinge darauf schlug. Schon war er an mir vorbeigeritten. Doch er riss sein Pferd herum und griff erneut an. Ich schlug mit aller Kraft meinen Schild und traf das Pferd mit dem Schildbuckel an der Nase. Es bäumte sich auf, die Augen aufgerissen vor Schmerz. Blut spritzte aus Nüstern und Maul. Es gehorchte seinem Reiter nicht mehr, es wollte nur noch weg und warf seinen Herrn ab. Diese Gelegenheit nutzte ich und stieß mein Schwert in seinen Bauch.

Neben mir kämpfte Björn; er lachte. »Ein schöner Tag ist es heute. Ein wunderbarer Tag.«

Nach dieser Attacke schloss sich unser Wall wieder und wir erwarteten den nächsten Angriff. Ich sah, wie der Schildwall der Wache unter uns immer weiter vordrang. Nicht wie wir. Wir hielten den besseren Standort auf dem Hügelkamm. Auch waren wir viel zu wenige für eine offene Feldschlacht.

»Nutze deine neue Kraft, die du von Gottvater erhalten hast«, hörte ich Björn neben mir sagen.

Einar schrie: »Achtung, Pfeile.«

Sie flogen auf uns zu. Wir duckten uns hinter die Schilde und hörten, wie die Pfeile mit einem Klock-Geräusche in die Schilde einschlugen und stecken blieben. Oder sie sirrten an unseren Köpfen vorbei. Die nächsten Feinde kamen angeritten. Erneut bildeten wir eine Gasse und hieben mit Schwertern gegen die Beine von Pferd und Reiter. Ohne uns darum zu kümmern, was mit ihnen geschah, schlossen wir wieder unseren Wall. Hugh und Ingwar erledigten die, die noch lebten. Wir schlossen unseren Schildwall wieder und stellten uns den Kriegern, die zu Fuß hinaufgerannt kamen. Nun begann das Drücken, das Schieben, das Stechen. Das ringen nach Luft. Man roch den schlechten Atem des Gegners und spürte

dessen frisches Blut sowie den Urin und Kot, den die Sterbenden nicht mehr halten konnten. Das Kämpfen auf solch engem Raum machte mir Mühe. Mein Schwert war zu lang und zu unhandlich. Ich nahm es in meine Hand, mit der ich meinen Schild hielt und zog mein langes Messer. Ich drückte meinen Schild gegen den Gegner und beobachtete, um im richtigen Moment zuzustechen. Immer wieder stieß ich zu und ließ mein Messer Blut trinken.

Einar befahl uns, langsam vorzurücken. Es war schwierig, den Schildwall aufrechtzuhalten und gleichzeitig über die Toten und röchelnden Sterbenden zu steigen. Meter für Meter näherten wir uns dem Schildwall der Wache, sodass wir uns zusammenschließen konnten. Als wir uns in ihrem Wall eingegliedert hatten, blieben wir stehen und ließen eine erneute Welle der Angreifer über uns ergehen. Wieder tauchten wir unsere Klingen in ihr Blut und gaben keinen Meter des Bodens her. Ihr Angriff kam zum Stillstand, ihr Mut verließ sie. Auch alle Anfeuerungsrufe ihres Anführers blieb erfolglos. Sie flüchteten. Auf der anderen Seite sahen wir, wie sie vor Njall und Halfdan flohen, die ihr blutiges Werk vollbrachten. Gegen Wölfe zu kämpfen, versetzte sie in Panik.

Alle flohen – alle, die es noch konnten.

Einar sah uns an. »Sind wir Odins Wölfe?«

»Ja das sind nur wir.«

Kurz darauf lösten wir uns aus dem Wall als Wölfe. Hungrig nach Blut und Fleisch. Zähne, Krallen und unsere Schwerter zogen eine blutige Spur durch ihre Reihen. Alle, die rennen konnten, flohen Hals über Kopf. Die Schlacht hatten wir gewonnen. Das Feld war übersät von Toten, die Tundra voller Blutschlamm.

Als alles vorüber war, sammelten wir uns auf der Ebene. Wir heulten ihnen nach, erhoben unsere Waffen und richteten sie gegen die Flüchtenden. Dann teilten wir uns und jeder ging für sich über das Feld des Todes. Die Feinde, die sich noch röchelnd auf dem Boden wälzten und in ihrem Blut lagen,

wurden erlöst. Jeder suchte bei den Toten nach Wertgegenständen, Silber oder Goldmünzen, Ringen, Ketten und Armreife. Waffen aller Art wurden zusammengetragen und auf einen Haufen geworfen. Am Schluss lagen sie da, allem beraubt, nur noch Fraß für die Raben.

Aber der Tod hatte auch in unseren Reihen reiche Ernte gehalten. Wir halfen bei der Bergung der Verletzten und trugen die Toten der Wache in den Berg. Wir alle hatten Verletzungen, die der Pflege bedurften. Aus Halfdans Brust musste ein Pfeil herausgeschnitten werden. Ein Schwert hatte Hugh übel am Bein erwischt: eine lange, klaffende Wunde, die stark blutete. Skelds Schulter war ausgerenkt und musste eingerenkt werden. Wir alle hatten Prellungen und Schnittwunden.

Einar, der gerade fertig war mit dem Einbinden seines Unterarms, fragte: »Hat einer von euch Ronan gesehen? Oder sitzt er schon am Tisch und besäuft sich?«

Wir sahen uns alle fragend an. Ja das stimmte. So wie Ingwar erzählte, hatte er zu uns stoßen wollen. Wo war er?

»Ich habe kein gutes Gefühl, Einar. Ich werde ihn suchen«, sagte Njall.

Einar sah ihn an und hielt ihn zurück. »Nein, mein Freund. Alle, die können, kommen mit auf die Suche. Wir suchen ihn zusammen. Aber zuerst essen wir etwas. Dann brechen wir auf.«

Njall wollte Einwände erheben. »Es war mein Plan und nun ist mein letzter Freund und Gefährte von der Insel verschollen. Ich muss sofort gehen.«

»Nein, auf keinen Fall. An deinem Plan trage ich genauso Schuld. In einer Stunde gehen wir.«

»Dem stimme ich zu. Njall, bitte höre auf Einar und nach einer Stunde stehen wir dir zur Seite. Wir finden den irischen Bastard schon. Glaube mir«, sagte Björn.

»Macht euch bereit. Wir nehmen nur das Nötigste mit. Keine Rüstungen. Die Schwerter werden auf den Rücken gebunden. Nichts, das uns behindert und unnötigen Lärm

verursacht. Wir wissen nicht, wie weit sie schon sind. Halfdan, Skeld und Hugh bleiben hier und kurieren sich.«

Wir anderen trafen uns in der Halle. Es war sehr ruhig. Wir nahmen etwas zu uns und machten uns bereit. Njall war schon seit Längerem bereit und wartete schon ungeduldig auf uns. Zusammen verließen wir unter Begleitung der Wache den Berg. Draußen empfing uns der Hauptmann und wünschte uns Glück. Wir ließen das Tier in uns frei und Ingwar führte uns an den Ort, an dem er sich von Ronan getrennt hatte. Wir schwärmten kreisförmig aus und versuchten eine Spur aufzunehmen. Njall gab uns ein Zeichen und wir folgten ihm.

Ingwar schüttelte seinen Kopf. »Warum ist er nur zurückgegangen? Das verstehe ich nicht. Ich hätte ihn nie alleine gehen lassen.«

Einar schüttelte auch verständnislos den Kopf. »Nur Ronan kann uns erklären, was ihn dazu bewog.«

Vorsichtig folgten wir der Spur. Sie führte uns ins Lager der Steppenreiter. Oder was noch davon auffindbar war. Außer ihren kalten Feuerstellen war nichts mehr zusehen. Njall, Björn und Ingwar streiften umher und suchten nach verwertbaren Hinweisen. Doch nichts deutete darauf hin, dass Ronan im Lager war. Wir entschieden uns, dem breiten Pfad zu folgen, die sie mit ihren Hufen hinterlassen hatten.

Auf einmal blieb Njall stehen und zeigte auf den Boden. »Sieht aus wie eine Schleifspur. Als hätten sie etwas hinter sich hergezogen.«

»Sie ist blutig.« Ingwar zeigte uns seine Handfläche. Wir mussten uns nicht ansehen. Auch sprach niemand ein Wort. Wir rannten los, so schnell wir konnten. Unser Weg führte uns über kleine Hügel, durch Senken und über weite Ebenen. Vor uns immer die Hufspuren. Dann ging Njall, der weit an der Spitze lief, in die Knie und streckte seine Arme seitlich aus. Die letzten Meter liefen wir geduckt, und als wir zu ihm aufgeschlossen hatten, sahen wir ihr Lager.

»Sind noch zu viele Bastarde übrig geblieben«, meinte Ingwar.

»Wo steckt nur Ronan. Wo haben sie ihn versteckt?«, fragte ich.

»Vielleicht in einem Zelt. Oder außerhalb des Lagers«, überlegte Wulfgar laut.

»Teilen wir uns und suchen ihn«, schlug Njall vor.

»Kommt nicht in Frage. Wir sind zu wenige und ich will keinen von uns in unnötige Gefahr bringen.« Einar grollte.

Wulfgar zog sich zurück und deckte uns von hinten. Skjold deckte die linke und Ingwar die rechte Seite. Wir schauten weiterhin auf ihr Lager. Es herrschte ein nervöses, freudiges Treiben. Wir beobachteten, wie sie sich mit Humpen und Becher zuprosteten und lachten.

»Was feiern die bloß? Was für einen Grund gibt es, eine Niederlage zu feiern?«, fragte ich.

Njall gab mir Antwort: »Trotz ihrer Niederlage haben sie für sich einen Sieg errungen. Ronan.«

»Meinst du?«

Njall nickte nur.

»Hört auf damit. Seht, da passiert was«, sagte Einar. Der Anführer der Bande trat aus seinem Zelt und rief seinen Männern etwas zu, die ihn wieder Hochleben ließen und ihm folgten. Einige schwankten schon. Gespannt sahen wir, wohin sie gingen.

»Sie haben keine Wachen aufgestellt. Sie müssen sich absolut sicher fühlen«, grollte Einars tiefe Stimme.

Gemeinsam gingen alle samt ihren Trinkbecher und Schalen in ein großes Zelt. Wir hörten eine laute Stimme. Vermutlich die ihres Anführers. Zwischendurch drangen Gelächter und Hohnrufe zu uns. Ich wusste nicht warum, aber ich hatte von Minute zu Minute ein schlechteres Gefühl. Etwas beunruhigte mich immer stärker. »Ich rieche Blut. Frisches Blut. Ihr nicht?«

Einar und Njall sahen mich an, die anderen auch.

»Nein. Nicht speziell. Aber kein Wunder. Es gibt ja genug Verwundete im Lager«, meinte Skjold von der Seite und die anderen gaben ihm recht.

»Aber mit diesem Zelt stimmt was nicht. Glaubt mir. Ich kann es nicht erklären, aber ich habe das Gefühl, der Blutgeruch kommt von dort.«

»Wenn wir jetzt angreifen und du hast dich geirrt, Eric, riskieren wir unser Leben.«

»Verzeihe mir, Einar, wenn ich das sage. Aber hast du nicht vor geraumer Zeit zu Njall gesagt: Wollen wir denn ewig leben?«

Einar sah mich an. Njall nickte mir schmunzelnd zu und Wulfgar lachte. »Hört euch unseren Jüngsten an. Kaum einer von uns und schon einen solchen Tatendrang.«

»Darum ist er auch mein Enkel. Genau darum.« Björn lachte. »Und Hugh, wäre er hier, hätte meine Worte bestätigt.«

»Lasst es uns versuchen und eine Blutnacht feiern«, sagte Ingwar. »Legen wir so viele um, wie wir können und feiern danach bei unserem Vater in Walhalla an seiner Tafel. Lassen uns von den wunderbaren und schönen Frauen den Met reichen. Erzählen von unseren Fahrten und Taten und werden ewig leben bis zum Ragnarök, um dann zusammen das letzte Mal in die Schlacht zu ziehen.«

Unsere Blicke trafen sich und keiner verschwendete unnötige Worte. Ich löste meinen Gürtel, den ich über den Rücken gebunden hatte, an dem mein Schwert befestigt war und band ihn nun um meine Taille. Ich sah mich nach meinen Freunden um, die das Gleiche taten. Alle verwandelten sich. Und Minuten später pirschten wir uns vor.

Es war nicht zu fassen! Es gab keine Wache. Fühlten sie sich so sicher, um solche Fehler zu begehen? So war es für uns kein Problem, dicht an ihre Zelte vorzudringen. Auch kam es uns zugute, dass schon einige betrunken waren und viele verletzt. Die Ersten, die auf uns aufmerksam wurden, erschlugen wir gleich. Doch einer, der davonrennen konnte,

schlug Alarm. Ihre Angriffe waren aber unkontrolliert und ohne Konzept. Kleine Gruppen stellten sich uns entgegen. Aber in unserem Blutrausch ließen wir unsere Schwerter ihr Todeslied singen. Unsere Feinde sanken unter dem Hunger und Durst unserer Klingen zu Boden.

Endlich erreichten wir das große Zelt und zogen einen Verteidigungsring. Njall und Einar betraten das Zelt. Nach wenigen Schwertschlägen war von ihnen nichts mehr zu hören. Es herrschte nur noch Stille.

Wir dagegen erschlugen alle, die uns zu nahe kamen. Und es kamen immer mehr. Ihr Anführer hatte alle Männer zusammengerufen, und unter seinen Befehlen führte er sie gegen uns. Er rief ihnen Mut zu und ließ sie anstürmen. Ich war über ihre Körpergröße erstaunt. Ich war auch nicht sehr groß. Ketil, Ragnar, mein Vater, alle waren größer als ich, ausgenommen Snorre. Aber gegen die Größten von ihnen war ich immer noch mehr als einen Kopf größer. Doch ihre Körpergröße tat ihrem Mut keinen Abbruch. Sie griffen immer wieder an. Wir hatten alle Hände voll zu tun. Und schlugen nach allen Seiten um uns.

Da trat Einar als Erster aus dem Zelt, packte neben mir einen Schwertarm, der gerade auf Ingwar zielte und drückte seine Krallen tief in sein Fleisch. Der Steppenkrieger stöhnte und sank unter dem Druck auf die Knie und musste zusehen, wie Einars Klinge seinen Bauch aufschlitzte. Seine Innereien quollen heraus; er versuchte, sie mit seiner Hand wieder hineinzudrücken. Nun trat auch Njall heraus und brüllte, wie ich es noch nie gehört hatte. Er brüllte seinen ganzen Hass heraus. Schaum floss aus seinem Mund. Dann stürmte er los, und jeden, der sich ihm in den Weg stellte oder nicht fliehen konnte, rissen seine Krallen in Stücke. Eine Blutspur markierte seinen Weg. Er suchte ihren Anführer und fand ihn auf seinem Pferd sitzend und Befehle rufend. Mit einem gewaltigen Satz sprang er ihn an und riss ihn aus dem Sattel. Sie rangen am Boden und der Anführer versuchte verzweifelt,

sich Njall zu entziehen. Doch Njall spielte mit ihm wie eine Katze mit der Maus. Er warf ihn meterweit weg, um gleich wieder über ihm zu stehen. Er brachte ihm immer und immer wieder Verletzungen bei, die ihn nicht gleich töteten. Er genoss es und er erfreute sich an seinem Todeskampf.

Alle, die ihrem Anführer beistehen wollten, riss er in Stücke. Viele verloren nun endgültig den Mut und suchten ihr Heil in der Flucht. Doch da standen wir und zeigten kein Erbarmen. Ich sah Gloi, wie er fliegend mitkämpfte. Alle, die in meiner Nähe waren, attackiert er, im Vorbei- oder im Sturzflug hackte sein Schnabel nach den Feinden und fügte ihnen Verletzungen zu. Ohne ihren Anführer, der unter Njalls Klauen langsam starb, glichen sie einem Körper ohne Kopf. Panik brach aus. Keiner, der sie sammelte oder ihnen Befehle zurief.

Wir hingegen suchten nur noch Vergeltung. Es glich einem Massaker. Scharfer Stahl traf und trennte Gliedmaße ab und scharfe Krallen rissen ihr Fleisch von den Knochen. Höchstens ein paar gelang die Flucht. Die anderen lagen in ihrem Blut, waren schon tot oder hauchten ihren letzten Atemzug aus.

Als endlich alles vorbei war, sanken viele von uns auf die Knie und rangen nach Luft. Dann wurden wir ruhiger, die Ersten gingen zum Zelt. Wir kamen aus allen Himmelsrichtungen. Schnaufend, verschwitzt und bluttriefend stolperten wir über Leichen und Verletzte.

Einar zeigte aufs Zelt und sagte leise, aber irgendwie auch eiskalt: »Verabschiedet euch von unserem Freund.«

Jeder ging hinein und erwies Ronan die letzte Ehre. Solch einen Anblick hatte ich noch nie gesehen. Es stieß mich ab. Ich hätte mich beinahe übergeben. Die Art der Folter, wie sie ihn zugerichtet hatten! Ich konnte nicht verstehen, wie man das einem Menschen antun konnte. Er lag auf dem Boden. Alle Gliedmaßen waren an Pflöcken gebunden. Hände und Füße abgehackt. Am ganzen Körper war an den tätowierten

Stellen die Haut fein säuberlich herausgeschnitten worden. Die Hautpartien hingen an einer Leine zum Trocknen und wehten sanft im Luftzug, wie frisch gewaschene Kleider. In meinem Hals würgte es und als ich aus dem Zelt trat, musste ich mich übergeben. Diese Art, einen Feind zu töten, verstand ich zu diesem Zeitpunkt noch nicht. In mir brach eine heile Welt zusammen. Sie hatte nichts mit den Sagen und Legenden zu tun, die ich früher immer hörte. Dies war die Realität. Zu erkennen, wozu Menschen fähig waren, breitete sich in mir als eisige Kälte aus. An diesem Tag verlor ich mein Erbarmen.

Um meine Gedanken an Ronan zu verdrängen, ging ich über das Schlachtfeld. Ich stieg über die Toten, nahm ihnen Waffen und Wertgegenstände ab. Es interessierte mich nicht, ob sie noch in ihrem Todeskampf lagen oder schon im Jenseits waren. Ich raubte alles. Riss Ringe von ihren Fingern, nahm ihnen Halsketten und Armreife ab. Mir war nichts heilig. Auch erlöste ich keinen von seinen Schmerzen. Ich ließ sie verrecken. Wie ich rund um mich sah, taten es meine Freunde ebenso. Ingwar und Skjold fingen die Pferde ein und spannten einige vor einen Wagen in der Nähe. Wir warfen Waffen, silberne und goldene Schalen, Karaffen und Besteck darauf sowie Geldstücke und Geschmeide aus anderen Ländern. Auch Teppiche, die wir für wertvoll empfanden, wurden verladen. Inmitten der Schätze betteten wir Ronans geschundenen, gequälten Körper. Nun lag er da wie ein König, aufgebahrt auf all den Schätzen.

Die übrigen Wagen stellten wir zusammen, warfen Zelte und alles Brennbare oben drauf und zündeten es an. Rund um das Todesfeld steckten wir abgeschlagene Köpfe auf Speere gespießt in die blutige Erde. Als Abschreckung und Mahnmal für andere Banden, damit sie nie wieder dieses Gebiet betreten. Herrenlose Pferde banden wir an den Wagen und nahmen sie mit.

Dann zogen wir ab. Alle, die noch mit ihrem Tod kämpften, ließen wir mit ihrem Schicksal liegen, auch wenn einige

flehend ihre Hände emporhoben. Ohne ein Gefühl des Mitleids sah ich auf die Stöhnenden und sich Windenden herab. Wie ich so über das Schlachtfeld schaute, erblickte ich Gloi, der auf einem Toten saß und Fleischstücke aus ihm herauspickte. Ich rief ihn und er folgte meinem Ruf. Er flog direkt zu mir und setzte sich mit seinem blutverschmierten Kopf zuvorderst auf den Wagen.

Die Pferde, die solche Last zu ziehen nicht gewohnt waren, mussten wir häufig auswechseln; darum kamen wir nur langsam vorwärts. Ich hatte das Gefühl, der Weg zurück dauerte Tage. Njall wollte mit seiner Trauer alleine sein und lief weit vor uns ganz für sich. Als wir endlich das Heiligtum erreicht hatten, hoben wir Ronans Leichnam vorsichtig vom Wagen und trugen ihn hinein. Pferde und den Wagen mit allen Wertsachen übergaben wir der Wache.

Es war ein trauriger Empfang. Halfdan, Skeld und Hugh konnten es nicht glauben; sie waren über den Tod ihres Bruders bestürzt. Sie nahmen etwas später Abschied von ihm in der Halle, wo die Priester ihn aufgebahrt hatten.

Als wir wieder alle zusammen an der Tafel saßen, war es ruhig. Alle saßen gedankenversunken vor ihrem Met. Auch ich dachte an ihn zurück, wie er mir die Bedeutungen seiner Tätowierungen erklärt hatte. Das war noch zu Hause. Mir kam es vor, als wäre schon Jahre vergangen. Aber es war erst ein Jahr her. Wie er mir das Rasieren beigebracht, und ich dachte an all die Geschichten, die er mir erzählt hatte über seine grüne Insel. Er war kein Hitzkopf. Eher der Bedächtige, ruhig und abwägend. Doch besaß er einen großen Humor und liebte es, Witze und Geschichten zu erzählen. Vor allem liebte er es, mit Freunden zusammenzusitzen und zu feiern. Nun waren seine Witze verstummt und die Zeit, mit ihm Met zu trinken, war vorbei. Auch blieb ihm sein innigster Wunsch verwehrt, seine grüne Insel noch mal zu sehen, von der er bei jeder Gelegenheit erzählt hatte.

59

In mir verkrampfte sich alles. Ich musste gehen. Ich verließ meine Freunde und zog mich in unsere Schlafkammer zurück. Auf dem Weg dorthin sah ich meine junge blonde Priesterin. Sie winkte mir. Ich nahm sie in den Arm und küsste sie. Aber in dieser Nacht konnte ich kein guter Liebhaber sein. Alleine ging ich in unsere Kammer, legte mich hin und rollte mich in meine Decke.

Am nächsten Morgen stand ich schon früh auf und begab mich in den Waschraum. Njall kam mir entgegen, grüßte mich, ging aber weiter. Einar und Björn saßen noch drin. Grüßend setzte ich mich ihnen gegenüber. Der heiße Dampf zog in Wolken an uns vorbei und hüllte uns ein. Er brachte meine Poren dazu, sich zu öffnen, und mir lief der Schweiß herunter. Ich hatte das Gefühl, mit dem Schweiß befreite mich von dem Erlebten. Vom Gemetzel, das wir angerichtet hatten und vom Verlust Ronans. Mir liefen Tränen herunter und hier konnte ich es vertuschen, bis Einars tiefe Stimme durch die feuchten Dampfwolken zu hören war: »Lass uns gehen. Verabschieden wir unseren alten Wegbegleiter. Unserem Bruder.« Er stand auf und ging.

Björn bleib noch kurz bei mir sitzen. »Für mich ist es keine Schande, wenn ein Mann seine Gefühle zeigt. Wein dich aus und komm dann zu uns.« Er verließ mich und zog die Tür hinter sich zu.

Etwas später folgte ich ihnen und ging in unser Schlafgemach zurück.

Einar sah mich an. »Ich hasse solche Tage. Es geht mir nicht darum, Ronan die letzte Ehre zu erweisen. Mir geht es darum, von einem Freund Abschied zu nehmen. Es fällt mir schwer.«

Ich stellte mich zu ihm. »Lass uns gehen. Gehen wir den schweren Weg zusammen.«

Gemeinsam gingen wir zu unseren Freunden, die schon alle auf uns warteten. Wir trugen unsere besten Kleider. Als Mannschaft und als Bruderschaft schlossen wir uns am Ende,

nach den Soldaten, der Prozession an und zogen durch die Gänge bis zur Esche. Wir bezogen unseren zugewiesenen Platz: in der Nähe der beiden Scheiterhaufen. Auf dem einen lagen die sechs Soldaten der Wache, auf dem anderen lag Ronan, alle in prachtvolle, fürstliche Kleider gehüllt, ihre Waffen lagen ausgerichtet neben ihnen. Die Anwesenden hielten ihre Schwerter vor die Brust.

Als alle anwesend waren, begann der Gode mit der Zeremonie. Er beschwor die Götter. Ich konnte die Namen von Odin, Frigg und Freyr hören, dabei sang er unverständliche und geheimnisvolle Lieder. Die Schamanen schlugen dazu rhythmisch ihre Trommeln. Das Schamanenoberhaupt führte die Totenfeier weiter; er betrieb seinen Seidhr-Zauber. Dazu sangen die Priesterinnen mit ihren feinen, hellen Stimmen, begleitet von Harfen. Es war schön, ihnen zuzuhören. Es hüllte mich ein und ich hatte das Gefühl der Ruhe. Zu ihren weichen, melodischen Gesängen wurden acht Pferde hereingeführt und vor der Esche platziert. Acht Priester führten sie. Ein jeder stand neben einem Pferd. Der Schamane segnete jedes Pferd, während er nie aufhörte mit seinem Seidhr-Gesang. Dann schnitten die Priester die Schlagadern der Tiere auf. Ich hatte angenommen, die Pferde wollten flüchten. Sie standen aber seelenruhig da, während sich ihr Blut in Kaskaden auf den Boden ergoss. Der Zauber wirkte. Sie standen nur da, um etwas später auf ihre Vorderbeine zu fallen und sich dann entkräftet hinzulegen und zu sterben. Als das letzte Pferd regungslos lag, hörten die Gesänge und die Trommeln auf einen Schlag auf.

Das Oberhaupt der Goden hob seine Arme gegen den Himmel und rief Odin und seine wilde Schar. Abschließend wurden acht gefangene Steppenreiter unter der Begleitung der Wächter hereingeführt. Ihre Arme waren auf dem Rücken gebunden. Einige sahen auf die ausgebluteten Pferde auf dem Boden. Zuerst blickten sie uns an und dann den Baum. Nun war auch den Letzten klar, was mit ihnen geschehen würde.

In einer Reihe liefen die Priesterinnen hintereinander her. Jede trug vor sich einen Strick. Jeder Strick war am Ende dreifach geknotet, wie Odins Walknut. Jede Priesterin legte ihren Strick um den Hals eines Pferdereiters und einer nach dem anderen wurde anschließend zum Baum geleitet, ob sie wollten oder nicht. Die Enden der Stricke warf man über einen Ast und zog sie mit einem Ruck an, sodass die Gefangenen nur noch auf ihren Fußspitzen standen. Der Gode ging an ihnen vorbei und schaute alle genau an. Dann tunkte er in eine Schale, die mit dem Blut der Pferde gefüllt war, ein Stöckchen, das am Ende mit Haaren versehen war. Bei jedem Gefangenen tauchte er das Stöckchen ins Blut und malte, so gut es ging, ein Walknut auf dessen Stirn. Als alle gekennzeichnet waren, wandte er sich von ihnen ab und beschwor unsere Götter auf ein Neues. Er rief nach ihnen.

Langsam kam eine feine Brise auf, die im Minutentakt stärker wurde. Viele von uns schauten gespannt in Richtung Himmel. Rasend schnell zogen Wolken auf und verdunkelten den Himmel. In der Ferne zuckten Blitze. Rotbart schützte uns. Der Gode gab das Kommando, dann nahm man den Opfern die Handfesseln ab und sie wurden am Baum hochgezogen. Viele versuchten, sich zu befreien, doch der Dreifachknoten zog sich nur noch schneller zusammen. Nun baumelten alle acht an den Ästen. Das Zappeln der Beine hörte bald auf, die Zuckungen der Arme ebenfalls. Wie volle Getreidesäcke wiegten sie nun im Wind hin und her.

Die Opferung war beendet und nun konnten wir unsere toten Freunde dem Feuer übergeben. Zwei Fackelträger der Wache entzündeten den Holzstapel für ihre Freunde. Njall und Einar entzündeten Ronans Stapel. Mit dem Wind, der in das Holz fuhr, begannen die Holzlagen blitzschnell auf allen Seiten zu brennen. Er wirkte wie ein Blasebalg und in wenigen Minuten konnten wir von Ronan nichts mehr sehen. Sein Grab stand im Vollbrand. Priesterinnen brachten ein kleines

Fass Met. Wir tauchten unsere Becher in das Fass und hoben sie als letzten Gruß an die Toten, ehe wir sie leerten.

Njall beugte sein Knie vor Ronan und sagte leise in seiner Sprache: »Es tut mir leid. Ich habe immer gedacht, wir würden zusammen auf unsere Insel zurückkehren.«

Hugh übersetzte mir, was Njall sagte. Es war ihm anzusehen, wie sehr er litt. Nun nahm der Wind stark zu. Unsere Haare wehten wild durcheinander. Die Götter forderten ihren Zoll.

Der Gode rief laut: »Nun lasst unsere Götter an diesen Platz. Ziehen wir uns in die große Halle zurück.«

Nach den Oberhäuptern folgten die Priester und Priesterinnen, dann wir. Hinter uns steigerte sich der Wind zu einem Sturm. Als wir kurz vor dem Eingang standen, drehte ich mich noch mal um. Ich hatte das Gefühl, Pferdegewieher und Menschengelächter gehört zu haben. Auch hatte ich zu sehen geglaubt, wie die Soldaten und Ronan aus den Flammen aufstanden, ihre Arme erhoben und sie jemandem zu Begrüßung hin streckten. Wie sie einen Becher Met erhielten und ihn tranken. Oder spielte mir der heftige Wind mir einen Streich? War es nur eine Einbildung?

Hinter mir wurde das große Tor geschlossen. Ich folgte den anderen. Als ich sie eingeholt hatte, gingen wir durch das Labyrinth von Gängen im Fels und betraten die große Halle. Wir setzten uns an die riesige Tafel, eine Tischplatte aus einem Stück Fels. Solch eine Tischplatte zu schaffen, grenzte für mich an ein Wunder. Sie war sicher über zwanzig Meter lang und garantiert acht Meter breit. Met und köstliche Speisen wurden von den Priesterinnen und ihren Gehilfinnen gereicht. Ich sah mich nach meiner blonden Priesterin um. Doch sie stand schon neben mir und gab mir einen vollen Becher Met, während sie mich mit ihren tiefblauen Augen durchdringend ansah.

Mit meinem linken Arm umfasste ich ihre Hüften und hielt sie fest. »Ich habe dich gesucht und schon stehst du neben mir.

Schön, dich zu sehen.«

Ihre süße Stimme hauchte mir ins Ohr: »Ich will dich heute Nacht.« Dann löste sie sich von mir und entschwand. Ich hatte kaum Zeit, ihr nachzusehen, weil Njall sich neben mich setzte.

»Eric, ich will dir was schenken.« Njalls Stimme klang schwer und traurig. Er öffnete seinen Beutel und zog Ronans kleines Rasiermesser hervor, das in einer schönen, weichen Lederscheide steckte. Punzierte verschlungene Ornamente, wie er sie auf seiner Haut trug, waren darauf zu sehen.

»Ich glaube, es ist in seinem Sinne, wenn ich dir das schenke. Er braucht es nicht mehr. Und er hat dir das Rasieren beigebracht, auch das Schneiden der Haare. Ich habe auch gesehen, wie du es manchmal benutzt hast. Behalte es und denke an ihn, wenn du es das nächste Mal gebrauchst.«

Erstaunt sah ich Njall an, ich wusste erst nicht, was ich antworten sollte. »Bist du sicher, Njall?«

Er nickte nur und klopfte mir auf die Schulter. »Ja das bin ich. Trage das Messer mit Demut, hast du mich verstanden? Und das heißt für dich: Ich will dich nie mehr unrasiert sehen.« Dann stand er auf, ging zu seinem Platz und setzte sich wieder neben Einar.

Hugh, der alles gehört hatte, schmunzelte. »Du hast Njalls Worte gehört. Nie mehr mit Stoppeln an Kinn und Wangen. Und so wie es aussieht, kannst du morgen damit beginnen.« Er hob seinen Becher und sagte traurig. »Auf Ronan.«

Auch ich hob meinen Becher und während ich trank, gingen meine Gedanken zu ihm. Ich hielt noch immer sein Messer in der Hand und fuhr sanft mit den Fingern über die scharfe Klinge. Meine Gedanken schweiften zu vergangene Tagen: Wie wir zusammen saßen und lachten. Wie er mir den Kampf mit dem Messer erklärte und mich darin unaufhörlich schulte. Wie sehr ich seine ruhige und freundliche Wesensart schätzte und wie er sich nie in den Vordergrund drängte. Die Gemeinschaft war ihm wichtig. Wie schnell er eingriff, wenn

sich Spannungen zwischen uns anbahnten. Wir verloren nicht nur einen Bruder. Nein, für mich war er ein Freund. Allen von uns ging es gleich. Wir saßen stumm und in tiefen Gedanken versunken nebeneinander. Keine Witze und kein Gelächter. Wir trauerten wortlos und so mancher Becher wurde nachgeschenkt.

Der Met tat seine Wirkung, und Halfdan war der Erste, der das Schweigen brach. »Mir kommt da eine Geschichte in den Sinn. Aber ich habe nie richtig begriffen, warum wir die Insel der Gauten so schnell verlassen mussten. Hat Ronan wirklich die jüngste Tochter des Königs verführt?« Er sah in unsere Runde. Ich konnte keine Antwort geben. Es war vor meiner Zeit.

Die anderen sahen sich an und Njall fing zu lachen an. »Und wie, Halfdan! Ronan ließ keine Gelegenheit aus, um sie zu besteigen. Auch die Kleine suchte ständig seine Anwesenheit. Sie brachte ihm Essen und Getränke und war nie mehr als zweihundert Meter von ihm entfernt, sodass sie ihn immer sehen konnte. Er musste sie nie bitten. Sie hob ihre Röcke, so oft sie nur konnte. Egal, wo es war.«

»Ja, das stimmt, Njall, und wir waren immer bemüht, dass ihr Vater nichts von ihrem Treiben bemerkte«, grölte Skjold.

Hugh erzählte weiter und wischte sich seine Tränen ab. »Sie war ja schon vergeben. Sie sollte im Frühjahr einen alten Jarl aus dem Rusreich heiraten. Sie aber ließ keine Gelegenheit aus, um mit unserem Ronan ins Heu zu steigen. Und eine gebrauchte Jungfrau konnte ihr Vater natürlich nicht verkaufen. Er wollte uns nicht mehr, und unter der Begleitung seiner Leibwache wurden wir, so schnell es ging, zu unserem Schiff geleitet und mussten ablegen. Auch das Flehen, Betteln und Weinen seiner Tochter half nichts.«

Nun war das Eis gebrochen. Eine Geschichte folgte der anderen. Alle lachten und nach jedem Becher wurden die Geschichten wilder, die Zungen schwerer und die Jubelrufe auf Ronan langsam lallend. Wir tranken ihn an einen besseren

Ort. Alle wünschten ihm einen Platz nahe Odins, in seiner Halle Walhalla.

Ich sah meine blonde Schönheit in meiner Nähe stehen und wie sie mich anschaute. Ich stand auf, hielt sie an der Hand und gemeinsam verließen wir den Raum.

Am Morgen danach traf ich mich wieder mit meinen Gefährten – alle verkatert und übernächtigt – in der Halle, so wie wir es besprochen hatten. Wir warteten auf die beiden Oberhäupter, um zu erfahren, was sie noch von uns wollten oder ob sie ihren Segen geben würden, sie zu verlassen. Es dauerte eine geraume Zeit, bis beide zu uns kamen. Begleitet wurden sie von zwei Soldaten, die eine große, schwere Truhe bei sich trugen. Sie warteten, bis sich beide Oberhäupter auf ihren Sesseln niederließen, dann stellten sie die Truhe vor ihren Füßen ab. Gespannt saßen wir an der Tafel und warteten. Als die beiden Soldaten die Halle verlassen und die Tür geschlossen hatten, standen beide auf.

»Odins Wölfe. Erhebt euch.«

Alle standen auf und sahen die Oberhäupter an.

»Hört unsere Worte. Wir sind euch zu Dank verpflichtet und wir trauern mit euch um euern Gefährten. Aber mit seinem Tod und eurem Einsatz habt ihr unsere Verluste verringert. Wir wollen uns bei euch noch mal bedanken und ihr sollt euren Anteil an der Beute erhalten.« Das Schamanenoberhaupt beugte sich vor und öffnete den Deckel der Truhe. Sie war gefüllt mit Gold, Silbermünzen, prachtvollen Halsketten und Trinkbechern. Sicher ein großes Vermögen, das uns aus der Truhe entgegenglitzerte, dachte ich.

»Wie ihr es unter euch verteilt, ist nicht unsere Aufgabe. Nehmt es! Es gehört euch.« Der Schamane setzte sich wieder.

Nun wandte sich der Gode an uns. »Unser Vater …« Damit meinte er Odin. »… hat mir mitgeteilt, dass ihr, bevor ihr heimkehren könnt, nach Gotland müsst. Es lebt dort ein Jarl, der an unserem Glauben festhält und jedes Jahr in Uppsala

opfert. Er und seine Gemeinschaft werden aber von einer Bande, geführt von drei Brüdern, terrorisiert, die dem Kreuzgott huldigen und seinen Besitz wollen. Geht zu ihm und steht ihm bei! Das heißt, wenn ihr noch rechtzeitig eintrefft. Wenn er noch lebt, steht ihm bei, bis alles ausgestanden ist. Doch heute sollt ihr nicht in See stechen. Ihr seid jetzt schon zu wenige, um euer Schiff zu bedienen, und Ran ist heute nicht in guter Laune. Vielleicht trotzt sie Odins Plänen und würde sich freuen, euch hinunterzuziehen, um euch in ihrer Halle zu wissen. Wir werden versuchen, sie zu besänftigen. Also genießt heute noch unsere Gastfreundschaft und seid unsere Gäste.«

Der Gode schaute mich an. »Und du, Eric Hallvardson, bist sicher nicht enttäuscht. So hast du noch den ganzen Tag und die Nacht, dich mit Gilda zu vergnügen.«

Alle lachten und sahen mich an. Mir schoss dagegen das Blut in den Kopf. Als wir etwas später alleine im Raum saßen, begann Einar, die Beute aufzuteilen. Wir waren noch elf, doch er bildete zwölf Haufen. Njall wollte Ronans Teil den Hinterbliebenen geben, womit wir alle einverstanden waren. Nachdem jeder seinen Anteil eingesteckt hatte, brachten wir unsere Waffen und die restlichen Kleider zu unserem Schiff und verstauten alles wetterfest. Kleider und Beute brachte jeder säuberlich in seiner persönlichen Kiste unter. Waffen und Kettenhemden wurden polierte, sorgsam mit Walfett eingerieben und in Schaffelle eingewickelt. Unsere Stimmung war ausgelassen und jeder freute sich, dass es morgen losging.

Wulfgar schaute aufs Meer. »Der Gode hat recht. Ran ist heute streitsüchtig. Draußen brodelt es mächtig.« Wir sahen zu den hohen Wellen, die sich an den kleinen Inseln brachen.

»Ja, eine ihrer neun Töchter würde sicher versuchen, unser Boot zu kippen, sodass Ran mit ihrem Netz einen von uns einfangen und zu sich in die Tiefe zu ziehen könnte«, sagte Njall.

Ich sah auf die See und beobachtete, wie die großen Wellen zu uns rollten. »Wir müssen Ägirs Frau beschwichtigen.« Alle schauten mich an, ich sagte: »Mir kommt da eine Geschichte in den Sinn, die mir Ragnar einmal erzählt hat.«

Neugierige Blicke hafteten auf mir. »Na, dann versuch es, junger Eric«, sagte Skeld und Wulfgar schaute mich erstaunt an. »Ich wünsche dir dabei viel Glück. Sie soll sehr launisch sein.«

»Das habe ich auch gehört, Wulfgar. Wenn sie morgen noch zürnt, versuche ich es. Wer hat eigentlich die große silberne Schale bekommen?«

Halfdan rief etwas von hinten. »Ich habe sie, Eric. Warum?«

»Dürfte ich sie mir morgen ausleihen?«

Halfdan nickte und Wulfgar kratzte sich am Kopf. »Wenn es dir gelingt, Eric, dass sie Ruhe gibt.«

Ich sah ihn an. »Dann bringst du mir bei, wie man ein Schiff steuert.«

»Abgemacht.« Er schlug ein.

Gloi kam angeflogen und krächzte schon von Weitem. Er zog ein, zwei Runden um uns, bevor er auf meinem Arm landete. Er spürte wahrscheinlich auch, dass es morgen losging. Ich genoss es, wie er mit seinem Schnabel über meine Wangen strich und seinen Kopf an meinen drückte. Er empfand auch sicher mein Kraulen an Hals und Bauch bei ihm als angenehm.

»Etwas zugenommen, mein Freund? Dein Bauch ist schön dick.« Ich schaute ihn an. Er hielt seinen Kopf gegen den Himmel und gurgelte zufrieden vor sich hin. Das Schlachtfeld musste für ihn das Schlaraffenland gewesen sein.

»Morgen brauche ich vielleicht deine Hilfe, Gloi.« Als hätte er meine Worte verstanden, tappten seine Füße auf meiner Schulter noch näher zu mir. Seine kohlschwarzen Augen sahen mich an und blinzelten unentwegt. Dann wandte er den Kopf und sah auf das Meer. Als hätte er meine Gedanken

lesen können! Er sah mich wieder an; aus seinem Schnabel waren feine Laute zu hören, als wollte er sagen. »Ich helfe dir.«

Ich fuhr über seinen Kopf. »Genieße den Abend und friss dich voll. Es wird eine lange Reise, mein Freund.« Dann entließ ich ihn wieder in die Luft. Er flog noch eine Runde um uns und dann Richtung Schlachtfeld.

»Ich hatte gedacht, er ist schon lange fort und fliegt über diese Einöde«, hörte ich Skeld sagen.

Skjold verneinte und schüttelte den Kopf. »Hast du nicht gesehen, wie eng sie sind? Wie Brüder. Wie er mit seinem Schnabel auf die Steppenreiter eingehackt hatte?«

Skeld sah Skjold fragend an. »Nein, da habe ich ja etwas verpasst.«

Björn lachte. »Erics Rabe. Die zwei sind so verbunden wie ... wie er schnitzt, wie die Runen, oder ...«

»... er ist mit dem Vogel seelenverwandt. Nichts wird sie trennen, außer der Tod«, sagte Einar.

»Ohne seinen Raben ... es würde etwas fehlen. Wenn ich Eric so sehe mit seinem Freund auf der Schulter, mit ihm sprechend durch die Gegend laufend und wie er ihm Antwort gibt ... noch nie habe ich ein solches Paar gesehen. Ein Mensch in solcher Freundschaft mit einem wilden Tier. Es hat was Majestätisches«, sagte Hugh. Njall drehte sich zu Hugh um, dann sah er mich nachdenklich an.

Endlich hatten wir den Berg erreicht und traten in das Heiligtum ein. Nachdem wir uns abgesprochen hatten, wann wir uns am anderen Morgen treffen sollten, ging jeder seiner Wege. Was meine Freunde machten, wusste ich nicht.

Ich suchte meine Priesterin und fand sie beim Pflücken von Kräutern. Ich rief ihren Namen. »Gilda.«

Sie drehte sich um und als sie mich sah, kam sie sofort auf mich zu. »Ich habe schon gedacht, du willst mich nicht mehr sehen.«

Ich küsste sie und hielt sie eng umschlungen. Gilda erwiderte den Kuss stürmisch. »Ich will dich jetzt und die ganze Nacht.«

Meine Freunde traf ich am anderen Morgen zum Essen. Verstohlene Blicke wurden mir zugeworfen. »Hat sie dir noch etwas Kraft gelassen?«, schmunzelte Einar.

Ich setzte mich neben ihn und griff nach einem Stück Brot. »Ich fühle mich ehrlich gesagt etwas schwach auf den Beinen.«

Als wir aufbrachen, wurden wir noch bis zum Strand geleitet und herzlich verabschiedet. Wir kletterten auf unser Schiff, während einige Soldaten unser Boot in die Brandung schoben. Gloi wusste nun, dass es losging. An seinem Krack-Krack erfreute ich mich. Er schwang sich in die Luft und drehte eine Runde nach der anderen um unser Schiff und vollführte wahre Luftakrobatik.

Mit Ruderschlägen entfernten wir uns nur sehr langsam vom Strand. Die Wellen waren noch hoch und rollten mit Kraft gegen den Strand. Wir mussten weiterhin rudern, denn unter Segeln wäre es zu gefährlich gewesen, zwischen den kleinen Inseln hindurchzufahren. Unsere beiden Verletzten, Skeld und Halfdan, hielten auf beiden Seiten des Stevens Ausschau und riefen Wulfgar zu, wenn die Felsen zu nahe kamen. Wir anderen mussten rudern. Uns lief der Schweiß herunter und wir schnauften wie alte Männer.

Jeder von uns war erleichtert, als wir die gefährliche Passage hinter uns gelassen hatten und wir das weiße Segel mit den beiden schwarzen Raben setzen konnten. Der Wind blies in den Stoff und unser Boot gewann an Fahrt. Nun segelten wir wieder, ritten auf den Wellenbergen rauf und runter und in so manchem Wellental spritzte uns Gischt und Salzwasser entgegen und übergoss uns. Wir waren nass bis auf die Haut. Wulfgar musste manchen Kraftakt am Ruder vollbringen. Auch Gloi missfiel dieses ständige Salzwasser auf seinem Ge-

fieder. Er plusterte sich oft, um das Wasser aus seinen Federn zu bekommen.

Endlich erreichten wir die zerklüfteten Lofoten und fanden eine Bucht, in der wir anlegen konnten. Wir stellten unsere Zelte auf und entschieden, auf besseres Wetter zu warten. Waffen und Ausrüstung wurden gereinigt. Wulfgar wurde bestimmt, die Instandsetzungsarbeiten am Schiff zu führen: das Salzwasser aus dem Bug zu schöpfen und die Ballaststeine neu zu richten. Björn ging mit Skeld auf die Jagd, wobei ihnen Gloi half, indem er die Beute aus der Luft ausfindig machte.

Am zweiten Tag nahm der Sturm wieder zu; er wütete schon über vier Tage. Ich wollte weiter, doch wir waren verdammt, weiterhin in nassen Kleidern herumzuliegen. So dösten wir in unseren Zelten und hörten dem Heulen des Windes und dem Prasseln der Regentropfen auf der Zeltplane zu.

Ich musste etwas unternehmen. Ich trat in den Regen und besuchte meine Freunde. Von jedem verlangte ich eine Silber- oder Goldmünze, und bei Halfdan borgte ich noch dazu seine große Silberschale.

Einar, der mich begleitete, wollte wissen: »Was hast du vor, Eric?«

»Ich versuche, Ran zu besänftigen. Ich hoffe, Ragnar hat mir keinen Bären aufgebunden, als er mir die Geschichte erzählte. Er hat es angeblich einmal geschafft.« Mittlerweile standen alle um mich und hörten mir bei meinen Anweisungen zu.

Einar schaute mich zweifelnd an und hob seine Arme gegen den Himmel. »Na dann! Los! Versuch es!«

»Meine Bitte an euch ist nur diese: Macht euch bereit! Zieht eure Stiefel aus, und wenn ich es euch sage, also, bevor ich die Münzen werfe, dann folgt mir und watet ins Wasser, bis es zu euren Waden reicht.«

Einar sah mich tiefgründig an. »Gut. Ich glaube dir. Wir machen, was du verlangst.«

Ich entfernte mich von ihnen und ging Richtung Strand. Ich spürte ihre fragenden Blicke in meinem Rücken. Am Strand entledigte ich mich meiner Kleider, ging ins Wasser, bis es meine Hüften umspülte. Gloi saß auf meiner Schulter und beobachtete alles genau. Als Erstes rief ich Odin und Thor um ihren Beistand. Dann rief ich unaufhörlich: »Ran, Mutter und Herrin der See. Ich rufe dich. Dich und deine neun Töchter. Hört meine Worte! Ich, Eric Hallvardson, ersuche eure Hilfe. Ran, warum versteckst du dich in eiskalter See? Du, die schöner ist als Freya, Göttin der Liebe und Verführung. Ich aber huldige dir.«

Immer wieder schrie ich dieselben Sätze in die tosende See. Dann gab ich meinen Gefährten das Zeichen und alle standen neben mir im eiskalten Wasser. »Töchter Rans, bringt eurer Mutter unser Geschenk, sodass wir weiterreisen können.« Mit viel Kraft warf ich die Münzen ins Meer. Danach tauchte ich die Silberplatte ins Wasser. »Göttin Ran, sieh deine Schönheit darin. Sieh deine Schönheit und dass du dich nicht verstecken musst. Deine Schönheit ist weit über dieses Land hinaus bekannt. Wir hoffen, dass dir unsere Gabe gefallen hat und du uns morgen ruhige See schenkst.«

Ich hob die Platte aus dem Wasser und mit gesenktem Kopf stieg ich rückwärts aus dem Wasser, gefolgt von meinen Freunden. Als wir zurück in unserem Lager waren, reinigte ich Halfdans Platte, bevor ich sie ihm zurückgab.

Njall und Skjold steckten ihre Köpfe in mein Zelt.

»Meinst du, dass du das zänkische Weib überzeugen konntest?«, fragte Skjold und Njall fügte hinzu: »Es hat gut ausgesehen, was du gemacht hast. Aber ich an deiner Stelle hätte Ägir angerufen.«

Ich legte das Bündel Rosshaare zur Seite, mit dem ich gerade die Platte poliert hatte. »Rans Gemahl? Und warum ihn, Njall?«

»Ich hätte ihm geraten, das Gold zu behalten und seine Frau richtig zu nehmen.«

Ich sah ihn erstaunt an und musste lachen. »Wenn es nicht klappt, versuche ich deine Variante.«

Njall nickte. »Er ist der Friedliebende und er hätte sein wildes Weib sicher bändigen können.«

»Bist du sicher? Glaubst du, nur mit dem Beischlaf wäre sie zufrieden? Sie soll sehr wild sein, wie mir Ragnar erzählte. Er hat immer gesagt, dass man sie überlisten und betören muss. Nun kennt sie uns. Lassen wir uns überraschen.«

Er nickte und verließ mich. Kurze Zeit später kam Njall zurück. »Wenn du Glück hast, dann wirst du bald Steuermann.« Er schlug die Zeltplane wieder zurück. Auch ich musste schmunzeln und dachte an Wulfgars Versprechen. Ich brachte Halfdans Schale zurück und sah gespannt auf das tosende Meer. Danach verkroch ich mich in mein Zelt.

Meine volle Blase weckte mich früh am Morgen. Ich kroch aus meinem Zelt und entfernte mich etwas von unserem Lager. Verschlafen wie ich war, erleichterte ich mich mit Wohlgefühl an einem Felsen. Als ich zurückkehrte, fiel es mir erst auf: Der Wind wehte merklich schwächer. Dann sah ich aufs Meer. Die Wellen hatten sich beruhigt und stiegen nicht mehr so hoch. Die Wolken zogen noch immer schwarz und tief über mich hinweg. Ich sah auf die Wolken, das Meer und konnte es kaum fassen. Gloi saß etwas entfernt von mir auf einem Stein. Er krächzte und sein Kopf zeigte immer wieder auf die See.

»Ja, mein Freund, wir haben es geschafft.« Was er lauthals kommentierte. Ich freute mich wie ein kleiner Junge und jubilierte laut zwischen den Zelten: »Es hat geklappt. Ragnar hat mir keinen Bären aufgebunden!«

Schon waren die ersten Köpfe aus den Zelten zu sehen.

»Mein Gott, hat dich Loki in die Eier getreten?«, fragte Skeld.

»Mach keine Witze, Skeld. Schnell, koch uns was, bevor sich Ran anders entscheidet«, rief ich.

»Was hat das denn mit der alten Hexe, dieser Zänkerin, zu tun?«

»Dann komm raus und überzeuge dich selbst. Kommt alle raus und überzeugt euch.«

Alle krochen heraus und folgten mir zum Strand und sahen auf die Wellen.

»Kaum zu glauben. Du bist ja ein richtiger Zauberer, Eric.« Wulfgar kratzte sich am Kinn.»Hätte ich nie geglaubt, dass du das hinkriegst, Eric. Nun muss ich tatsächlich meine Schuld erfüllen.« Er schmunzelte, während er weiterhin auf die See schaute.

Hugh und Björn lachten und Ingwar schüttelte nachdenklich seinen Kopf. »Du machst mir langsam Angst.«

Einar schaute mich an. Ich kannte diesen Blick von zu Hause, mit dem er mich immer durchdringender beobachtete, als wolle er in mich hineinsehen.

Schnell kehrten wir zurück und in Windeseile waren die nassen Zelte abgebrochen und im Schiff verstaut. Skeld fand noch ein paar halbwegs trockene Holzscheite, die er mit Mühe entfachen konnte, um das Essen zu bereiten. Bei ihm kochte die Suppe, während unser Schiff durch die Wellen pflügte. Es war ein schönes Gefühl, wieder das Knarren der Planken zu hören. Die Wolken waren noch immer schwarz und bedrohlich, aber der Wind brachte uns gut vorwärts.

Bald lagen die Lofoten weit hinter uns und wir segelten Richtung Süden. Wulfgar rief mich manchmal zu sich und zeigte mir den Umgang mit dem Ruder: Wie man es führte, mit Ruhe und Gefühl; einige hektische Bewegungen und das Boot geriet ins Schliddern. Wie man das Segel richtig einsetzte, um das Maximum herauszuholen. Aber auch die Befehle an die Mannschaft richtete, sodass das Schiff perfekt im Wasser und am Wind lag. Es war schwieriger, als ich es mir vorgestellt hatte.

SCHLACHTEN UND CHRISTEN

Wir nahmen Kurs Richtung Süden. Ran konnten wir besänftigen. Je weiter wir segelten, umso mehr beruhigte sich die See. Auch tünchten die Wolken den Himmel nicht mehr in tiefes Schwarz. Unser Schiff schnitt die Wellen weit von der Küste entfernt. Manchmal konnte man höhere Berge sehen. Doch die Küste war nicht zu erkennen.

Wie viele Tage wir auf See waren, wusste ich nicht. Ich hatte die Tage nicht gezählt. Es fiel mir erst auf, als Skeld uns aufmerksam machte, dass das Trinkwasser langsam brackig schmeckte und sich die Lebensmittel dem Ende neigten. Einar und Wulfgar berieten sich und einigten sich, einen Ort zu finden, um an Land zu gehen. Wo wir landeten, wusste ich nicht. Irgendwo im Süden. Die Bucht war umgeben von dichtem Wald. Es herrschte friedliche Ruhe hier. Außer einem hackenden Specht und dem normalem Vogelgezwitscher war nichts zu hören. Auch sahen wir keine Menschenseele. Wir warfen unseren Anker und bildeten zwei Trupps. Der eine suchte nach Frischwasser und der zweite nach Essbarem. Ich blieb bei Wulfgar auf dem Schiff, Halfdan auch. Zusammen beobachteten wir den Wald und seine Geräusche.

Als sich Wulfgars Hand auf meine Schulter legte, wendete ich mich zu ihm und wollte ihn fragen, was er wollte. Doch er drehte sich von mir ab und dabei hob er seinen Zeigefinger gestreckt an seinen Mund. Ich verstand seine Geste und flüsterte, während ich mich vorbeugte: »Hast du was entdeckt?«

Er wippte mit seinem Kopf auf die linke Waldseite; seelenruhig begab er sich zu Halfdan, um auch ihn zu informieren. Ich sah weiterhin in die Bucht. Doch blieb mein Blick öfters auf der erwähnten Stelle haften.

Die Zeit verging ohne nennenswerte Vorkommnisse. Der erste Trupp mit dem Frischwasser kam zurück. Wir halfen ihnen, das Wasser hochzuheben und in die ausgewaschenen Fässer zu füllen. Ich sah, wie sich einige Äste ruckartig bewegten. Halfdan sah es auch. Unsere Blicke trafen sich und wir verstanden uns ohne Worte.

Geraume Zeit später kehrte auch der zweite Trupp zurück. Sie hatten einen Hirschen geschultert, der mit zusammengebunden Beinen an einer Stange hing. Sie übergaben uns ihre Beute, die wir ebenfalls aufs Deck zogen. Als alle wieder vollzählig waren, schlichen sich Halfdan und ich von Bord. Wir entschieden, sie von hinten zu fassen. Wir wollten wissen, wer sich im Unterholz versteckte und uns beobachtete. In einem weiten Bogen schlichen wir uns an sie heran. Wir pirschten uns durchs Unterholz. Dann sahen wir sie vor uns: zwei junge Burschen. Wir ergriffen und packten sie. Der eine war etwa acht und der andere ungefähr zehn Jahre alt. Sie versuchten, sich immer wieder loszureißen und zu flüchten. Da banden wir ihnen ihre Arme auf den Rücken und brachten sie zu unserem Schiff.

»Wen bringt ihr denn da zu Besuch?«, wollte Njall wissen und zog einen nach dem anderen aufs Schiff hoch. Auch die anderen interessierten es; sie kamen ans Heck, um nach dem Besuch zu sehen. Alle schauten ohne Worte auf die beiden Jungen.

»Wie heißt ihr?«, fragte Einar. Doch sie schwiegen und sahen uns nur mit großen Augen an. »Wie lauten eure Namen?«, fragte er erneut. Aber keiner von ihnen gab Antwort. Ich sah nur ihre großen Augen und sie erinnerten mich an den kleinen Darki Björnson. Wie er damals in unserem Dorf zitternd vor uns stand. Auch wie sie zusammenzuckten, als

Björn von hinten zu ihnen sprach. »Sehen ausgehungert aus, die beiden.«

»Ja, du hast recht, Björn, und dreckig sind sie auch«, sagte Ingwar.

»Nehmt ihnen die Fesseln ab. So gefährlich sehen sie nicht aus.«

Einar nickte. »Macht, was Njall sagte.«

Der Ältere schaute sich um, als suchte er den besten Fluchtweg. Skjold merkte es: »Brauchst es gar nicht zu versuchen, mein Junge. Wir tun euch nichts, und wenn ihr gehen wollt, dann könnt ihr das tun. Aber erst, wenn ihr was gegessen habt.«

Hugh zeigte seine väterliche Seite und gab den beiden je ein Stück Brot. Der Kleinere wollt es sofort gierig essen, wurde aber vom Älteren daran gehindert. »Ihr könnt es ohne Gefahr essen. Es ist zwar nicht mehr so frisch, aber es ist nicht vergiftet, und Hunger habt ihr beide. Das sehe ich euch beiden an.« Er nahm das Brot zurück und biss selbst hinein – als Beweis, dass es genießbar war. Dann reichte er es den beiden zurück. Nun gab es bei den beiden kein Halten mehr und in kürzester Zeit war das Brot verschlungen.

»Also, ihr zwei. Erzählt uns nun, wieso ihr uns beobachtet habt?«, sagte Halfdan und versuchte, so freundlich wie nur möglich zu sprechen. Aber sie schauten uns nur an.

»Es lässt sich besser reden, wenn wir sitzen«, sagte Wulfgar und hockte sich auf eine Ruderbank. Wir taten es ihm gleich. Erst als wir alle saßen, setzten sie sich auch. Hugh beugte sich mit seinem Oberkörper nach vorn und schaute die beiden an.

»Ich heiße Hugh und komme vom anderen Ende des Meeres und das sind meine Freunde.« Die beiden sahen jeden von uns genau an, doch reden mochten sie noch immer nicht.

Da setzte sich Einar dazu. Die beiden rückten näher zueinander und sahen ihn misstrauisch an. »Du erinnerst mich an meinen Sohn.« Er wollte dem Kleineren über den Kopf fahren. Er hingegen entzog sich Einars Hand und der Ältere

wollte ihm zu Hilfe kommen. Er wollte Einars Hand weg-schlagen.

Doch Hugh schlichtete: »Na, na, na! Auf unserem Schiff geschieht euch nichts. Aber ihr müsst wissen, dass es schwer ist für uns, euch einzuschätzen. Ihr sprecht kein Wort mit uns.«

Da rief Skeld von hinten: »Die Küche ist offen. Gute Wild-suppe mit Fleischstücken. Kommt, so lange es noch was gibt.« Die Augen unserer jungen Besucher weiteten sich und beide sahen zu Skeld. Er schmunzelte ihnen zu und hob eine Schale in ihre Richtung.

Einar lachte. »Na los, ihr zwei. Geht und holt euch eine Schale.« Schüchtern standen sie auf und vorsichtig tasteten sie sich an uns vorbei. Nun standen beide vor Skeld und war-teten, bis sie ihre Schalen bekamen.

»Mich nimmt wunder, was ihnen widerfahren ist«, sagte Ingwar.

»Ich glaube, nichts Gutes. So wie sie sich verhalten«, ant-wortete Njall.

Wir schauten ihnen zu, wie sie vorsichtig mit ihren vollen Schalen nach vorn gingen und sich in der Nähe des Vorder-stevens niederließen und aus ihren Schalen löffelten. Ich brachte ihnen noch ein Stück Brot und legte es etwas abseits von ihnen auf eine Ruderbank. Wir anderen setzten uns zusammen und schenkten ihnen keine Beachtung mehr. Wir erzählten uns Geschichten und lachten herzhaft. Auf einmal tauchten die beiden auf und setzten sich auf die andere Seite des Schiffes auf eine Ruderbank.

»Na, habt ihr euch entschieden, noch etwas bei uns zu bleiben?«, fragte Hugh die zwei.

»Wir glauben euch jetzt, dass ihr uns nichts anhaben wollt. Aber wir sind vorsichtig geworden«, meinte der Ältere.

»Vorsichtig? Weswegen denn?«, wollte Einar wissen.

Nun hatten die beiden unsere volle Aufmerksamkeit. Alle Blicke hafteten auf ihnen und wir waren auf ihre Geschichte

gespannt. »Wir sind die Einzigen aus unserer Familie, die überlebt haben«, erzählte der Ältere.

»Was heißt das? An was sind eure Eltern gestorben?«, wollte Halfdan wissen.

»Eines Tages kamen fremde Krieger auf unseren Hof und töteten alle, ohne ein Wort zu sagen. Sie raubten unser Vieh. Ich höre noch immer ihr Gelächter, als sie unseren Vater, unseren ältesten Bruder Erkel und unsere Mutter töteten. Was mit unserer Schwester geschah, wissen wir nicht. Wir fanden sie nicht.«

Mir kam die Geschichte von Argeiers Schicksal in den Sinn. Ich fragte sie: »War ein kleiner Mann unter ihnen? Ganz in Schwarz gekleidet. Mit einem großen silbernen Kreuz auf der Brust?«

Die beiden sahen sich an und der Kleine schüttelte den Kopf. »Nein, ich habe keinen solchen Mann gesehen und ich habe alles gesehen. Ich habe mich in der Nähe versteckt gehalten.«

Auch sein Bruder schüttelte den Kopf.

»Wann geschah dieses Unglück?«, fragte Njall.

»Vor sechs Tagen, glaube ich.«

»Und nun irrt ihr alleine durch die Wälder?«, stellte Halfdan fest. Beide nickten.

»Von was habt ihr euch ernährt?«, wollte ich wissen.

»Von Beeren, Wurzeln und Pilzen. Unsere Mutter hat mir gezeigt, was genießbar ist, auch bei den Pilzen.« Ich nickte zufrieden. Da erzählte er weiter: »Es ging alles so schnell. Die Krieger verschwanden so schnell wieder, wie sie gekommen waren. Wir wissen nicht, wohin. Ich glaube, wir haben auch keine Verwandten mehr. Gesehen haben wir nie jemanden.«

Wir sahen uns an.

»Also seid ihr Waisen«, sagte Hugh.

»Das sehe ich auch so«, sagte Einar sachlich. »Wir segeln ins Gautenland zu einem Jarl. Vielleicht nimmt er euch auf. Wenn ihr wollt. Aber hier lassen wir euch nicht zurück. Hier erwartet

euch nur der Tod. Schlaft heute hier an Bord und morgen sehen wir weiter. Wollt ihr aber bei uns bleiben, wollen wir eure Namen hören. Sonst geben wir euch welche.«

Sie sahen sich an und nickten zustimmend. Skeld richtete für sie am Vordersteven ein Lager und legte diverse Decken hin.

Zum ersten Mal wurde mir wieder richtig bewusst, dass wir uns wieder im Süden befanden. Die Sonne verschwand wieder am Horizont und es dauerte nicht mehr lange, dann hüllte uns die Dunkelheit wieder ein. Gloi kehrte mit Lärm zurück.

Die beiden zuckten zusammen, als sie ihn erblickten. Ein Rabe, der auf dem Schiff landete. Alle begrüßten ihn mit Namen. Was sie fassungslos schauen ließ, war die Art, wie der große schwarze Vogel auf meinen Arm flog und sich liebkosen ließ.

Ich ging mit Gloi auf meinem Arm zu den beiden. »Sieh sie dir an, mein Freund! Sie werden mit uns reisen.« Glois Kopf drehte sich von einer zur anderen Seite und fixierte sie genau. Dann krächzte er. Gloi hüpfte von meinem Arm und näherte sich ihnen und schaute in ihre Augen. Der Jüngere der beiden traute sich langsam, mit seiner Hand Gloi zu berühren. Mit seinem kleinen Zeigefinger fuhr er über seinen Schnabel. Gloi zog sich danach zurück und flog auf den Mast, wo er die Nacht verbrachte. Auch wir machten uns bereit. Die Wachen wurden festgelegt, und wir legten uns zwischen unsere Ruderbänke und versuchten, so gut wie möglich, zu schlafen.

Am Morgen weckte mich Gloi. Er hüpfte von einer Ruderbank zur anderen, klopfte mit seinem Schnabel auf das Holz und flatterte mit seinen Flügeln. Ich hatte mein Auge noch geschlossen. Mir tat der Rücken weh. »Ist schon gut, mein Freund, ich bin wach.«

Das Boot lag ruhig im Wasser und die Wellen klatschten fein an die Planken. Dann vernahm ich Skelds Stimme, der jemandem Arbeit zuwies.

Ich erhob mich, gähnte und streckte mich auf alle Seiten. »Mit wem sprichst du eigentlich, Skeld?«

»Der Jüngere gestand mir seinen Namen. Stell dir vor, er heißt Skefill und sein Bruder hört auf den Namen Vali. Das sind Neuigkeiten, oder nicht?«

Ich tauchte mein Gesicht in eine Schüssel mit kaltem Wasser. Während ich mir das Wasser aus dem Gesicht wischte, sah ich, wie der kleine Skefill Skeld half, das Frühstück zuzubereiten. Sein Bruder war damit beschäftigt, das Nachtlager aufzuräumen.

»Ja, du hast recht, Skeld. Wenn ich ihre Namen gestern Abend schon erfahren hätte … ich glaube, es hätte mir den Schlaf geraubt.«

Skeld sah mich offenem Mund an.

»Skeld, es sollte ein Witz sein. Aber schön, wenn wir sie mit ihrem Namen anreden können.«

Er schüttelte nur den Kopf. »Manchmal verstehe ich deine Witze wirklich nicht.«

»Ja Skeld, manchmal ist es schwer, seinen Humor zu verstehen. Aber ich musste auch schmunzeln«, sagte Einar, den ich erst jetzt bemerkte. Er saß im Heck des Schiffes, nahe dem Steuer. Er saß wie eine Statue auf einem Fass. Sein Schwert gezogen. Beide Händen umschlossen den Griff. Ich sah zu ihm.

»Erwartest du Feinde, Einar?«

»Man weiß nie, Eric.« Er stand auf und rief laut: »Kommt hoch! Wacht auf! Lasst uns weitersegeln! Wir haben noch einen langen Weg vor uns.«

Wulfgar rief mich zu sich. »Du lenkst das Schiff, Eric. Mach und gib die Befehle.«

Erstaunt sah ich ihn an. Er hatte einen komischen Gesichtsausdruck. Auch Einar sah ihn fragend an.

Ich rief die nötigen Anweisungen. Der Anker wurde hochgezogen und das Segel gehisst. Langsam fuhren wir aus dem Fjord und erreichten wieder die See mit ihren Wellen. Wulfgar

stand hinter mir und gab mir Anweisungen, wenn es nötig war oder ich einen Fehler machte. Wir ritten wieder auf den Wellen und umrundeten die Südspitze des Landes.

Wulfgar verhielt sich noch immer sehr seltsam und machte keine Anstalten, mich abzulösen. Nein, er wühlte in seiner Seekiste, als würde er etwas Bestimmtes suchen. Njall sah zu Einar und zu mir, sein Blick war fragend. Ich zuckte nur mit den Achseln.

»Was ist los mit dir?«, fragte Einar.

Wulfgar brummte etwas vor sich hin. Njall, der in unserer Nähe saß, drehte sich zu uns. »Heute ist seine Aussprache aber wirklich ausgezeichnet. Man hat fast alles verstanden, was er gesagt hatte.«

Ich musste lachen, während Wulfgar Njall gehässig ansah. »Hat keiner von euch jemals schlecht geschlafen?«

»Doch, das hat jeder von uns schon einmal, Wulfgar. Aber dein Verhalten ist heute wirklich etwas sonderbar«, rief ich nach vorn.

»Hatte auch sonderbare Träume«, rief er gereizt zurück.

»Was für welche denn?«, wollte Njall wissen.

»Ich träumte drei Träume und in jedem starb ich am Schluss. Sie haben mich verwirrt. Vielleicht habe ich wirklich nicht mehr so lange zu leben.«

Njall stand auf und legte seine Hand auf seine Schulter. »Entschuldige, alter Freund. Wenn ich von deinen bösen Träumen vorher gewusst hätte, dann hätte ich dich nicht aufgezogen.«

Wulfgar nickte ihm zu und kam zu mir. »Du segelst gut, Eric. Gefällt mir, wie du das Boot lenkst. Nun mach eine Pause. Ich übernehme die Ruderpinne.« Mit sicherem Griff hielt er das Steuer fest und ich konnte mich auf eine Ruderbank setzen. Gemütlich lehnte ich mich mit dem Rücken an die Bordwand. Gloi kam zu mir. Er hielt eine Nuss in seinem Schnabel und legte sie neben mich. Ich warf sie und er brachte sie wieder zu mir zurück. Vali, der zwei Bänke weiter vorn saß, schaute mir zu.

Ich bemerkte seine Blicke. »Willst du die Nuss für Gloi werfen?«, fragte ich ihn.

Er zuckte mit den Schultern. »Ich kann es versuchen.«

Ich warf ihm die Nuss zu. Gloi beobachtete es genau. Vali zeigte ihm die Nuss. Dann warf er sie nach vorn. Gloi flog hoch und holte sie. Er flog wieder hoch mit der Nuss in seinem Schnabel und zog eine Runde ums Schiff. Im Flug warf er sie Vali in den Schoss. Vali warf sie wieder – und so ging das Spiel weiter. Ich sah Vali das erste Mal lachen. Sein Bruder hielt sich zurück, aber sah gespannt zu. Gloi war ihm wahrscheinlich zu groß. Er hatte noch zu großen Respekt vor ihm. Ich rief Gloi.

»Du brauchst keine Angst zu haben, Skefill. Er weiß genau, wer zu uns gehört.«

Skefill nickte und schaute auf Gloi. Ich rief Vali zu, er soll die Nuss zu mir werfen. Ich fing sie auf und zeigte sie Gloi. Er hüpfte zu mir. Ich gab die Nuss dem Kleinen. Er legte sie auf seine offene Hand. Gloi war gleich bei ihm und sah ihn an. Seine Hand fing an zu zittern. Gloi fixierte ihn noch immer. Dann öffnete er seinen Schnabel und hob behutsam die Nuss aus Skefills Hand, um sie gleich wieder in seine Hand zurückfallen zu lassen. Glois Krack-Krack ließ Skefill zurückschrecken. Dann flog er in die Luft und verschwand am Horizont.

»Du hast einen speziellen Freund«, sagte Vali.

»Er erinnert mich immer an meine Liebe«, antwortete ich.

Skeld wandte sich an Einar: »Wir sollten in Sikringssal anlegen, um neue Vorräte zu besorgen. Es geht alles aus, und ich weiß kaum noch, was ich kochen soll. Auch das Met-Fass neigt sich dem Ende zu.«

Einar zeigte seine Einwilligung.

»Ja, ein Landgang täte uns allen gut«, sagte Skeld.

»Mit diesem guten Wind könnten wir spätestens übermorgen dort sein«, fügte Wulfgar hinzu.

Einar bejahte. Also war alles besprochen. Wir nahmen Kurs auf Sikringssal. Als ich wieder am Ruder stand, kamen die beiden Brüder ans Heck.

»Darf ich näherkommen?«, frage Vali.

Einar und ich schauten sie fragend an. Dann winkte er die beiden zu sich. »Was wollt ihr denn wissen?«

»Wir wissen nicht, was Sikringssal ist. Was bedeutet das für uns?«

Einar schaute sie ernst an. In seiner Stirn waren tiefe Falten zu sehen. »Ich kann mir vorstellen, was in euren Köpfen vorgeht. Aber lasst euch dies sagen. Wenn ihr gehen wollt, ihr seid frei. Aber wir werden euch nicht verkaufen. Ich halte nichts von Sklavenhandel und wenn ihr mir nicht glaubt … fragt Eric, was er davon hält.«

Ich ließ meine rechte Hand vom Steuer los und fuhr mit meinem Daumen über meine Kehle. Sie sahen mich mit großen Augen an. »Ich weiß, was Sklavenhändler anrichten. Ich habe es selbst gesehen, und ich werde jeden, so lange ich lebe, zur Rechenschaft ziehen.«

»Nun habt ihr meine wie auch Erics Meinung gehört. Ihr braucht euch nicht zu fürchten. Wie gesagt. Ihr könnt bei uns bleiben, uns in Sikringssal oder bei dem gautischen Jarl verlassen. Ihr habt euer Schicksal selbst in der Hand. Wie das aussehen wird, wissen nur die Nornen, sie haben eure Lebensfäden gesponnen.«

Die beiden waren damit zufrieden und verließen uns mit einem Lachen, als Einar hinter ihnen herrief. »Sikringssal ist ein Handelsplatz.«

Ich stand wieder am Steuer und schaute nach vorn. Ich spürte Einars Blick auf mir. Aber ich wollte nichts mehr dazu sagen und rief nach Gloi. Er kam angeflogen und setzte sich mit heftigem Flügelschlagen auf meine Schulter und blieb sitzen. Ich drehte meinen Kopf zu ihm. »Weise uns den Weg nach Sikringssal. Suche den besten Weg, Gloi.«

Er krächzte und wippte mit seinem Körper, dann flog er in den Himmel und entschwand am Horizont. Unser Schiff kämpfte sich währenddessen durch die Wellen. Wulfgar stand an meiner Seite. Ich konnte viel von ihm profitieren. Er lehrte mich die Kunst, das Segel so einzusetzen, dass es keine Rolle spielte, aus welcher Richtung der Wind kam. Auch das richtige Lesen der Wolken, das Gespür mit dem Ruder, dass sich dieses schwere Schiff auch einarmig lenken ließ, und das Navigieren, um den Kurs zu halten.

Gloi kam regelmäßig zurück und lotste uns. Er flog nebenher oder setzte sich hinter mir auf den Steven, wenn die Richtung stimmte.

Zwei Tage später segelten wir in den Hafen des Handelsplatzes. Wulfgar stand führend und helfend hinter mir. Mit seiner Unterstützung legten wir an einem Anleger an.

»Sehr gut, Eric. Noch etwas mehr Feingefühl und alles kommt gut«, flüsterte er mir ins Ohr.

Das Boot wurde an den Bohlen vertäut und zusammen gingen wir Richtung Stadt. Skeld, Halfdan und unsere beiden Jungen in der Mannschaft waren dazu bestimmt, essbare Vorräte zu beschaffen. Björn, Hugh und ich besuchten einen Händler, der weit und breit dafür bekannt war, dass sein Met der beste sei, wie er behauptete. Wir suchten seinen Laden, doch als wir ihn nach vielen Fragen endlich fanden, war die Tür verschlossen. Seine Nachbarn halfen uns und sagten, wo wir ihn finden konnten. Wie es sich für einen Metbrauer gehörte, saß er in einer Spelunke nahe am Hafen. Als wir vor der Eingangstür standen, sahen wir uns an.

»Ich habe ihn euch empfohlen. Wir sind nicht von hier. Wir hörten von ihm. Woher wollen wir kommen?«

Hugh und ich sahen uns fragend an. »Aus dem Rusland. Wie wäre es aus Nowgorod?«

Björn und ich nickten. Als wir eintraten, kam uns ein schwerer Geruch entgegen, nach Schweiß und vergossenem

Met. Die, die uns am nächsten saßen, sahen uns kritisch und misstrauisch an. Björn blickte sich in dem düsteren, nur mit Kerzen erleuchteten Raum um. Wir blieben in der Nähe des Eingangs stehen.

Ein dicke, ältere Schankmaid, die lachend an ihren Gästen vorbeiging, stieß mich an. Ihr fielen Becher aus den wulstigen Händen. »Entschuldige, junger Mann. Aber man sollte mir immer frei Bahn geben.« Ich drehte mich zu ihr um. Sie sah in mein Narbengesicht und ihr Lachen erstarb. »Entschuldigt, Herr, ich wollte euch nicht kränken.« Sie hob schnell ihre Becher auf und verschwand.

»Sehe ich so alt aus?«, fragte ich Hugh, der nur lachte.

»Ja. Für Leute, die dich nicht kennen. Mit deiner Narbe und dem weißen Auge. Ja, du siehst viel älter aus.«

»Deine Worte beruhigen mich ungemein. Jetzt habe ich deine Bestätigung. Ich finde nie mehr eine junge Frau, die mit mir das Lager teilt.«

»Das sagt gleich der Richtige. Wie war das mit der Priesterin? So alt war die aber nicht.« Hugh lachte herzhaft, warf dabei seine Arme hoch und traf unglücklich einen Besoffenen, der gleich seinen Becher fallen ließ.

»Pass doch auf. Ich habe dir nichts getan und nun liegt der gute Met auf dem Boden. Du bist ein Tölpel.«

Hugh steckte ihm gleichgültig eine Münze in den Wams. »Mit der Münze kannst dir noch den letzten Verstand wegsaufen. Nun will ich von dir nichts mehr hören.«

Der Betrunkene sah ihn erstaunt an und besah die Münze. Er schwieg. Damit war die Schuld beglichen.

Björn, der alles etwas entfernt beobachtete, schüttelte lachend den Kopf und winkte uns zu sich. Er zeigte auf einen dickbäuchigen Mann. »Das ist er.« Als er vor ihm stand, sagte er: »Thorwald, da bist du ja.«

»Kennen wir uns?« Er musterte Björn von Kopf bis Fuß. »Ich kann mich nicht an dich erinnern. Wo haben wir uns schon mal gesehen?«

»Was redest du bloß? Ich bin es, Björn Erkelsohn. Kannst du dich nicht mehr an mich erinnern? Nein, das kann nicht sein.«

Thorwald hob eine Kerze hoch und sah in Björns Gesicht. »Irgendwie kommst du mir bekannt vor. Ja, ich glaube, du hast recht.«

»Na, dann bin ich ja froh. Es ist zwar schon fast vier Jahre her. Aber ich habe dir ein paar Fässer deines so berühmten Mets abgekauft.« Thorwald nickte langsam zustimmend.

»Ist er immer noch so gut wie früher?«, fragte Björn einschmeichelnd.

Thorwald sah ihn entsetzt an. »Spinnst du? Versuche ihn, wenn du mir nicht glaubst. Er ist noch besser, das kann ich dir versichern. Bei meinem Namen.«

»Ich habe meinen Freunden von deinem Met erzählt, und wenn er ihnen schmeckt, kaufen wir dir vier Fässer ab. Verstehst du, vier Fässer.« Er hielt vier Finger hoch.

Thorwald schaute uns ernst an. Seine Stirn war mit Falten übersät. »Vier Fässer wollt ihr kaufen? Besitzt ihr so viel Geld?«

Hugh zog einen Beutel aus seiner Jacke und schüttelte ihn, sodass Thorwald die Münzen klimpern hören konnte. Seine Augen weiteten sich und sein Misstrauen schwand. »Jaaa, in diesem Jahr schmeckt er besonders gut, probiert ihn! Ihr seid heute meine Gäste.« Er holte drei Becher und füllte sie. »Nun bin ich neugierig, wie er euch schmeckt.« Er reichte uns die Becher und sah uns gespannt an.

Feiner Honiggeschmack füllte den Mund und Gaumen, erst später kam der herrliche Geschmack von Gewürzen hervor. Auch blieb er noch lange im Mund, und ich hatte das Gefühl, er endet nie. Ich musste zugeben, er war besser als gedacht. Nein, ich muss gestehen, er war besser, als ihn mein Vater oder Mutter je gebraut hatten.

Nur Hugh nippte an seinem Becher.

Thorwald musterte ihn. »Was ist, schmeckt er dir nicht? Nein, das würde ich nicht glauben. Du wärst der Erste …«

»Er hat einen sonderbaren Geschmack. Im Abgang etwas bitter. Oder täuscht es. Was meint ihr?«

Thorwald und ich schauten ihn fragend an. Und Björn fügte zögernd hinzu: »Ich gebe dir recht. Auch ich bin mir nicht ganz sicher. Entschuldige, Thorwald, aber ich hatte deinen Met auch anders in Erinnerung.«

Thorwald sah die beiden entsetzt an. »Das kann nicht sein. Ihr täuscht euch.« Rasch füllte er alle Becher aufs Neue. »Nun, probiert noch mal.«

»Stimmt Thorwald, nun schmeckt er viel besser«, sagte Hugh vorsichtig.

Nun strahlte er wieder über alle Backen und seine Welt war wieder in Ordnung.

»Was willst du für die vier Fässer haben?«, fragte Björn.

Thorwald überlegte, während er über sein Kinn kratzte. »Zahlt mir für ein Fass zwei Silberstücke.«

Hugh fielen fast die Augen aus dem Kopf. »Hat dich Thor in die Eier gebissen? Du bist ja von Sinnen. Das nenne ich absoluten Wucher.«

Thorwald versuchte zu beschwichtigen und beschwor ihn leiser zu reden.

Ich mischte mich ein. »Er hat recht. Und sind die Fässer auf unserem Schiff, merken wir, dass dein Met verdünnt ist.«

»Wer glaubst du, wer ich bin? Mich so zu beleidigen! Ich bin weit herum bekannt. Ich stehe mit meinem Namen für meine Qualität. Ihr kommt jetzt mit mir, und ihr werdet von jedem Fass probieren, dann handeln wir den Preis aus.«

Zusammen verließen wir die Spelunke und begaben uns in seine Lagerhalle. Thorwald wollte gerade die Tür aufschließen, als sich Hugh an ihn wandte: »Warte. Wenn wir die Fässer kaufen, dann bin ich nur bereit, eine Handvoll Hacksilber zu bezahlen.«

»Was willst du dafür bezahlen? Eine Handvoll Hacksilber? Wer bist du eigentlich? Nach deinem Akzent bist du nicht aus dieser Gegend? Habe ich recht?«

Hugh lachte und nickte. »Das stimmt. Ich komme vom anderen Ende des Meeres. Das sind meine Gefährten, seit Langem. Wir reisen und kämpfen zusammen und wir haben Durst. Aber wir sind keine reichen Händler. Darum kann ich dir nur so viel bieten, wie ich dir sagte.«

Da mischte ich mich ein. »Wenn es dir aber zu wenig ist … ich kann dir diese Münze dazugeben.« Ich warf ihm eine kleine Silbermünze zu. Er fing sie auf und musterte sie genau.

»Und dein Hacksilber?«

Hugh zog seinen Beutel hervor und kramte das Hacksilber hervor. »Das ist mein Anteil, wie versprochen. Wir sind ehrliche Leute.«

Thorwald nahm das Silber entgegen. »Es gibt nicht mehr so viele. Man weiß nie. Und ihr seid Fremde. Da ist Vorsicht nie schlecht.«

Zusammen rollten wir die Fässer zu unser Schiff am Kai. Mit Handschlag trennten wir uns von Thorwald. Wir hievten die Fässer an Bord, als Björn den kleinen Skefill anrennen sah. »Na mein Junge. Wieso solche Eile?«

Skefill war außer Atem und konnte kaum sprechen. Björn bückte sich zu ihm und hielt ihn an den Schultern fest.

»Ganz ruhig, Skefill. Zuerst langsam durchatmen und zur Ruhe kommen. Oder ist Gram hinter dir her?« Er sah sich um. »Also, ich sehe den Höllenhund nirgends.«

Hugh und ich kletterten aus dem Schiff, Skjold und Wulfgar auch. Wir standen um den Kleinen und hörten ihm gespannt zu, was er zu erzählen hatte. Dann fing er, noch nach Atem ringend an: »Wir haben unsere Schwester gesehen.«

»Bist du dir sicher, Junge?«

Skefill nickte wild. »Skeld schickt mich, um euch zu suchen und Bescheid zu geben.«

»Wo ist sie?«, fragte Skjold.

Skefill hob seinen Arm und zeigte auf den südlichen Teil des Hafens. Hugh machte große Augen. »So spielt das Schicksal. Eric und Björn, lasst euch von Skefill führen. Wir warten,

bis Einar und Njall zurück sind, und du, Kleiner, kommst sofort wieder zurück. Hierher. Hast du mich verstanden?«

Er nickte. Hugh hielt ihn an seinem Wams zurück. »Skefill, du musst uns führen. Wir wissen ja nicht, wo sie sich aufhalten.«

»Ja, das werde ich tun, Hugh.«

»Gut, dann geht nun. Aber überstürzt nichts. Einar soll entscheiden.«

Skefill wollte losrennen, doch Björn hielt ihn zurück. »Nicht so hastig. Geh einfach ganz normal. Nicht, dass die Leute auf uns aufmerksam werden.« Skefill wollte in seinem Eifer noch was sagen, aber Björn winkte ab. »In ein paar Minuten sind wir dort. Ganz ruhig.«

Es gefiel dem Kleinen ganz und gar nicht, doch er gehorchte. Wir versuchten, uns unauffällig durch die vielen engen Gassen zu bewegen. Wir schoben uns an kleinen und größeren Händlerbuden und an den Kaufwilligen vorbei. Immer ein Auge auf unseren Kleinen gerichtet. Nicht, dass wir ihn auch noch suchen mussten. Er führte uns zu Vali, der sich an einer Hausecke postiert hatte und das Treiben einer Ansammlung von Männern beobachtete.

»Wo sind Skeld und Halfdan?«, fragte Björn Vali.

Er schaute ihn schnell an und wandte seinen Blick wieder auf die Ansammlung. »Sie wollten die Lebensmittel so schnell wie möglich auf unser Schiff bringen. Mir haben sie befohlen, hier stehen zu bleiben und alles zu beobachten, bis sie oder jemand von uns zurückgekommen ist.«

»Bist du und dein Bruder sicher, dass ihr eure Schwester gesehen habt?«, fragte Björn ernst.

Beide versicherten ihm mit Kopfnicken, dass sie sich nicht getäuscht hatten. »Sie steht auf einer Plattform hinter den Männern. Zusammen mit anderen Frauen.«

Wir teilten uns auf. Björn ging auf der linken Seite. Ich tat das Gleiche auf der rechten Seite und blieb bei einem Obstbauern stehen. Wulfgar blieb bei Vali, während Skefill in

Windeseile zurückeilte.

Ich beobachtete das Feilschen um die Frauen, als Einar an meine Seite trat. »Wie bringen wir die geilen Kerle weg?«, raunte er mir zu. Ich schaute weiterhin auf die grölende Menge.

»Wir müssen etwas inszenieren, was sie verunsichert.«

Einar nickte. »Ich habe da eine Idee.«

Hochrufe ertönten laut und einige Männer klatschten in die Hände. Ein gut gekleideter Mann löste sich aus der Menge. Er führte eine junge braunhaarige Frau mit gefesselten Händen fort. Wir schauten zu Vali, der alles gespannt verfolgte. Wulfgar drehte verneinend den Kopf. Mein Blick lag auf der Gefangenen, die von ihrem neuen Herrn mitgezogen wurde. Was für ein Schicksal erwartete sie? Hatte sie es gut bei diesem alten Mann oder wurde sie nur ausgenutzt?

Einar holte mich zurück aus meinen Gedanken. »Frage dich nicht unnötig. Wir können nichts für sie tun.«

»Was hast du vor?«

»Das siehst du gleich.« Zielstrebig drängte er sich durch die grölenden Männer. Er zwängte und stieß sich regelrecht durch sie. Es war nicht nötig, ihn zu sehen. Seine gewaltige Stimme grollte wie ein Sturm, und er sprach so laut, als würde über uns der Donner grollen. Die schaulustigen Männer nahmen von Einar Abstand, als würden sie merken, dass hier etwas nicht stimmte. Einige verließen den Platz, um nicht in eine Konfrontation zu geraten. Was uns zugutekam. Nun hatten wir freie Sicht auf das Geschehen.

Einar griff den Händler heftig an: »Warum verkaufst du die Frauen, die ich für meinen Herrn schon bezahlt habe. Und warum werden Frauen weggeführt, die gar nicht weggeführt werden dürften, du verfluchter Hundeschiss, du vollgefressener Hundfutt von einem Betrüger.«

Der Sklavenhändler blickte sich suchend um, dann entdeckte er ihn in die Menge, die zu murmeln begann. »Was willst du, Fremder. Ich kenne dich nicht. Du willst alle schon bezahlt haben?«, sagte er konsterniert und schritt selbstsicher auf und ab, während er die Männer anschaute und Einar ignorierte. Er versuchte, die Lage wieder auf seine Seite zu ziehen, aber er hatte nicht mit Einar gerechnet.

»Wie viele fehlen? Raus damit, du verlogenes Dreckschwein. Und warum stehen sie immer noch mit blankem Busen vor den geifernden, geilen Männer?«

Ein mutiger Mann wandte sich an Einar: »Was soll dein Theater bedeuten?«

Einar sah ihn giftig an. »Weil alle schon gekauft und bezahlt sind.«

Der mutige Mann trat zurück und sah auf den Händler, der sich nun zu verteidigen versuchte. »Was soll das heißen! Was erzählst und behauptest du hier und machst meine Kunden verrückt.«

»Schweig, du Betrüger! Ich will keine Lügengeschichte mehr von dir hören. Hast du verstanden? Du hast dein Geld bekommen und nicht zu wenig, wie ich glaube. Ich sollte sie nun abholen und was sehe ich? Sie werden noch mal verkauft. Was soll ich meinem Herrn nun sagen?«

Der Händler wusste nicht, wie ihm geschah und schaute sich um. Sein Blick fiel auf seine beiden Leibwächter. Aber sie sahen sich selbst fragend an. »Wem von uns hat denn dein Herr angeblich das Geld gegeben?«, fragte der Händler unsicher. »Also mir nicht.«

»Ich glaube, wäre ich nicht jetzt schon gekommen, würden noch zwei oder drei weitere Frauen fehlen, wie die Dunkelhaarige, die vorher fortgeführt wurde. Für mich bist du ein Lump. Doppelt verkaufen und sich dann davonschleichen.«

Die gaffenden Männer traten immer mehr zurück und warfen dem Händler gehässige Blicke zu. Der wurde immer unsicherer und versuchte erneut, die Kontrolle zu bekommen. »Also, Fremder. Erleuchte uns und sage, wem dein Herr das viele Geld gegeben hatte.« Er versuchte dabei zu lachen und alles ins Lächerliche zu ziehen.

Einar zeigte stumm auf einen der Männer und sah den Händler hasserfüllt an. Die Männer rund um Einar schrien vor Empörung auf und verließen enttäuscht den Ort. Einige hoben sogar Unrat vom Boden auf und warfen ihn nach dem Händler und seinen Männern.

»Also, du verfluchter von Hel ausgespuckter Hundeschiss. Ich werde es meinem Herrn erzählen und komme morgen zurück. Hast du mich verstanden?«

Der Händler, blass im Gesicht, verunsichert, was geschah, und unsicher, wie er sich verhalten sollte, nickte einfach. Dann verschwand Einar in der Menge, die sich allmählich auflöste. Nun stand der Händler alleine mit seiner Ware auf dem Platz. Keiner getraute sich, noch eine Frau zu kaufen.

Ich sah zu Wulfgar, der damit beschäftigt war, Vali mitzunehmen; der aber wehrte sich mit Händen und Füßen und gestikulierte wild mit seinen Armen. Ich konnte mir seine Enttäuschung vorstellen. Aber hier in der Stadt wäre es gefährlich gewesen, ein Blutbad anzurichten. Das musste eine überlegte Aktion sein. Eine, die uns nicht gleich in Verdacht brachte.

Wir trafen uns auf unserem Schiff wieder. Lebensmittel und Met-Fässer waren verstaut. Einer Abfahrt würde nichts mehr im Wege stehen, doch ohne ihre Schwester würden unsere Jungen nicht mit uns kommen.

Skjold, der es gespürt hatte, sprang von Bord. »Ich suche ihr Lager. Ich finde es. Gebt mir nur etwas Zeit.«

Wir schauten ihm nach, dann saßen wir zusammen und berieten, was wir tun sollten.

»Nun kommt noch Nebel auf.« Wulfgar fluchte.

Er hatte recht. Fein zogen die ersten Schleier über den Fjord.

»Das verhindert unser Auslaufen«, murmelte Einar.

Vali kam zu uns. »Ich habe meine Schwester nicht mehr gesehen. Sie stand nicht mehr auf der Plattform. Aber sie

wurde auch nicht verkauft. Ich sah nicht, wie sie fortgeführt wurde.« Wir sahen ihn erstaunt an.

»Was sagst du da?«, wollte Njall wissen. »Du hast uns gesagt, sie sei bei ihm.«

»Ja, das stimmt, ich habe sie auch gesehen, und ich glaube, sie hat mich auch erkannt, als sie sich umsah. Ich sah es an ihrem Blick, wie sie mich schnell ansah. Aber ich hatte nicht immer Sicht, und ich habe nicht genau gesehen, welche Frauen fortgeführt wurden.«

»Nein, das auch noch. Ein Problem folgt dem anderen«, stellte Ingwar fest.

»Wo ist Skjold? Verflucht noch mal! Er wollte doch gleich zurück sein.« Einar fluchte, als wir vom Kai her Skjolds Lachen hörten.

»Keine Sorgen. Bin schon wieder hier.«

»Wo lagert das Schwein?«, wollte Einar gereizt wissen.

»Außerhalb der Stadt. Etwa tausend Meter außerhalb in einer kleinen Bucht liegt ihr Lager.«

»Nordwärts?«

»Ja, Eric.«

»Gut, wir sind an ihr vorbeigesegelt. Ich kann mich an sie erinnern.«

»Was willst du damit sagen?«, fragte Wulfgar.

»Vor dieser Bucht segelten wir an einer langen Sandbank vorbei.«

»Ja, und?«

»Lass mich ausreden, Wulfgar. Wir könnten vor dem Auslaufen ankern und an Land waten und sie von hinten angreifen.«

»Ja, würde gehen.«

»Aber dann stehen wir tropfnass vor ihnen und dann?«, fragte mich Björn.

»Der Nebel, wir müssen den Nebel ausnützen. Haben wir einen langen Speer an Bord? Ich will sie erschrecken.«

Einar lachte herzhaft. »Ich kann mir etwas darunter vorstellen und auch wie.«

»Wir brauchen einen langen Umhang und einen Hut«, ergänzte ich.

»Mit dieser Maskerade willst du jemanden erschrecken?«, fragte Ingwar. Wulfgar hörte nicht auf Ingwar und suchte in seiner persönlichen Kiste. Er holte einen schlichten grauen Mantel daraus hervor. Njall kam mit einer Wetterfahne, die aussah wie eine gewaltige breite Speerspitze.

»Du hast die noch! Ich habe geglaubt, du hast die schon lange gegen Met und Frauen eingetauscht«, sagte Einar.

Njall sah ihn an und zuckte mit seinen Schultern. »Ich habe sie extra aufgehoben. Mein Gedanke war, wenn ich zurück in meinem Heim bin, wollte ich meine Fahne daran hängen und sie am First des Hauses montieren.«

»Du kriegst sie zurück, Njall«, versicherte ich ihm.

Wulfgar brachte eine sicher zwei Meter lange Stange. Wir steckten die Spitze darauf. »Nun hast du deinen Speer«, sagte er und überreichte sie mir. Ich zog mir den Mantel über und hielt den Speer. »Schaut her, mit Gloi auf meiner Schulter und der Hilfe des Nebels ...«

Nun verstanden alle, was ich vorhatte und wie ich sie täuschen wollte.

»Ein Hut wäre noch gut«, meinte Halfdan.

»Ein Bart«, rief Skeld, was ihm blöde Blicke einbrachte.

»Woher nehmen wir die Haare, du Tölpel«, bekam er von Hugh zu hören. Auch Njall winkte ab.

Ingwar stieß ihn an. »Und wie kleben wir die Haare an, wenn wir welche hätten? Mit Bienenwachs, oder was, du Rindvieh?«

Einar trat auf mich zu und zog den Kragen höher. »Das muss reichen. Aber ein Hut wäre wirklich gut.«

»Gebt mir eine halbe Stunde Zeit. In dieser Zeit macht das Boot bereit zum Auslaufen. Ich beeile mich«, rief Wulfgar und sprang von Bord. Er eilte den Kai hinunter und ver-

schwand hinter den Häusern. Wir machten in der Zwischenzeit, was er uns aufgetragen hatte und warteten auf seine Rückkehr. Wir mussten nicht einmal so lange warten, als wir ihn durch den feinen Nebel wieder sahen. Er schwenkte einen breitkrempigen Hut in der Luft.

»Weiß Loki, wo er ihn aufgetrieben hat, aber er sieht gut aus«, sagte Einar.

Fröhlich sprang Wulfgar aufs Schiff. »Hier, Zauberkünstler. Für dich.« Er drückte mir den Hut auf den Kopf. Er war zwar etwas zu groß, aber ich fand ihn passend.

Die Leinen wurden gelöst und wir liefen unter den befremdenden Blicken der Anwesenden aus. Wir segelten nahe an der Küste, um nicht zu weit zu segeln und die Bucht zu verpassen. Ich zeigte Wulfgar, wer mir ins Auge gestochen war. Er drehte das Ruder und hielt auf die Bucht zu. Zum Glück war sie offen und nicht mit Felsen versehen. Sonst wäre es zu gefährlich gewesen, da der Nebel immer mehr zunahm.

Der Anker wurde geworfen und wir machten uns bereit. Wulfgar, Skeld, Ingwar und Njall blieben mit unserem Jüngsten Skefill an Bord und hielten alles bereit für eine schnelle Abfahrt. Einar, Björn, Halfdan, Skjold, Hugh, Vali und ich gingen an Land und machten uns auf zum Lager des Sklavenhändlers. Gut eine Stunde brauchten wir, dann lag sein Lager unter uns. Vorsichtig stiegen wir hinab. Vali, Einar und ich blieben zusammen, während die anderen sich halbmondförmig verteilten. Wir gaben ihnen noch genug Zeit, um ihr Ziel zu erreichen, sodass keiner fliehen konnte. Vali gab uns eine genaue Beschreibung seiner Schwester und blieb in seinem Versteck, wo er alles genau beobachten konnte.

Inzwischen wallte der Nebel dick um uns. Einar ging direkt auf ihr Lager zu. Ich blieb auf einer nahen Erhebung stehen. Ich hüllte mich in den Mantel, setzte mir den Hut auf und Gloi hüpfte auf meine Schulter.

Einar hatte das Lager schon beinahe erreicht, als eine Stimme ihn zum Stehenbleiben zwingen wollte. Er verharrte kurz, dann ging er zielstrebig weiter. Die Stimme, die Einar Halt gebieten wollte, wurde sichtbar: Sie gehörte zu einem Gehilfen des Händlers, der mit einem Speer bewaffnet war. Er rief nach seinen Freunden. Einar beachtete ihn nicht, schlug mit seiner Hand den Speer zur Seite und rief nach dem Händler.

»Komm raus, ich will meine Ware abholen. Wie ich es schon einmal von dir verlangt habe.«

Der Händler und noch drei seiner Männer, alle mit gezogenen Waffen, kamen aus einem Zelt. »Du schon wieder. Was willst du. Willst du meine Ware, ohne zu zahlen? Hast du es mit einem billigen Trick versuchen wollen? Wem soll ich nun glauben? Sage nun schnell, bevor ich dich aufspießen lasse. Mein Gehilfe, den du bezichtigt hast, hat unter vielen Peitschenhieben immer wieder gesagt, er habe kein Geld angenommen. Ich muss dir sagen, ich glaube ihm und nicht dir. Also, was willst du?«

Einar verzog keine Miene und sah alle hasserfüllt an. Dann fragte er mit lauter Stimme: »Mir kann es egal sein, aber ich frage euch, welche Götter ihr verehrt. Oder seid ihr auch schon zu diesem Gott übergelaufen, der am Kreuz verreckt ist?« Er schaute sich um. »Ich … ich für meinen Teil diene noch immer unserem wahren Herrn Odin und er schickt mich.«

Die Männer flüsterten unsicher untereinander und wussten nicht, was sie tun sollten. Der Händler schien wieder die Oberhand zu gewinnen. »Was interessiert dich das eigentlich. An wen du glaubst, ist mir egal, um uns musst du dich nicht zu kümmern. Hast du verstanden?«

Einar nickte. »Du hast recht, aber mein Herr nicht. Soll ich ihn fragen? Er steht dort oben.« Er zeigte auf mich. Eine leichte Brise brachte den Nebel in Bewegung und gab mich zum Teil frei. Stumm stand ich da und hob nur meinen Speer.

Gloi sah zu ihnen herunter und krächzte laut. Unten zuckten alle zusammen.

»Odin. Seht doch«, schrie einer.

Der Händler schlug auf seine Männer ein und rief fast hysterisch: »Spinnt ihr? Ihr seid noch immer Heiden. Ich hab es immer gewusst. Ihr seht Gespenster im Nebel.«

»Bist du sicher, Händler?«, sagte Einar. »Dann sieh genau in den Nebel. Vielleicht siehst du noch weitere Wesen, an die deine neue Religion nicht glaubt – und sie existieren doch.«

Verunsichert und ängstlich sah er sich um. Wolfsknurren war aus dem Nebel zu hören. Er sah auf alle Seiten. Seine Leute taten das Gleiche. Dann trat als Erster Hugh mit seiner langstieligen Axt in der Hand hervor. Dem folgte Björn, der sein Schwert schwang.

»Wolfskrieger! Seht, Odin schickt uns seine Einherier, um uns zu bestrafen«, rief einer. »Seht ihr sie denn nicht? Habt ihr keine Augen im Kopf. Oben steht Odin und schickt uns seine Krieger, um uns zu bestrafen!« Er warf seinen Speer weg und rannte fort.

Hugh und Björn traten näher, zeigten sich in voller Größe und fletschten ihre Zähne, als wollten sie gleich zuschlagen.

Ich versuchte, so tief wie möglich zu sprechen. »Halt.« Ich hob meinen Speer. Beide blieben stehen. Zu den anderen sagte ich, während ich mit meinem Speer ins Landesinnere zeigte: »Geht.«

Sie warfen ihre Waffen fort und rannten um ihr Leben. Der Sklavenhändler stand zitternd mit seinem Schwert in der Hand da. Er wusste genau, er konnte sein Geld und seine Ware nicht verteidigen, aber ohne sie war er mittellos. Dann lieber den Tod. Ich wartete, bis seine Männer fort waren – sie sahen sich getrieben von Skjold, der knurrend hinter ihnen herrannte. Dann senkte ich meinen Speer auf den Händler. Er war sofort tot.

Vali und ich kamen vom Hügel herunter.

»Deine Belohnung, Gloi, für deine Hilfe«, sagte ich zu ihm. Ohne zu zögern, machte er sich über den Händler her.

Björn und Hugh blieben vor dem Zelt stehen und hielten Wache. Einar und ich traten ins Zelt. Wie wir es geahnt hatten, schlugen uns angstvolle Blicke entgegen. Blicke, die Ängste und Ungewissheit widerspiegelten. Wie Vieh waren die Männer auf einer Seite und die Frauen auf der anderen Seite angekettet. In einem kleinen Nebenraum lag der Mann in Ketten an einen Pfahl gebunden, den Einar am Morgen bezichtigt hatte, halb tot geschlagen. Einar schlug ihm den Kopf ab und erlöste ihn. Wir kehrten ins Hauptzelt zurück, wo Vali seine Schwester gefunden hatte. Sie lagen sich weinend in den Armen.

»Schnell nun«, sagte Einar. Ich schloss die Ketten auf und befreite sie. »Hört mir zu«, rief er den Gefangenen zu. »Der Zauber wirkt nicht lange. Männer, sucht euch Waffen und findet einen Weg in euer Zuhause. Wie ihr Frauen auch. Wir können nicht alle mitnehmen.«

Ungläubig, so schnell ihre Freiheit wiedererlangt zu haben, standen sie unschlüssig herum. Einige rieben verwirrt ihre geschundenen Handgelenke und schauten sich um.

»Los, macht schon!« Ich trieb ich sie an.

Ein schmächtiger Mann trat vor Einar. »Entschuldigt, Herr. Aber mein Zuhause liegt zu weit entfernt von hier. Ich komme vom anderen Ende des Meeres. Außer ihr nehmt mich mit, sonst kann ich gleich hier sitzen bleiben.«

Einar sah ihn verwundert an. »Woher kommst du? Aus Angelsaxenland?«

»Ihr kennt meine Insel?«

»Ja. Ich war schon viele Male dort«, entgegnete Einar. »Also dann komm mit uns.«

Ein kleinerer Mann, aber mit kräftigen Armen und schwieligen Händen, traute sich ebenfalls: »Auch mein Zuhause liegt zu weit entfernt. Ich komme aus dem Süden des Sachsen-

lands. Ich bin Bootsbauer und Schmied. Ich würde meine Hilfe anbieten.«

Ich sagte zu Einar: »Gib ihn mir. Auch könnten wir zwei starke Arme auf dem Schiff gebrauchen.«

»Gut.« Dann wandte er sich an die Frauen. »Kommt eine vom Gautenland?« Niemand meldete sich.

Vali hielt seine Schwester an der Hand und ging mit ihr raus. Ich schaute mich noch mal um, als mir eine Frau auffiel. Sie saß ganz hinten im Zelt im schummrigen Licht. Mir fielen ihre Tätowierungen im Gesicht auf. Ich hielt Einar zurück und zeigte auf sie. Er schaute sie an und rief ihr zu. Doch sie gab keine Antwort. Einar wechselte die Sprache; wie ich glaubte, sprach er Gälisch mit ihr. Ich hatte Ronan und Hugh schon einmal so reden gehört.

Sie erhob erstaunt ihren Kopf. »Du sprichst meine Sprache? Auch wenn in einem anderen Dialekt. Aber ich kann deine Worte verstehen.«

»Von wo kommst?«

»Ich bin Skotin.« Sie stand auf.

Einar rief nach Hugh, der schnell eintrat. »Sie ist Skotin. Wir nehmen sie auch mit. Kümmere dich um sie.«

Er nickte. Schnell stand sie bei ihm und musterte ihn. »Du bist ein Pikte. Das sehe ich an deinen Zeichen. Obwohl ich einige sehe, die ich nicht verstehe.«

»Das erkläre ich dir später auf dem Schiff. Aber wir müssen uns nun beeilen.« Sie nickte und folgte ihm.

Was mit den anderen geschah, wussten wir nicht. Wir ließen sie in Freiheit zurück. Auch wenn die Freiheit vielleicht nicht von langer Dauer war. Wir eilten durch den Nebel zu unserem Schiff zurück. Es wurde immer dunkler; der Nebel schien wie eine Wand zu sein. Da hörten wir endlich die Brandung. Nun dauerte es nicht mehr lange und wir wateten in der See zu unserem Schiff. Halfen den Frauen hinaufzuklettern, und als alle an Bord waren, wurde der Anker hochgezogen und mit einem Plopp fiel das Segel, das sich langsam

spannte und unser Boot in Fahrt brachte. Ich dankte Odin für seinen Beistand und das Gelingen.

»Findest du durch den Nebel?« Einar wollte Wulfgar aufziehen.

Wulfgar schaute ihn an und war sich nicht sicher, ob es ein Witz war oder eine Frage. »Was ist los mit dir? Vertraust du mir nicht mehr? Willst du lieber das Steuer?«

Einar winkte lachend ab. Weiter auf See lichtete sich der Nebel und gab den Sternenhimmel wieder frei. Nun konnten wir uns an den Sternen orientieren und unsere Reise fortsetzen.

Für die Frauen und die beiden Brüder bereiteten wir ein Lager vorn im Schiff. Wir spannten eine Plane darüber, um sie etwas gegen die Gischt schützte. Das Rauschen der Wellen und die salzige Luft taten mir gut und nahmen mir die Anspannung der letzten Stunden.

In den Morgenstunden übernahm ich das Steuer. Das Wetter war auf unserer Seite und wir kamen gut voran. Ich kannte den Kurs. Es war noch nicht lange her, obwohl es mir schon wie eine Ewigkeit vorkam, als wir mit Hild nach Hause segelten. Während Skeld das Essen kochte, hörte ich, wie Hugh und Björn dem staunenden Ingwar die Geschichte erzählte, wie ich zauberte.

»Schade, dass ich nicht dabei war, das hätte ich gerne gesehen. Eric, der Zauberer.«

»Ja, er hat vortreffliche Ideen, das muss ich zugeben«, meinte Njall.

Halfdans Blick sagten mehr als tausend lobende Worte. Nach dem Essen kam er zu mir und setzte sich auf die Plattform. »Du weißt, Eric, ich bin eher still und wäge manchmal zu lange ab. Ich bin ein Zögerer. Aber es hat mir in meinem Leben schon oft geholfen zu überleben.«

Ich hielt die Ruderpinne und schaute ihn an. »Halfdan, was willst du mir damit sagen?«

Er zuckte mit den Schultern.»Ich kann mich nicht so schnell zu Hochrufen überwinden. Ich will nur damit sagen: Was du da geleistet hast … deine Kameradschaft und Hilfsbereitschaft. Ich will nur damit sagen … ich folge dir und stehe immer an deiner Seite. Auch würde ich dir folgen, wenn du das Kommando hättest.«

Mein Mund stand offen vor Überraschung.»Deine Worte ehren mich und es treibt mir das Blut ins Gesicht. Nun finde ich keine Worte. Ich hoffe, ich werde dich nicht enttäuschen. Wenn ich jemals ein Heim haben werde, würde es mich ehren, dich als meinen Berater an meiner Seite zu wissen. Es braucht immer einen, der lieber abwägt und nicht kopflos hineinschießt.«

Halfdan nickte freudig und wankte unter dem Wellengang nach vorn zu seinen Freunden. Ich rief Skefill zu mir und erkundigte mich nach dem Befinden unserer Frauen.

»Ich glaube eigentlich gut, außer der Skotin. Sie ist an die Schifffahrt nicht gewohnt. Sie kotzt häufig.«

Ich schmunzelte und ließ ihn wieder zu seiner Schwester. So wie ich es sah, machte sich der Bootsbauer gut und half, wo er nur konnte. Er war eine richtige Frohnatur. Man hörte ihn häufig lachen und Witze erzählen. Auch hatte er schon mit Ingwar und Wulfgar Freundschaft geschlossen.

Aus dem Iren wurde ich nicht schlau. Er saß ausschließlich bei den Frauen und war froh, wenn man ihn nicht rief. Er war keine große Hilfe.

Was mir Skefill weismachen wollte, schien nicht ganz zu stimmen. Ich sah die Skotin geschickt auf dem schwankenden Schiff herumlaufen, sie half Skeld beim Kochen.

Wulfgar löste mich wieder ab. »Du segelst immer besser und nutzt den Wind geschickt. Gefällt mir.« Ich bedankte mich und übergab ihm das Steuer.

Wie fast immer saß Einar am Hintersteven. Doch er war sehr schweigsam. Den ganzen Morgen hatte er vielleicht vier Sätze gesprochen. Ich setzte mich neben ihn auf die

Bordwand.

»Darf ich?«

Er nickte und wies mir höflich neben sich Platz.

»An was denkst du, Einar?«

Er sah stumm an den Horizont. Erst ein paar Minuten später drehte er seinen Kopf zu mir und seufzte. »Bin heute etwas schwermütig. Ich denke an mein Zuhause. Wie es meiner Familie geht. Mein Sohn ist nun im Alter von Skefill und was hatte ich von ihm? Fast nichts. Ich verpasste seine ganze Jugend. Ich sah ihn nicht aufwachsen. Seit zwei Jahren sind wir nun fort und kämpften in so manchen Ländern. Überall, wo Odin unser Eingreifen wollte.« Er machte eine Pause und schenkte sich einen Becher Met ein, den er gleich in einem Zug leerte. Er schenkte sich nach und schaute mich fragend an. Ich dankte und streckte ihm meinen Becher hin. Wir stießen an. Er leerte ihn wieder und fuhr sich über den Schnurrbart und über seine geflochtenen Zöpfe, die auf beiden Seiten herunter hingen. »Wir waren fünfundzwanzig Mann, die lossegelten. Nordmänner, Pikten und Iren. Gute Männer. Alles Freunde und nun, schau dir an, wie viele ich noch zurückbringe. Ohne dich noch neun. Sechzehn ließ ich in fremder Erde.«

Ich verstand, was er meinte. »Warum gibst du dir die Schuld? Jeder wusste, auf was er sich einließ.«

Er schaute mich an und nickte. »Ich weiß, dass es nicht meine Schuld ist. Aber es macht mich schwermütig, vor allem, den Familien den Bescheid zu überbringen. Ich verstand Olafs Wunsch, in deinem Dorf zu bleiben mit seiner neuen Liebe. Es wäre auch für mich der Traum. Wenn wir das Abenteuer überleben, dann will ich so schnell es geht nach Hause.«

Ich trank meinen Becher aus. »Dann lass uns das Abenteuer rasch beenden.« Ich ging ich nach vorn und holte mir eine Schüssel Suppe von Skeld und setzte mich zu Hugh und Njall. Die beiden sahen mich fragend an.

»Was hat er? So haben wir ihn noch nie gesehen«, sagte Njall. Ich blies auf meinen Löffel, um die heiße Suppe zu kühlen. »Lasst ihm seine schwermütigen Gedanken. Sie werden wieder verfliegen. Das Herumsitzen und das Grübeln schadet allen.«

Die beiden gaben sich damit zufrieden.

»Was ist das für ein Landsmann von dir«, fragte ich Njall, »ist er denn zu etwas nütze mit seinen feinen Fingern? Arbeiten hatte er noch nie müssen, wie ich glaube. Ich werde aus ihm nicht schlau.«

Njall grinste. »Nicht alle meine Landsleute sind Krieger. Wir haben auch Bauern und Druiden, was bei euch Goden sind. Dann gibt es einen besonderen Stand, wie er es ist. Barden, Skalden bei euch.«

»Es tut mir leid, mein Freund. Ich kenne weder Skalden noch Barden. Für was sind sie zu gebrauchen?«

Hugh erklärte es mir. »Ein Barde singt über Heldentaten und über die Götter. Er ist ein Dichter, der die Sätze im Gesang umsetzt. Meistens spielen sie dazu eine Harfe, die feine, melodiöse Klänge abgibt.« Beide mussten lachen, als sie mein abschätziges Gesicht sahen.

»Bei uns hat jeder König einen Barden an seinem Hof. Sein Name ist Breac.«

»Aber sonst taugt er nicht viel«, sagte ich. »Da gefällt mir die Skotin besser. Sie hilft Skeld, und kochen kann sie gar nicht schlecht, so wie die Suppe schmeckt.«

»Mhhh. Da stimme ich dir gerne zu. Außerdem sieht sie zum Anbeißen aus.«

Ich drehte mich zu ihr um und musste Njall zuzwinkern. »Dann sei ein bisschen höflich und zuvorkommend«, flüsterte ich ihm zu.

»Sie stammt von der anderen Seite meines Landes. Es liegt gegenüber von Njalls Insel. Ihr Clan wurde von Nordmännern überfallen. Sie und noch weitere Frauen wurden verschleppt und in Dyflinn verkauft«, sagte Hugh.

»Hat sie auch ein Namen?« Die beiden sahen sich lachend an.

»Wollen wir es ihm wirklich sagen?«

»Ich weiß nicht? Willst du es?« Ich stieß Hugh in die Seite.

»Los komm schon. Sag ihn mir.«

Er lachte und tat, als hätte der Stoß ihm sehr wehgetan. »Ihr Name ist Tyree.«

»Ahhh.« Ich sah zu unserem neuen Schmied und Bootsbauer Ole hinüber. »Er gefällt mir gut. Er hat einen aufgeweckten Blick und einen guten Humor wie mir scheint.« Beide gaben mir recht und nickten zustimmend. »Auch die Schwester unserer Jungs hat genug Arbeit, meine ich.« Sie flickte mit eifrigen Händen unsere verschlissenen Kleider. Sie hieß Asny und war eine junge hübsche Frau mit einem anmutigen Gesicht. Sie trug lange braune Haare, die weit über ihre Schultern reichten. Auch ihr Lachen war erfrischend; es steckte auch Skjold und Halfdan sofort an, die eher in sich gekehrt waren.

Wieder verstrichen die Tage endlos. Wir hatten schon lange die Südspitze der Schweden umrundet und Wulfgar meinte, es würde nicht mehr lange dauern. In etwa zwei Tage würden wir die Insel der Gauten erreicht haben. Gloi flog vor uns und suchte die Insel. Als er eines Morgens krächzend auf uns zuflog, sah ich an den Horizont; langsam wurden Konturen sichtbar.

Einar stand nahe bei Wulfgar und gab ihm Anweisungen. »Schlage West-Kurs ein und segle rechts um die Insel.«

»Bist du dir sicher?«

»Odin sagte es mir. Das stattliche Haus muss man schon von See aus sehen. So erzählte er es mir im Traum.«

Alle anderen, ohne notwendige Arbeiten, standen an der Backbordseite und hielten Ausschau. Da rief uns Vali, der mit Gloi auf der Segelstange saß, und zeigte uns, wohin wir steuern mussten. Wulfgar steuerte danach direkt auf die Küste zu. Vali kletterte am Mast herunter, und das Segel wurde zur

Hälfte hochgezogen; unser Tempo verlangsamte sich zusehends. Wir segelten an einer Landzunge vorbei, dann sahen wir das mächtige Haus, hoch auf einem Hügel stehend.

Auf der Landzunge standen vier große geschnitzte Holzpfähle, aber was sie darstellen sollten, konnte ich nicht erkennen. Der Anleger lag vor uns. Aber kein anderes Schiff lag vertäut im Hafen.

»Dein Befehl, Einar«, fragte Wulfgar.

Einar sah zu Njall, der nur mit seinen Augenbrauen zuckte. »Anlegen!«

Ein paar Minuten später legten wir an. Doch es war niemand zu sehen. Wie ausgestorben. Wir warfen nur ein Seil, um das Schiff fürs Erste zu sichern. Halfdan, Skjold, Björn und ich sprangen aus dem Boot mit erhobenen Schilden; die Hand am Schwertgriff, gingen wir den Holzsteg entlang.

Erst als wir auf festem Boden standen, rief uns ein alter Mann entgegen und erhob sich hinter einer Palisade. Er hatte einen Bogen in der Hand. Gespannt und mit eingelegtem Pfeil, der uns anvisierte. »Halt Fremde. Ich kenne euch nicht. Was wollt ihr und wie heißt ihr?«

Björn trat zwei Schritte vor und senkte seinen Schild. »Lass den Pfeil auf der Sehne, guter Mann. Wir haben nichts Böses im Sinn. Wir sind Gefolgsleute von Einar Sturloson. Wir wurden geschickt, um euch zu helfen.«

»Uns zu helfen? Und sage mir, Fremder, wer hat euch geschickt? Wer hat gesagt, wir seien in Bedrängnis, wenn es so wäre?«

»Odin, unser Herr. Er trug uns auf, an eurer Seite zu kämpfen, wenn es notwendig würde.«

»Du wagst es, so was zu behaupten? Ich traue dir nicht und das ist meine Antwort.« Sein Pfeil surrte durch die Luft und bohrte sich in Björns Schild.

»Lass gut sein, alter Mann. Nicht, dass du noch einen von uns triffst und verletzt.« Björn fluchte. »Höre mir zu, was ich dir sage. Wir gehen auf unser Schiff zurück und warten, bis

dein Herr erscheint. Hast du verstanden?«

Ich hörte, wie er einer Frau etwas sagte. Er ließ seinen Blick nicht von uns. Er beobachtete jeden Schritt von uns und entspannte seinen Bogen erst, als wir unser Schiff erreicht hatten. Wir warteten gespannt.

Hinter der Palisade tauchten Gesichter auf, die uns verwundert beobachteten. Ihre feindliche Haltung nahm ab und das Interesse an uns stieg. Wir blieben bei unserem Schiff und regten uns keinen Schritt. Nach einer geraumen Zeit kam Hektik hinter der Palisade auf. Ein paar vollbewaffnete Krieger erschienen und machten Platz. Ein Herold tauchte auf und kam uns bis auf halbe Distanz entgegen. Die Krieger folgten ihm zu beiden Seiten und postierten sich schützend um ihn. Ich sah einige mit verbundenen Gliedmaßen. Das erklärte, warum sie so vorsichtig waren.

»Mein Herr Jarl Svensohn bittet euch an seinen Hof. Folgt mir. Es sind alle eingeladen. Aber vor der Halle müsst ihr eure Waffen abgeben, bis auf die Tischmesser. Habt ihr verstanden?«

Wir sahen auf Einar, der stumm nickte. Wir folgten ihnen und betraten zusammen das große Anwesen. Auf einer Anhöhe lag das stattliche, lange Haupthaus. Von hier aus sah man auf das Meer und weit ins Land hinein. Auf allen Seiten standen kleinere und größere Gebäude, eine Schmiede, Stallungen und Wohnhäuser. Das ganze Anwesen wurde von einer kleinen Holzpalisade geschützt. Ich ließ meinen Blick übers Land schweifen und sah Pferde und Kühe in einer nahe gelegenen Koppel weiden. Dann sah ich einen frischen Grabhügel. Mein Blick blieb darauf haften. Ich stieß Njall an und zeigte mit meinem Kopf darauf. Er schaute in die Richtung, sah mich dann an und zog seine Augenbrauen hoch.

Wie uns geheißen war, entledigten wir uns unserer Waffen und überreichten sie dem Herold, der alles aufmerksam beobachtete. Danach wurden wir ins Haus geleitet. In der Mitte brannte ein Lagerfeuer, das sicher ein Viertel des Hauses ein-

nahm. Im Dach befand sich auf der ganzen Länge der Feuerstelle eine Öffnung, die als Rauchabzug diente. So herrschte im Raum keine stickige Luft. Auf beiden Seiten der Feuerstelle standen die Tische und Sitzbänke; am Ende befand sich der Hochsitz des Jarls und seiner Frau.

Wir durften uns setzen und erhielten reich verzierte Becher mit Met. Ich konnte es nicht lassen, aber ich sah die Holzbalken und Pfeiler an. Sie trugen keine Verzierungen, weder aus Schnitzwerk noch mit Farbe. Schmucklos hielten sie das Haus zusammen. Ich musste in mich hineinschmunzeln und an Ragnar denken. Er hätte ein Kohlestück gesucht und augenblicklich Drachen, Schlangen und andere in sich verschlungene Tiere aufgezeichnet. Danach seine Messer hervorgeholt und mit dem Schnitzen angefangen. Mir ging es gleich, doch es war nicht mein Heim. Ich war nur auf das Wohlwollen des Jarls zu Besuch.

Die Frauen bekamen Decken, und etwas später durften sie ins Badehaus, um sich vom Salzwasser zu reinigen. Sie erhielten neue Kleider, während ihre gewaschen wurden. Uns wurde in der Zwischenzeit ein neues Fass Met gebracht. Aber wir hielten uns zurück. Wir hatten den Jarl noch nicht gesehen. Was er mit uns vorhatte, wussten wir nicht.

Björn raunte mir zu: »Der Met, den wir in Sikringssal gekauft haben, schmeckt tausend Mal besser als dieses wässerige, mit Honig versetzte Gebräu.« Ich musste lachen.

Da öffnete sich eine Tür im hinteren Teil des Hauses. Zwei Soldaten traten ein, gefolgt von Jarl Svensohn und seiner Frau Tyra. Wir erhoben und verneigten uns vor ihnen.

Er hob seine Hand. »Setzt euch und seid Gäste an meiner Tafel.«

Wir taten, was er sagte.

»Schenkt euch ein.« Er sah, wie wir nur zögernd unsere Becher füllten. »Keine Angst, er ist nicht vergiftet.« Er stand auf und füllte einen Becher für seine Frau und für sich. »Auf was soll ich in diesen Tagen mit Freunden trinken? Auf Odin

108

und die anderen Götter? Oder auf unseren toten Sohn, der viel zu früh in seinem Grabhügel draußen liegt? Oder besser auf den Untergang dessen, was wir über all die Jahre aufgebaut haben?« Er sah seine Frau an. Dann lachte er, heiser und gebrochen. Ein verbittertes Lachen ohne Freude.

Einar stand auf, hob seinen Becher auf den Hausherrn und seine Frau. »Unser Vater und Herr schickt uns, um Euch beizustehen, Herr.«

»Du nennst mich Herr? Das war einmal, Fremder. Doch du bist höflich und ich danke dir dafür. Und wen meinst du mit Vater und Herr? Von wem redest du? Du meinst doch sicher nicht Odin?« Wieder lachte er heiser, beugte sich vor und sah Einar mit stechendem Blick an.

Seine Frau Tyra legte ihre Hand auf seinen Arm. »Bitte, mein Gemahl. Lass ihn sprechen. Vielleicht haben unsere Gebete doch geholfen.« Der Jarl wollte etwas sagen, doch seine Frau sah ihn an. »Ich bitte dich.«

Er nickte und lehnte sich zurück. Mit der Hand machte er eine Bewegung und gab Einar wieder das Wort.

Einar sah zu Tyra, die ihm zunickte. »Doch, den meine ich. Wir waren ganz im Norden seines Reiches. Dort, wo im Sommer die Sonne nie untergeht und es keine Nacht gibt, als er uns rief, dir zu helfen.«

Der Jarl sah uns alle ungläubig an. »Was machen die Frauen und die beiden Jungen bei dir?«

Einar erzählte ihnen die Geschichte, wie wir die Jungen gefunden, sie mitgenommen und was sich in Sikringssal zugetragen hatte.

Der Jarl amüsierte sich, während seine Frau interessiert zuhörte und an ihrem Met nippte, dann erhob er sich. »Wie heißt ihr? Habe ich das richtig verstanden, Eric? Stimmt das und wo befindet sich euer gefiederter schwarzer Freund? Ich will ihn sehen.« Er stellte seinen Becher hin.

Ich stand auf. »Herr, ich werde nach draußen gehen und versuchen, ihn zu überreden, mit mir einzutreten. Er liebt

keine Häuser. Aber ihr müsst wissen, er ist frei und hat nur eine Bindung. Zu mir.«

Der Jarl nickte und ließ mich gehen. Draußen suchte ich den Himmel ab. Aber weder sah noch hörte ich Gloi. Ich konzentrierte mich, rief »Gloi« und es dauerte nicht lange, als er angeflogen kam und sich auf meinen Arm setzte. Seine tiefschwarzen Augen sahen mich an. Ich sprach gedanklich zu ihm und erzählte ihm, was der Jarl wollte. Sein Krack-Krack und sein Blinzeln bestätigten mir seine Einwilligung. Er stieg auf meine Schulter und schmiegte sich an mich. Zusammen betraten wir wieder die Halle. Die Torwache sah mich mit großen ungläubigen Augen an, ließ uns aber ein.

Mit Gloi auf meiner Schulter trat ich vor den Jarl und seiner Frau. »Darf ich euch und eurer Frau Gloi vorstellen.« Gloi ließ sein Krack-Krack erklingen; es erfüllte die Halle. Es klang doppelt so laut. Er spannte seine Flügel.

Der Jarl, der seinen Becher an seinen Lippen hatte und trinken wollte, senkte ihn und sah uns mit großen Augen an. »Das hätte ich nie gedacht, dass das eintreffen würde. Ich hatte nur geglaubt, es wäre ein Traum.« Der Jarl sah mich fast fassungslos an. Auch seine Frau Tyra ließ ihren Becher mit offenem Mund sinken. Es war absolut ruhig in der Halle. Keiner traute sich, sich zu bewegen. Alle schauten auf uns. Nur das Knacken des brennenden Holzes war zu hören.

Dann stand die Herrin des Hauses auf. »An dem Tag, an dem wir unseren Sohn verloren haben … in dieser Nacht wachte ich auf.« Sie machte eine Pause und musste ein paar Mal leer schlucken; sie wischte sich eine Träne ab. »Ich wachte auf, als mein Mann mit offenen Augen neben mir im Bett saß und mit jemanden redete. Am Morgen erzählte er mir, was geschehen war.«

Der Jarl stand ebenfalls auf und nahm seine Frau in den Arm. »Ich werde es erzählen. In dieser Nacht erwachte ich durch einen eiskalten Lufthauch. Ich setzte mich auf, und am Fußende des Bettes stand Odin, auf seinen Speer gestützt. Er

sprach zu mir. Ich verstand ihn so gut wie euch hier. Für mich war es real, obwohl er in einem Traum zu mir sprach. Er sagte, dass unser Sohn einen Platz an seiner Tafel habe, und dass er uns helfen werde. Er beschrieb mir euer Schiff und euer Segel. Ich erkannte es sofort. Ein weißes Segel mit zwei fliegenden Raben darauf. Aber die absolute Bestätigung habe ich durch ihn erhalten. Er zeigte auf mich. Odin weissagte mir, dass ein Krieger unter euch sei, der einen Raben besitze.« Er machte eine Pause. Beide setzten sich wieder. Der Jarl trank seinen Becher aus. Er wischte erst den Schaum aus seinem Bart, dann redete er weiter. »Nun glaube ich, dass der Verlust unseres jüngsten Sohnes und unser steter Glaube an unsere Götter geholfen hat. Trotzdem haben meine Frau und ich einen sehr hohen Preis bezahlen müssen. Aber mit euch an unserer Seite werden wir es den Kreuzträgern zeigen.« Er erhob sich und streckte seiner Frau die Hand hin. Liebevoll zog er sie hoch. Beide verließen uns.

Wir saßen am Tisch und sahen uns fragend an.

»Mit wie vielen haben wir es zu tun und wie viele stehen auf unserer Seite?«, fragte Njall. Unsere Blicke trafen sich fragend, doch keiner hatte eine Antwort.

Da stand ich auf. »Ich werde mich umsehen.« Ich wollte meine Freunde verlassen.

Hinter mir hörte ich Hugh und Björn rufen: »Aber sicher nicht alleine. Wir kommen mit. Was hast du denn gedacht?«

Gloi flog von meinem Arm, setzte sich auf einen nahe gelegenen Dachfirst und schaute auf uns hinunter.

»Wo sollen wir uns zuerst umsehen?«, fragte Hugh.

Ich hatte keine Ahnung. Aber Gloi gab uns Antwort. Sein tiefes Krack-Krack ließ uns zu ihm hochsehen. Er zeigte mit seinem Kopf zu einem Bauern, der auf einer Weide seiner Arbeit nachging. Wir gingen auf ihn zu und grüßten ihn höflich.

»Sag uns, Bauer. Woher kommen eure Feinde, die den jungen Jarlssohn erschlagen haben?«, fragte Björn.

Der Bauer stützte sich auf seine Sense und wischte sich den Schweiß von der Stirn. »Es ist schwierig für mich, euch eine richtige Antwort zu geben.« Er nahm einen Schluck aus seinem Trinkschlauch und überlegte kurz. »Also die Christenmänner kommen aus dem Südwesten, aus der Stadt. Aber die drei Streitbrüder, die am Tod von Jarl Svensohns Sohn schuldig sind, leben nördlich der Stadt, wenn sie dort sind. Meistens sind sie in der Stadt zu finden. Seht euch überall um, wo eine Keilerei stattfindet. Dort ist sicher einer zu finden.«

»Dann gehen wir in die Stadt.« Ich bedankte mich und trug ihm auf, es unseren Freunden zu sagen, wo wir hingehen. Er nickte, und als ich ihm eine Münze in die Hand drückte, lachte mich ein fast zahnloser Mund an; er versicherte mir, dass er es gleich erledigen werde.

Wir machten uns auf den Weg. Als wir außer Sichtweite waren, verwandelten wir uns, um schneller in die Stadt zu kommen. Gloi flog über uns und leitete uns. Nach circa zwei Stunden sahen wir die Befestigungsanlagen, welche die Stadt gegen Feinde schützte. In einem Wäldchen verwandelten wir uns zurück und gingen auf die Straße Richtung Stadt.

Sie war wie alle Städte, die ich bis jetzt gesehen hatte. Händler überall, die ihre Ware anboten. Es herrschte ein dichtes Gedränge. In den schmalen Gassen stank es nach Unrat. Betrunkene torkelten aus den Kneipen und grölten herum. In der Nähe des Marktes stand eine Kirche, auf ihrem Glockenturm leuchtete ein großes goldenes Kreuz.

»Wo sollen wir suchen und wie sollen wir die drei finden?«, fragte Hugh und biss in eine Wurst, die er bei einem Stand erworben hatte.

»Wir halten einfach die Ohren auf und sehen uns um«, antwortete Björn.

»Ist nicht nötig. Wir sind schon gesehen worden. Die drei an der Ecke tuscheln schon. Wir müssen nur abwarten«, sagte ich und wies ihnen unauffällig die Richtung, wo drei Männer standen.

Meine Freunde hatten verstanden, was ich meinte, aber Björn konnte seinen Witz nicht unterlassen. »Schließ endlich deinen Hosenstall. Du brauchst die hiesige Frauenwelt nicht auf dich aufmerksam zu machen.«

Er stieß ihn an. Ich lachte und ging zu einem Methändler und ließ mir sein Angebot erklären. Gloi, der über mir auf den Dächern saß und alles mit seinen schwarzen Augen beobachtete, gab mir ein Zeichen.

»Bleibt in der Nähe«, sagte ich zu den beiden, »aber lasst mich hier alleine. Ich glaube, es geschieht was.«

Ohne Worte verteilten sich die beiden, blieben aber in Sichtweite stehen. Ich genoss diverse Proben und beschloss, dem Händler einen großen Krug Met abzukaufen. Mit dem Krug unter dem Arm schlenderte ich langsam weiter.

Als mich Gloi rief, sah ich zu ihm hoch, und ich verstand, auf was er mich aufmerksam machen wollte. Ich bemerkte die drei. Einer kam aus einer Seitengasse, während zwei direkt auf mich zukamen. Ich schenkte keinem Beachtung und schlenderte weiter, als interessiere ich mich für die Auslagen der Händler. Im Augenwinkel sah ich, wie schnell der eine auf mich zuging. Er wollte mich von der Seite anrempeln und mich zu den anderen stoßen. Ich machte schnell einen Ausfallschritt zur Seite und fing seinen Aufprall ab.

»Nicht so hektisch, mein Freund. Die nächste Spelunke befindet sich gleich hier.« Ich zeigte in die Richtung. Verblüfft über meine Antwort blieb er stehen und sah mich an. Als auch die beiden anderen dazukamen, ließ ich mich anrempeln und dabei den Krug Met fallen. Er zerbrach und der Met floss zwischen die Holzbohlen, die den Weg vor der Verschlammung schützten.

»Ohhh, der gute Met«, sagte ich. »Da fließt er weg. Na gut, dann haben wenigstens die Elfen und die Alben noch was davon. Aber sagt mir doch, warum habt ihr es so eilig? Zuerst er.« Ich zeigte auf den Ersten. »Und nun auch noch ihr zwei. Erzählt mir, gibt es hier etwas gratis, von dem ich wissen

sollte? Oder warum habt ihr drei es so eilig?« Ich nutzte die Situation aus und machte einen langsamen Schritt zur Seite, sodass ich alle im Auge hatte.

Plötzlich polterte einer los: »Du hast uns provoziert und uns absichtlich den Weg versperrt.«

»Bist du dir sicher, was du behauptest? Ich kenne euch nicht. Also warum sollte ich euch den Weg streitig machen?«

»Das sage ich. Du willst uns absichtlich aufhalten.« Er zog sein Schwert. Frauen in unserer Nähe schrien entsetzt auf und flüchteten.

»Warum ziehst du dein Schwert gegen einen unbewaffneten Mann?« Ich blieb überaus höflich. »Ich habe nichts getan. Ich kenne euch nicht mal. Ich bin ein Fremder in dieser Stadt und habe bei einem ehrlichen Händler einen Krug Met gekauft, den ich fallen lassen musste durch euer dummes und blödes Verhalten. Wer von euch dummen Schweine bezahlt nun den Krug?«

Der Schreihals sah mich erstaunt mit großen Augen an. »Du bist selbst an deinem Missgeschick schuld und du bist ein dummes Schwein.«

Ich lächelte und drehte mich einmal im Kreis. »Wie du siehst, bin ich wirklich unbewaffnet und trage nur mein Tischmesser, du Abschaum eines Hundfutts.«

Zwei Stadtsoldaten traten dazu und wollten wissen, um was es in diesem Streit ging. Doch der Wortführer der drei schrie auch ihn an. »Haltet euch fern, sonst erlebt ihr was, das verspreche ich euch. Das ist unsere Stadt.«

Die beiden traten zurück, während sie sich entschuldigten. Ich sah, wie sich Hugh und Björn hinter die Soldaten stellten und wiederholte meine Forderung. »Wer von euch stinkenden Arschlöcher gibt mir das Geld?« Ich sah die drei an und spürte, wie sie vor Wut kochten.

Einer ging mich an. »Was sollen wir dir bezahlen?«

»Ahhh, nun ist mir alles klar. Ihr sucht für euren Frust einen Sündenbock und ein Fremder kommt euch gelegen.

Einer, den niemand kennt und vermisst. Ihr sucht euch ein Opfer.« Auf diese Antwort waren sie nicht gefasst. Sie schauten sich fragend an. »Na, wer will der Erste sein, der vor mir den Met von den Bohlen leckt?«, brüllte ich.

Der Wortführer griff nach mir. Er packte mich an meinem Wams und wollte mich zu sich ziehen. Ich wehrte mich und sagte leise: »Was willst du wirklich von mir?« Ich schlug seine Hand weg. »Willst du wirklich Ärger?«, fragte ich lauter. »Versuchs noch mal und du wirst dein Wunder erleben. Das garantiere ich dir, du Schwein.«

Er schaute mich lachend und selbstsicher an und wollte noch mal nach mir greifen. Blitzschnell schlug ich zu und traf ihn rechts unten am Kiefer. Beide Kiefer krachten aufeinander. Zähne knirschten und brachen. Überrascht wankte er zurück und bückte sich nach vorn. Er spuckte Blut aus – und seine Zähne. Als er sich gefangen hatte, griff er erneut an. Ich duckte mich unter seinem Schlag weg und legte die ganze Kraft in meinen. Ich traf seine Rippen links am Brustkasten, die unter lautem Knacken nachgaben. Er brach zusammen und blieb gekrümmt auf dem Bohlenweg liegen. Dem zweiten Kerl, der mich sofort angreifen wollte, schlug ich zwischen die Beine. Auch er fiel wie ein gefällter Baum um und wälzte sich stöhnend herum.

Ich schaute den Dritten an. »Du packst deine Freunde und dann lasst ihr mich in Ruhe. Hast du mich verstanden?« Er stierte mich stumm an und wollte seinen Brüdern helfen. Ich hielt ihn nochmal auf. »Ich bin noch nicht fertig, Schwachkopf.« Er blieb stehen und spuckte aggressiv aus. »Wenn ihr noch nicht genug habt, ihr findet mich bei Jarl Svensohn. Ich bin Gast auf seinem Hof.« Dann ließ ich ihn stehen.

Ich zwängte mich durch die Gaffenden und machte mich auf den Weg, die Stadt zu verlassen. Hugh und Björn folgten mir in einem großen Abstand. Ich wartete außerhalb der Stadt auf sie.

»War eine reife Vorstellung, die du gezeigt hast.« Hugh lachte herzhaft. Björn klopfte mir auf die Schulter.

»Und er weiß nun, wo er uns findet. Nun haben wir etwas Ruhe«, antwortete ich.

»Ja. Ich hoffe, dein Bauchgefühl gibt dir recht. So haben wir etwas Zeit, um uns um die Verteidigung zu kümmern, zu organisieren und brauchen die Kerle nicht mehr zu suchen.«

Zufrieden gingen wir zurück und erreichten noch rechtzeitig zum Abendessen den Hof. Schnell hatten wir unseren Freunden alles erzählt. Einar saß stumm auf seiner Bank und hörte zu.

Erst viel später kam er zu mir und beugte sich zu mir herunter: »Ich hoffe, sie können nicht so viele Männer aufbieten.«

»Was willst du damit sagen?«

»Sieh dich doch um. Angeblich sind das noch alle waffenfähigen Männer, die aufseiten des Jarls stehen. Abgesehen von den Männern, die mit seinem ältesten Sohn auf See sind.«

»Zu viele Frauen und alte Männer. Ein paar Bauern, die im Kampf auch keine große Hilfe sind.« Ich zählte grob durch. Ungefähr zehn, fünfzehn Männer, die mit einer Waffe umgehen konnten. Aber alle verletzt, wenn auch nicht schwer.

Einar nickte. »Vier liegen in einem Nebenraum mit schweren Verletzungen. Es sind die, die versuchten, den jungen Jarlssohn zu verteidigen. Ich habe sie versorgt. Aber wie ihre Chancen stehen, weiß ich nicht.«

Ich zuckte mit den Schultern. »Da verfügen wir ja über eine richtig schlagfähige Armee.«

Njall lachte heiser. »Hoffentlich wird es noch lange dauern, bis sie vor den Toren auftauchen, und sein Sohn muss schnell den Heimweg finden und eintreffen, bevor wir ausgeblutet auf dem Feld liegen.«

»Wir müssen morgen mit den Arbeiten für die Verteidigung beginnen«, sagte Einar.

Njall und ich nickten. Mir gingen zu viele Gedanken durch den Kopf und ich verließ das Essen schon früh. Es war eine

schöne laue Herbstnacht und ich legte mich nicht unweit des Haupthauses in einen Heuhaufen. In der Mitte des Haufens stand eine große Stange mit einer Querstange oben. Sie diente ziemlich sicher zum Stützen des Heus, wenn es hoch genug gelagert war, um nicht vom Wind fortgeweht zu werden. Gloi, der mich beim Verlassen des Hauses erkannt hatte, flog mir nach und setzte sich auf die Querstange.

Ich schlief wie ein Toter und am anderen Morgen weckte mich mein gefiederter Freund mit Stupfen und seinem grollenden Krack-Krack. Ich wischte mir das Heu aus dem Gesicht und begab mich zum Brunnen. Zog einen Eimer Wasser herauf und wusch mich. Gloi, der auf der anderen Seite der Brunneneinfassung saß, sah mir zu. Ich spritzte ihn an und erwischte ihn. Er protestierte und schüttelte sich, dann flog er fort. Ich rief ihm noch nach: »Ein Bad würde dir auch guttun.«

Es musste noch früh am Morgen sein. Außer mir war nur das Vieh zu sehen, das friedlich graste. Ich lief das Gelände ab und überlegte mir, von wo ein Angriff wohl stattfinden konnte.

Njall und Einar traten an meine Seite. »Wir haben dich beobachtet, Eric. Von wo würdest du angreifen?«, fragte Njall.

»Von dort oben.« Ich zeigte auf eine Anhöhe.

»Wieso von dort?«, fragte Einar. »Und nicht aus dieser Richtung?«

Ich sah ihn an. »Dann müssten wir die leichte Steigung hinaufrennen und in der Nacht bildet sich Nebel. Das Gras wird feucht und rutschig. Unsere Sohlen bestehen aus Leder und sind glatt. Wir würden nur ausrutschen. Von dort oben könnten wir den Schwung ausnützen und alles überrennen.«

Beide fingen an zu schmunzeln. »Dann sind wir uns ja einig.«

»Ich würde dort auf dem Hügel einen Beobachtungsposten aufstellen, der uns warnen könnte.«

»Gut, sehr gut, Eric.«

»Ich würde vorschlagen, wir halten hier unsere Stellung. Das Gelände steigt hier ein wenig an. Vielleicht zu unserem Vorteil. Aber es braucht hier und dort mehr Hindernisse.« Ich zeigte auf Geländebegebenheiten. Beide nickten bei meinen Vorschlägen.

Hinter uns erklang eine Frauenstimme: »Ihr seid auch schon so früh auf und bei einer so guten Stimmung?« Es war Tyree.

»Und was treibt dich schon so früh auf die Beine?«, wollte ich wissen.

»Bis zu diesem Tag habe ich noch nie neben einem Mann gelegen, der so schnarchte wie Hugh. Er lässt mir keine Ruhe, was ich auch unternehme. Es blieb mir nur die Flucht.« Sie hob ihre Arme in die Luft. Wir mussten lachen.

Sie stand bei uns und schaute mit uns übers Land. »Hier wäre eine gute Position, um den Feind mit Pfeil und Bogen in Schach zu halten.«

»Was hast du gesagt? Wie soll ich das verstehen?«, fragte Njall, als hätte er sich verhört.

Sie schmunzelte, und in aller Ruhe erklärte sie uns, was sie meinte. »Habe ich mich doch nicht getäuscht. Ich beobachtete euch, wie ihr das Gelände besprochen habt und ihr dahin und dorthin gezeigt habt. Für mich sah es aus, als würdet ihr einen fiktiven Feind bekämpfen.«

»Du liegst gar nicht so falsch«, erwiderte Einar.

»Wenn wir Pfeil und Bogen hätten, wüsstest du, wie man damit umgeht?«, fragte ich sie.

Tyree lachte laut. »Woher glaubst du, komme ich? Sehe ich aus wie eine verwöhnte Prinzessin und aus einem Königshaus? Bei uns können alle Frauen schießen, sogar Prinzessinnen. Wir lernen es von Kindesbeinen an und können so unsere Männer unterstützen. Übrigens, es gibt hier Pfeile und Bögen. Zwar nicht die besten, doch um Feinde in Schach zu halten, zu verletzen und zu töten, reichen sie allemal.«

»Aber ein Bogen wird wohl nicht reichen, meine ich«, sagte Njall.

»Da muss ich dir recht geben. Aber Skefill und Vali können es von mir lernen. Warum nicht auch die anderen Frauen hier und die alten Männer. Ich weiß, was nur zehn Bogenschützen in kürzester Zeit anrichten können. Ich war selbst dabei.«

»Ich finde die Idee gut. Wir brauchen alles, was wir aufbieten können. Man sollte es dem Jarl unterbreiten«, sagte ich.

Einar nickte. »Ich spreche mit dem Jarl und ihr seht zu, dass hier Verteidigungsanlagen entstehen.«

Für eine offene Feldschlacht waren wir viel zu wenige. Darum mussten wir sehen, dass eine Armee uns nicht geschlossen angreifen konnte. Wir mussten dafür sorgen, dass ihre Reihen immer wieder aufgerissen wurden. Beim Frühstück hatte Hugh eine gute Idee: Stolperfallen.

Wir gruben überall verteilt Gruben aus. Circa einen halben Meter breit, zwei bis drei Meter lang und auch einen halben Meter tief. Alle waren gespickt mit spitzen, dünnen Holzspießen, die dicht aneinandergereiht tief im Boden verankert waren. Die Fallgruben wurden mit dünnen Ästen abgedeckt, auf die wir die dünnen Grassoden legten. Um nicht selbst Opfer unserer Arbeit zu werden, pflanzten wir Büschel mit langen Halmen darauf. So versuchten wir, die Gefahr für uns einzuschränken.

Hugh und ich kamen zum Mittagessen zurück und hatten noch etwas Zeit, den Bogenschützen zuzusehen. Tyree machte ihre Arbeit gut. Sie stand etwas hinter den Schützen und Schützinnen, kontrollierte alle genau und korrigierte die Fehler sofort. Hugh stieß mich an und zeigte mit dem Kopf zu Skefill. Ich sah, wie er gerade einen Pfeil losließ. Er verfehlte das Ziel um Weiten.

»Ohhh, der arme Bengel. Es könnte ein Bär vor ihm stehen. Er würde ihn nicht treffen.« Ich musste schmunzeln. Aber es gefiel mir, wie der Kleine sich bemühte.

»Ach, du siehst nur immer schwarz. Er schafft das. Ich setze diese Silbermünze.«

»Ohhh, ein stolzer Einsatz. Den halte ich. Ich sage dir, gut verdientes Geld.«

Wir saßen schon am Tisch und genossen das Essen, als Tyree eintrat und sich zwischen uns setzte. »Sie machen sich gut. Obwohl es für manche das erste Mal ist, einen Bogen in der Hand zu halten.«

Hugh sah sie erstaunt an. »Bist du sicher? Einige schießen aber weit am Ziel vorbei.«

»Du bist ein Miesepeter. Du siehst nur, dass ein Pfeil das Ziel verfehlt hat. Ich kann dir sagen.« Sie stieß ihn. »So manch ein Pfeil, der nicht traf, hat doch ein Ziel getroffen.« Tyree sah ihn erbost an. »Noch was! Sauf heute Nacht nicht so viel … sonst kannst du woanders schlafen. Ich brauche und will dein Geschnarche nicht mehr hören.«

Mein Blick wanderte über Tyrees Schultern zu Hugh. Unsere Blicke trafen sich. Ich schmunzelte. Er sah mich nur mit großen fragenden Augen an.

Später am Nachmittag, als wir wieder an der Arbeit waren, sah ich aus dem Augenwinkel, wie er seine Schaufel in die Erde rammte, aus seinem Loch stieg und zu mir kam. Ich konnte mir vorstellen warum.

»Hast du genug vom Schaufeln, soll ich dich ablösen?«, fragte ich. Er brummte etwas.

»Ich verstehe dich nicht.«

»Warum hat sie das gesagt?«

Ich spitzte weiter Pfähle an.

»Kannst du verflucht noch mal nicht damit aufhören!«

Ich hielt inne, legte das Beil auf die Seite und sah ihn an. Aber ich konnte nicht ernst bleiben und musste über alle Backen lachen. Ich erzählte ihm, wie sie am Morgen zu uns stieß und uns ihr Leid klagte.

Er kratzte sich im Bart und überlegte. »War es so schlimm? Ich habe gar nichts mitbekommen.« Er ging zurück zu seinem

Graben, aber auf halbem Weg drehte er sich um und kam erneut. »Hast du eine Idee?«

»Für was?«, fragte ich scheinheilig. Er brummte wieder was und fluchte auf Gälisch. Wieder legte ich mein Beil zur Seite und sah ihn an.

»Entschuldige, aber ich verstehe kein Wort.«

»Dann lerne endlich die Sprache. Du wirst sie einmal brauchen und dann bist du froh, wenn ein Freund sie dir beigebracht hat.«

Ich gab ihm recht. »Dann bringst du mir sie bei oder soll ich Tyree fragen?«

»Das mach ich und nicht Tyree mit ihrem Akzent.«

Tyree tauchte hinter uns auf. Sie trug einen großen Krug mit Met. Sie schenkte mir ein und stellte den Krug ab. »Was habe ich vorhin gehört? Wem soll ich meine Sprache beibringen?«

Hugh nahm mir den vollen Becher ab und leerte ihn. Er sah uns beide an, fuhr sich durch sein offenes rotes Haar und fluchte, mit seinen Armen in der Luft fuchtelnd. »Ich habe ihm gesagt, er soll unsere Sprache, also meine Sprache lernen.«

»Ahhh, da hörst du es, Eric, seine Sprache, nicht meine.«

»Schlafen wollen alle mit uns, aber ihre Sprache ist angeblich die bessere, reinere. Diiieeee Sprache, behaupten sie.« Sie fluchte und verließ uns.

Ich sah Hugh mit großem Auge an. »Ohhh, mein alter Freund. Ich würde sagen, du hast da ein kleines Problem am Hals.«

»Eric, was soll ich in deinen Augen machen? Ich habe noch nie zuvor in meinem Leben ein solches Teufelsweib getroffen. Ich würde sie sofort heiraten. Aber wie soll ich sie überzeugen?«

Ich musste lachen. Vor mir stand ein Hüne von fast zwei Metern Größe. Oberarme so dick, hart und fest wie manch Männeroberschenkel. Ein Hüne, der in vielen Schlachten et-

lichen Männern das Leben genommen hatte. Nun stand er vor mir wie ein hilfloser Junge.

»Das bringen wir in Ordnung, Hugh. Ich helfe dir, wenn ich kann.«

»Danke Eric.« Für ihn war alles wieder in Ordnung. Wie wild hackte Hugh danach weiter und hob die Gruben aus. Ich kam kaum nach, die Pfähle anzuspitzen. Mir lief der Schweiß nur so herunter.

Der nächste Tag und der übernächste vergingen im gleichen Stil. Hugh hielt mich beim Arbeiten plötzlich an der Schulter. »Sie ist immer noch über mich verstimmt und lässt mich nicht zu ihr.«

»Wer, Tyree?«

»Frag nicht so saudumm. Du weißt genau, wie sie heißt.«

»Hast du sie noch mal beleidigt?«

Er sah mich an und wehrte mit seinen Händen ab. »Nein, nein. Ich kann nicht mal mit ihr sprechen. Sie weicht mir aus, wo sie nur kann.«

»Komm mit!« Ich zog ihn weg. Ich sah auf einer Wiese Blumen. Wir gingen dorthin. »Du überreichst ihr heute Abend den Strauß und sagst ihr, wie sehr du sie liebst.«

»Ich soll jetzt Blumen pflücken?«

»Ja, sicher. Sie ist eine Frau. Abgeschlagene Köpfe kannst du sicher nicht überreichen. Mein Gott, mach! Hier blühen viele schöne Blumen. Pflücke sie.«

Er stand unsicher da und sah auf die Blumen. Ich stieß ihn und schrie ihn an. »Das glaube ich aber jetzt nicht! Was soll das?«

»Sind schöne Blume, die hier wachsen.« Er setzte sich ins Gras. Ich übernahm seine Arbeit und pflückte rote und blaue Blümchen. Sah mir das Gebinde an und füllte die Lücken mit langstieligem Gras. Ich war zufrieden und zeigte Hugh den Strauß.

»Schön. Er wird ihr sicher gefallen, aber nehmen wir noch ein paar weiße dazu.« Er überreichte mir welche. An einem Baum fand ich noch eine Flechte. Ich schnitt ein Stück ab und band es um die Blumenstiele.

»Ja, sieht so sehr gut aus. Lass uns gehen, bevor sie welken.«

Wir gingen über die Wiesen, zwischen den Kühen und Pferden hindurch und erreichten das Anwesen. Tyree war noch immer mit der Ausbildung der Schützen beschäftigt. Ich übergab Hugh den Strauß.

»Gib mir deine Schaufel und lass mir einen kleinen Vorsprung. Ich werde Tyree rufen und du kannst dann den Strauß überreichen und dich entschuldigen.«

»Was meinst du damit, ›entschuldigen‹. Ich habe ja gar nichts getan.«

»Stell dich nun ja nicht auf stur. Bitte sie einfach um Verzeihung. Zum Beispiel für das, was du über eure Sprache gesagt hast.« Hugh wollte etwas erwidern, doch ich unterbrach ihn.

»Ich will von euren Querelen nichts hören. Skoten, Pikten. Der Unterschied wird nicht so groß sein.«

»Doch, eigentlich schon.«

Ich winkte ab. »Was hast du mir gesagt? ›Ich liebe sie und würde sie sofort heiraten‹. Dann gib dir nun Mühe, verflucht noch mal.« Ich betrat das Anwesen. Mit meinem Beil in der Hand und Hughs Schaufel auf der Schulter rief ich nach Tyree. Sie kam zu mir.

»Ja, Eric, was kann ich für dich tun?«

»Nicht für mich. Höre den Rotbart an. Bitte.«

Tyree wartete auf Hugh. Ich ging, nachdem ich die Werkzeuge abgegeben hatte, zuerst ins Waschhaus und genoss die dampfend heiße, feuchte Luft, die mir die Poren öffneten. Ich genoss das wechselnde Spiel mit der dampfenden Hitze und den kalten Bädern. Erholt verließ ich das Waschhaus, zog mir saubere Kleider an und begab mich ins Haupthaus. Mir wurde

Met gereicht. Wir hatten in den paar Tagen über fünfzehn Fallen gebaut. Geschwitzt und uns alle bis zum Äußersten getrieben. Wir waren fertig.

Hugh trat ein und setzte sich zu mir. »Du hast mir geholfen. Es hat gewirkt. Sie nahm den Strauß an und küsste mich.« Er strahlte und griff nach meinem Becher.

»Ein Skol auf dich, Eric. Ohne dich? Ich weiß nicht.« Er leerte den Becher.

»Ich danke dir, aber das war mein Becher. Hier kommt deiner.«

»Entschuldige, aber ich bin so glücklich.«

»Aber tue mir einen Gefallen. Du riechst streng. Nein, du stinkst. Geh ins Badehaus, nicht, dass Tyree noch ohnmächtig neben dir umfällt.«

Hugh roch an sich. »Ach, findest du?«

»Ja, bitte. Für deine neue Liebe.«

Er stand auf und verabschiedete sich. Mit meinem vollen Becher ging ich aus dem Haus.

Björn sah mich und rief mich zu sich. »Sieh dir unser Werk an. Ole, Wulfgar und ich haben die drei Wagen, die für den Heutransport gedacht waren, etwas umgebaut.«

Nun sahen sie aus wie rollende Festungen. Vorn und an den Seiten hatten sie die Wagen mit dicken Holzbrettern verkleidet und mit Schießscharten versehen für unsere Bogenschützen. So konnte man sie an jeden Ort schieben. All dies gelang nur, weil wir Außenbeobachtungsposten aufstellten, die uns frühzeitig warnen konnten, wenn sich der Feind näherte. So brauchten wir keine Wachen hier. Alle freien Hände würden helfen.

Nach ein paar Tagen waren wir fertig und der Feind konnte kommen. An diesem Abend genossen wir das Essen und die Ruhe. Aber manch einem gingen viele Fragen durch den Kopf: Werden sie kommen und würden sie angreifen oder wie viele werden es sein und reichten unsere Kräfte, es zu

überstehen?

Auch ich hatte solche Gedanken. Ich hatte keine Lust, mich zu betrinken und verließ mit einem vollen Krug Met die Festgemeinschaft. Ich ging zur Landzunge, wo ich die Holzgebilde von der See aus gesehen hatte. Wie ich vermutet hatte, waren es Pfähle mit geschnitzten Köpfen. Es war leicht auszumachen, welche Götter der Jarl verehrte. In der Mitte stand der höchste Pfahl und zeigte den einäugigen Odin. Zu seiner Linken stand Freyr, dann folgte Ägir. Zu Odins Rechten stand Thir und Thor. Ich füllte aus meinem Krug alle Schalen vor ihnen. Dann setzte ich mich ihnen gegenüber und lehnte mich an den Opferaltar. Mit dem letzten Licht schaute ich die Götterstatuen an und dachte an sie.

Langsam kamen die Sterne zum Vorschein und mit dem Verblassen des Lichts schienen sie immer heller. Über mir konnte ich den Großen Bären erkennen und etwas entfernt leuchtete der Orion. Ich bestaunte die Sternenbilder, die am Firmament leuchteten. Sie glichen wilden Nadelstichen in einem schwarzen Tuch, das vor die Sonne gespannt war. Es war ein wunderbarer Anblick und faszinierte mich jedes Mal.

Meine Augen wurden schwer und ich merkte, wie ich Mühe hatte, sie offen zu halten. Irgendwann fielen sie zu und ich schlief ein. Ich hatte einen sonderbaren Traum. Zuerst zogen Farben an mir vorüber und ließen mich völlig entspannen. Dann tauchte ein Langschiff auf, das gegen starken Seegang kämpfte. Es tauchte tief ein, um dann wieder wild aus den Wellen zu schießen. Wasser tropfte vom geschnitzten Vordersteven, der die Form eines Drachens mit aufgerissenem Maul hatte. Das Segel war in den Farben Weiß und Blau in Längsstreifen gehalten. Es flatterte völlig durchnässt im Wind. Die Mannschaft versuchte, es einzufangen, um es neu zu vertäuen. Das Schiff verschwand im Nebel meines Traumes und machte dem nächsten Platz. Ich stand mit meinen Freunden zwischen den Wagen und sah, wie viele Krieger über die Ebene rannten und sah zu, wie ihre geschlossenen

Reihen ins Wanken gerieten, als sie in unsere Gruben fielen. Das war das Zeichen für unsere wenigen Bogenschützen, ihre Pfeile abzuschießen. Ihr Angriff geriet ins Stocken. Die erste blieb stehen und schützte die zweite, die versuchte, die Verwundeten zu bergen. Ich konnte zusehen, wie sie unter dem Pfeilhagel ihre Freunde aus den Pfählen zogen.

Dann wachte ich plötzlich auf. Ich schaute mich nach allen Seiten um. Erst jetzt merkte ich, dass ich geträumt hatte. Noch etwas verwirrt stand ich auf und wusch mir mein Gesicht am Brunnen. Das erste Tageslicht erhellte den Horizont. Das Land lag ruhig und friedlich vor mir. Tau lag auf den Wiesen und tropfte von den Halmen. Alles schlief noch, es waren nur die ersten Vogelstimmen zu hören.

Mir fiel das Schiff aus meinem Traum ein und ich ging an einen Ort, von dem aus ich aufs Meer sehen konnte. Doch die See verhielt sich sanft und sandte normale Wellen an die Gestade. Am Horizont standen dunkle Wolken, aber das hieß noch nichts. Es fehlte das ganze Tageslicht, um sie zu deuten. Ich atmete tief die salzige Luft ein, die vom Meer her heraufgetragen wurde und lauschte der Brandung.

Ich sah zu unserem Schiff hinunter und erblickte eine Person, die am Anfang des Holzsteges saß. Ich kniff mein Auge zusammen. War das Wulfgar? Ich konnte es nicht genau erkennen. Ich stieg den Pfad hinunter und sah genauer hin. Ja, es musste sich um Wulfgar handeln. Ich rief seinen Namen. Aber er rührte sich nicht. Lag wohl am Wind, der vom Meer her meine Worte davontrug. Ich legte die letzten Meter zurück. Ich hatte recht. Vor mir saß Wulfgar auf einem Fass, das am Kai stand.

»He, mein alter Seebär. Was machst du um diese Zeit schon hier?«

Er drehte sich zu mir und versuchte zu lächeln. »Dasselbe könnte ich dich auch fragen, Eric.«

»Das stimmt.« Ich setzte mich neben ihn den Sand, riss einen Grashalm ab und steckte ihn mir in den Mund. Wulfgar

füllte seinen Becher und hielt mir den halb leeren Krug entgegen.

Ich schüttelte den Kopf. »Für mich noch zu früh.«

Wulfgar nickte.

»Ich hatte geträumt.«

Er drehte seinen Kopf wieder zu mir. »Wie ich, Eric, und nicht das erste Mal. Eigentlich fast jeden Tag und immer denselben Traum.«

»Dieser stete Traum scheint dich zu bewegen?«

Wulfgar winkte ab. »Nein, eigentlich nicht mehr. Die ersten zwei Male erwachte ich schweißnass. Nun rätsel ich nur noch, wann es eintreffen wird.«

»Was denn. Was soll denn eintreffen?«

»Meinen Tod.«

Ich erschrak und musste unbemerkt zurückgewichen sein, was er sofort bemerkte.

»Wir müssen alle einmal sterben. Ich hoffe nur, ich habe dann noch die Kraft, mein Schwert zu halten.«

»Sonst mach ich das für dich. Ich werde dir es in die Hand legen. Das verspreche ich dir.«

»Das nehme ich dankend an. Lassen wir das Schicksal seinen Lauf nehmen. Nur die Nornen wissen, wie lange sie meinen Lebensfaden gesponnen haben.« Dann wollte er von meinem Traum erfahren und hörte mir aufmerksam zu. Ich getraute mich kaum, vom Kampf zu erzählen, doch es schien ihm nichts auszumachen. Auch erzählte ich ihm vom Schiff, das ich gesehen hatte.

Er nahm einen Schluck aus seinem Becher. »Ich kann dir leider auch nicht sagen, was sie bedeuten. Aber wir werden sehen. Komm, wecken wir die anderen und dann schauen wir, dass wir etwas zu essen bekommen.«

Wir stiegen den Pfad empor, doch wir brauchten niemanden zu wecken. Alle waren schon auf den Beinen, dabei waren erst die ersten Sonnenstrahlen zu sehen. Auch Skefill trug stolz seinen Bogen mit sich und erzählten allen, wie gut

er schießen konnte. Ich musste schmunzeln. Er gefiel mir.

»Der kleine Skefill«, flüsterte Wulfgar mir zu. »Selbstvertrauen ist das Beste, was man haben kann.«

Mit stolzer Brust ging Skefill an uns vorbei. Wir schauten ihm nach, wie er zum Jarlhaus weiterging. Bevor er eintrat, schaute er sich nach uns um. »Na kommt schon, vielleicht gibt's schon was zu essen.« Er verschwand im Haus.

Wulfgar sah mich an. »Hast du den Winzling gehört?«

»Kaum zu glauben. Aber er macht sich. Nimmt mich wunder, wie er in ein paar Jahren spricht.«

»Ja, das wundert mich.« Er gab mir einen Stoß an die Schulter, zog die Tür auf und stieß mich ins Haus. Viele saßen schon am Tisch und genossen ihr Essen.

»Sind früh auf, diese Gauten«, sagte Wulfgar.

Wir suchten uns einen Platz und bedienten uns. Später machten wir uns bereit, holten beim Herold unsere Waffen ab. Wir lösten unsere Freunde ab, die auf ihren Wachposten auf uns warteten. Ich stand vor dem Haus, in dem die Waffen gelagert waren, gürtete mein Schwert um und wartete auf meine Freunde, als ich Skefill erblickte. Er stand ganz alleine auf dem Wagen und schoss einen Pfeil nach dem anderen auf eine Scheibe, die sicher dreißig Meter entfernt von ihm stand. Ich musste zugeben, nur wenige Pfeile verfehlten die farbigen Kreise auf der Scheibe. Ich sah ihm zu und musste ehrlich zugeben: Ich wollte ihn nicht als meinen Feind.

Als alle bereit waren und wir uns mit unseren Decken und Verpflegung auf den Weg machten, rief ich Skefill zu mir: »Mein junger Freund. Halte ein und lass uns passieren, nicht, dass du noch einen von uns triffst.«

Er entspannte seinen Bogen und legte den Pfeil zur Seite und sagte im tiefsten Ernst: »Ich weiß genau, wer zu uns gehört. Ich werde nie einen von euch anvisieren noch treffen. Ihr habt zu viel für mich, meinen Bruder und Schwester getan.«

»Mach weiter so, Skefill«, sagte Ingwar. »Du wirst noch ein Meisterschütze. An dir kommt kein Feind vorbei.«

»Ich werde noch mehr üben. Ich kann es noch besser.«

Wir schauten, dass wir den Weg ja nicht verließen, um nicht selbst Opfer unserer Gruben zu werden. Gloi flog in einem Bogen auf mich zu und landete auf meinem Arm. Wir vier gingen noch ein Stück zusammen, dann mussten wir uns trennen. Wulfgar und Ingwar gingen zusammen, Björn und ich bildeten das andere Team. Wir schlugen einen anderen Weg ein und lösten Hugh und Njall ab, die uns schon erwarteten.

»Ist alles ruhig bei uns geblieben«, sagte Njall.

»Und hoffentlich bleibt es auch so«, meinte Björn. Die beiden hoben ihre Bündel auf und machten sich auf den Weg zurück. Wir hingegen bezogen unseren Beobachtungsposten.

Die Stunden vergingen, ohne dass sich Nennenswertes ereignete. Weit entfernt von uns auf der Straße in die Stadt zogen Händler mit ihren voll beladenen Wagen vorbei. Wir lösten uns beide alle zwei Stunden ab oder saßen zusammen und redeten über Gott und die Welt.

Der Morgen verging, auch der Nachmittag und machte der Abenddämmerung Platz. Ich sah in den Himmel und bemerkte nun dicke Wolken. Ich wusste nicht, warum, aber plötzlich fiel mir mein Traum wieder ein. Brachten die Wolken den Sturm und den Regen? Brachten sie das Schiff zu uns? Tatsächlich fing es an zu winden und in der zweiten Nachthälfte fielen die ersten Regentropfen. Wir zogen unsere Decken enger um uns und beobachteten und warteten.

Am Morgen erwarteten wir unsere Ablösung, doch es kam niemand. Wir fingen schon an, uns Gedanken zu machen, als Einar auftauchte. »Kommt zurück. Es kommt ein heftiger Sturm auf. Ich glaube nicht, dass sie heute kommen, wenn sie überhaupt kommen. Wir ziehen uns zurück.«

Als wir die Gabelung erreicht hatten, sahen wir weit vor uns Wulfgar und Ingwar gehen. Tropfnass erreichten wir den

Hof des Jarls. Wir gaben unsere Waffen wieder ab und zogen trockene Kleidung an. Doch bevor ich in die Halle ging, sah ich auf die nun tosende See. Aber ich konnte kein Schiff sehen, nur die weißen Schaumkronen auf den Wellen. Ich wusste nicht, was mit mir los war. Irgendwie hatte ich keine Lust, an den Festen teilzunehmen. Lag es an den Träumen und besonders an Wulfgars Traum? Ich wusste es nicht. Ich legte mich früh hin und schlief auch gleich ein. Ich schlief wie ein Toter. Seit Tagen hatte ich nicht mehr so gut und tief geschlafen wie in dieser.

Als ich aufwachte, waren es nur wenige, die noch in ihren Betten lagen. Ich stand auf und ging nach draußen.

»Endlich, Eric die Schlafmütze ist wach.« Das war Skefill.

»Übertreib es nicht mit deinen Witzen. Sonst versohle ich dir den Hintern«, knurrte ich ihn an und ging an ihm vorbei.

Das Wetter hatte sich nicht groß verändert. Es stürmte noch immer. Der Regen ging in Nieseln über. Ich hatte Hunger und begab mich ins Haupthaus, drehte mich aber noch mal um. Hatte ich richtig gesehen? Da sah ich am Horizont ein paar Gestalten auf dem Hügel. Ich versuchte, durch den Nieselregen zu schauen, aber die Sicht war sehr schlecht. »Wo sind unsere Leute?«, rief ich zu Skefill. Er zeigte aufs Haupthaus. »Siehst du die Männer auf dem Hügel dort?« Ich zeigte in die Richtung.

Er schaute hin und rief zurück: »Ja, ich sehe sie, Eric.«

»Skefill, lass sie nicht aus den Augen, sonst kommst du uns sofort holen. Hast du mich verstanden?«

Er hob seinen Arm, rannte zu einem Wagen und stieg auf ihn. Ich rannte die letzten Meter zum Haus, als ein Wachposten um die Ecke kam. Wahrscheinlich hörte er mich rufen und wollte nachsehen, wer es war. Ich hielt ihn fest und zeigte auf den Hügel. »Siehst du sie?«

»Ja Herr.«

»Sei wachsam und halte sie im Auge.«

Er nickte. Ich ging schnell ins Haus und suchte Einar. Ich sah ihn und ging sofort zu ihm. Er saß mit Njall zusammen. Ich zwängte mich zwischen sie und erzählte, was ich gesehen hatte. Erstaunt sahen mich beide an und standen sofort auf. Njall suchte alle von uns zusammen.

Ich ging wieder nach draußen, gefolgt von Einar und fragte den Posten: »Wo ist euer Herold? Ich will meine Waffen. Ich sterbe nur ungern ohne sie. Hole ihn, aber schnell.«

Einer nach dem anderen kam aus dem Haus. Wir alle sahen zum Hügel.

»Ich glaube, es sind vier«, meinte Skeld.

»Ich weiß nicht, was das zu bedeuten hat. Kundschafter? Wenn ja, stellen sie sich ziemlich ungeschickt an.«

»Wir werden es bald herausfinden, Eric«, sagte Einar neben mir. Da kam der Wachposten zu mir zurück.

»Der Herold kommt sofort und schließt das Waffenhaus auf.« Ich bedankte mich bei ihm. In der Zwischenzeit kamen immer mehr aus dem Haus.

Auch der Jarl, der wissen wollte, was vor seinen Toren vorging, schaute auf den Hügel. »Es sind nur drei, vier Mann. Noch kein Grund, panisch zu reagieren,«, meinte er und wollte zurück ins Haus, als Einar kalt antwortete: »Aus dreien kann schnell eine ganze Armee werden. Wir sollten auf der Hut sein.«

»Bei diesem garstigen Wetter sollten wir sie einladen«, schlug Njall vor.

»Die Idee finde ich gar nicht so schlecht. Dann wüssten wir, um wen es sich handelt und warum sie dort stehen bleiben und nicht zu uns kommen, um ihre Forderung zu stellen«, meinte Einar.

»Das erledigen wir.« Skjold und Ingwar gingen an uns vorbei. Wir sahen ihnen nach und beobachteten, wie sie ihnen immer näher kamen. Ich sah, wie Skjold ihnen zuwinkte. Als wäre das Winken eine Aufforderung an sie gewesen, stiegen sie auf ihre Pferde und ritten schleunigst davon. Offenbar

wollten sie verhindern, dass man sie erkannte. Die beiden blieben stehen und riefen ihnen noch nach, aber es half nichts, sie ritten unbeirrt fort.

»Das habe ich mir schon gedacht. Sie wollten nur ausspionieren, wie viele wir sind«, sagte Einar.

Der Wind nahm wieder zu und der Nieselregen wich wieder dem Regen, der nun in großen Tropfen auf uns niederging.

»Was hältst du davon, Njall?«, fragte ich.

»Nichts Gutes, Eric.« Er ging in Haus zurück. Wir folgten ihm.

»Das glaube ich auch und es dauert nicht mehr lange«, sagte Einar.

»Dann sollten Wachposten aufziehen. Auch wenn ich nicht glaube, dass sie heute Nacht angreifen.«

»Für heute ja. Morgen sehen wir weiter«, sagte Einar.

Hugh und ich bestritten die erste Wache. Wir suchten Unterschlupf unter einem Dach. Der Regen prasselte wie wild auf die Dächer und floss in hundert kleinen Wasserfällen über die Dachenden, um dann in vielen kleinen Bächen in den Feldern zu verschwinden.

»Ich hoffe, die Fallen halten und brechen nicht zusammen.«

Hugh sah mich an. »Ruf nicht Lokis Namen.«

»Nein, Hugh. Ich hoffe, er hat mich nicht gehört.«

»Dann sei still und denke es einfach!«

Außer dem Regen war alles ruhig und nach vier Stunden wurden wir abgelöst. Im Haupthaus wärmten wir uns am Feuer auf und trockneten die Kleider. Wir ließen uns Met, Brot und Käse geben, kümmerten uns nicht besonders um die anderen und zogen uns auch bald darauf zurück.

Auch in dieser Nacht hatte ich einen unruhigen Schlaf. Wilde Rufe drangen in mein Ohr. Schwerter, die klingend aufeinandertrafen. Schreie von Verletzten. Ich wachte auf und sah mich um. Hugh lag neben mir und schnarchte zufrieden. Ich stand auf. Meine Blase drückte mich. Nachdem

ich mich erleichtert hatte, traf ich Björn.

»Na, Eric, fühlst du dich besser? Wenn ich nicht gewusst hätte, dass keine Kühe in meiner Nähe sind … ich hätte gewettet, das muss eine sein.«

»Ein wunderbares Gefühl.« Ich sah zum Himmel.

»Ja, es hat vor einer Stunde aufgehört zu regnen.« Ich sah Björn an und erzählte ihm meinen Traum.

»Keine Sorgen. Halfdan und ich schlafen nicht und werden euch sonst sofort wecken.«

»Daran zweifle ich keine Minute. Wer löst euch ab?«

»Gefolgsleute des Jarls. Warum fragst du?«

»Genau darum. Wir müssen aufpassen. Ich weiß nicht, wie zuverlässig sie sind und ich will nicht im Schlaf überrascht und erschlagen werden.«

»Wenn ihr euch schlafen legt, weckt Hugh und mich.«

»Einverstanden.«

Beruhigt legte ich mich wieder hin und schlief gleich ein. Ich träumte erneut. Ich sah das Drachenschiff mit dem längs gestreiften blau-weißen Segel anlegen. Junge Krieger, die unter Freudenrufen empfangen wurden. Dann wurde ich geweckt. Aus dem Traum gerissen, sah ich Hugh vor mir stehen. Er lachte.

»Komm hoch, Eric. Wir müssen raus.«

Noch benommen stand ich auf und zog mich an. Vor der Tür stand Hugh und wartete schon auf mich. »Das Wetter scheint besser zu werden.«

Ich sah mich um. Er hatte recht. Der Regen hatte nachgelassen, der Wind auch. »Gefällt mir nicht.«

Hugh sah mich verwundert an.

»Ich hätte es lieber gehabt, wenn es weiterhin heftig regnete«, sagte ich.

»Was erzählst du da?« Hugh schüttelte den Kopf.

»Ich weiß nicht, Hugh. Ich glaube, dieser Tag bringt nichts Gutes.«

Wir gingen zu unserem Posten, doch zuerst sah ich aufs Meer. Keine Spur von einem Schiff. Wie ich es geahnt hatte.

Danach begaben wir uns zu unserem Posten. Ich hatte es gewusst: Einer der Wachen saß am Boden, an die Hauswand angelehnt und schlief. Der andere stand auf seinem Speer gestützt im Halbschlaf da. Er bemerkte uns erst im letzten Augenblick und erschrak. Wir lösten Björn und Halfdan ab. »Es ist ruhig, Eric.« So begaben sie sich ins Haus und Hugh und ich übernahmen.

»Ihr beiden wärt schon tot, wenn wir Feinde gewesen wären«, herrschte ich ihn an. Der Schlafende stand erschrocken auf und versuchte, sich zu rechtfertigen. Aber wir hörten ihm gar nicht zu und schickten beide fort.

»Glaubst du wirklich, dass sie kommen?«, fragte Hugh.

Ich zuckte mit den Schultern. Ich erzählte ihm von meinen Träumen und von dem Schiff. »Das Schiff muss auch eine Bedeutung haben. Aber welche?«

Stumm kontrollierten wir zusammen die Fallen. Zum Glück waren alle heil geblieben. Langsam wurde es hell und Leben kam auf. Gloi schien sich auch irgendwo vor dem Sauwetter verkrochen zu haben. Er war nirgends zu sehen. Die Ersten trieb der Hunger ins Haupthaus.

»Komm, lass uns etwas essen«, sagte Hugh. »Ich verspüre eine Leere in meiner Magengrube. Außerdem gibt es genug Leute, die den Feind sehen würden, wenn er anrücken würde.«

»Geh du nur. Ich bleibe hier. Mir kommt hier nicht alles geheuer vor. Geh du und wenn einer von uns fertig ist, soll er mich ablösen. Aber nur einer von uns.«

Hugh verließ mich, während ich den Hügel und die Weide im Auge behielt.

Einar stand auf einmal neben mir. »Du bist misstrauisch Eric?« Er reichte mir Brot und Käse. Ich bedankte mich und biss ins Brot.

»Ja. Ich habe kein gutes Gefühl, Einar. In mir vibriert alles. Das kannst du dir nicht vorstellen.«

»Du glaubst es wirklich. Ja, ich sehe das.«

»Hugh hat mir deine Träume erzählt. Wir sind gleich bereit. Geh, iss und trink was.«

Ich sah mich noch mal um. Einar stand wie eine Statue da und suchte den Feind. Bevor ich eintrat, kamen mir Skjold, dann auch Wulfgar entgegen. Ich setzte mich an den Tisch und schöpfte mir aus einem großen Topf den noch warmen Haferbrei in eine Schüssel.

Wie ich es gespürt hatte! Es dauerte nicht sehr lange, bis Einar und Njall eintraten. Einar sah mich beim Vorbeigehen an. Njall setzte sich zu mir.

»Du hattest recht. Sie kommen. Iss fertig und komm dann. Wir haben noch Zeit.« Ich wollte sofort aufstehen, aber Njall stoppte mich.

»Es sind alle informiert und bereit.«

Ich brachte keinen Bissen mehr runter, schob meine Schale weg und verließ mit Njall das Haus. Ich sah noch, wie Einar mit dem Jarl sprach.

Draußen traf ich Tyree, die ihren Bogen spannte, ich sagte: »Du weißt besser, wie weit ihr schießen könnt. Übernimm du das Kommando über deine Schützen.«

»Keine Angst. Wir werden euch gute Hilfe leisten.«

Ich bedankte mich und Njall winkte ihr zu. Wir hatten die Wagen der Schützen erreicht.

»Bis jetzt sind es ungefähr vierzig Männer«, sagte Wulfgar.

Ich sah mich um und erblickte Vali und Skefill, die mit ihren Bogen kamen. »Ihr beide geht zum Wagen bei der Weide und wenn ihr was seht, ruft sofort.«

Skefill nickte, Vali wollte noch reklamieren. Aber ich wies ihn bestimmt auf seinen Platz. Es reichte, schon so jung eine Schlacht zu erleben. Sie brauchten noch nicht daran teilzunehmen. Der Schrecken und Eindrücke würden ihnen sowieso noch lange in ihren Köpfen hängen bleiben.

Inzwischen waren alle, die kämpfen konnten, anwesend und bereit.

Wir sahen auf den Hügel, als sich drei Männer aus der Gruppe lösten und zu uns kamen. Beim Näherkommen erkannten wir, dass es sich um einen Kirchenmann und ziemlich sicher um das Stadtoberhaupt mit einem Soldaten handelte. Zwanzig Meter vor dem Hof blieben sie stehen.

Der edel Gekleidete sprach laut und deutlich: »Jarl Svensohn. Gebt auf! Lasst euch nicht auf ein unnötiges Blutvergießen ein.«

Hinter uns kam der Jarl, schritt zwischen uns nach vorn und blieb stehen. »Du weißt genau, Egil, dass ich das nicht machen werde. Wir haben hier lange gelebt und beiden kam es zugute. Warum soll sich das ändern? Nur weil ein König, der nicht einmal auf der Insel wohnt, uns verbietet, den alten Göttern zu huldigen, und uns dazu noch vorschreibt, den neuen Gott anzunehmen. Meine Antwort heißt Nein.«

»Ich bitte dich um des Friedens willen, deinem alten Glauben abzuschwören.«

Trotzig stand der Jarl da, stemmte seine Arme in die Hüften und schrie: »Weil alle von euch toll geworden sind und glauben, dass unter dem Kreuz alles besser wird? Egil, die Götter, die wir verehrten, haben uns geholfen, oder nicht? Das war so und bleibt so. Wenn du denkst, dass das Kreuz und das Glockengebimmel euch mehr hilft, dann sage ich dir und allen anderen: Es ist ein Unsinn. Odin wird heute wie auch morgen Gast in meinem Haus sein.« Somit war für den Jarl alles gesagt und er wollte sich abwenden, als der braun gekleidete Kirchenmann rief: »Du bist ein sturer und verfluchter Heide. Du wirst nie in den Himmel kommen und dir wird nie vergeben. Du landest in der Hölle. Ich werde es dem König und meinem Papst melden.«

Der Jarl drehte sich erneut um. »Mach, was du nicht lassen kannst. Du brauchst dich nicht um mich zu kümmern, was auch immer mit mir geschieht. Ich habe keinen Streit mit deinem Kreuz und Gott. Aber was ich nicht verstehe, ist dies: Warum hast du mit unseren Göttern ein Problem und kannst

uns nicht einfach leben und glauben lassen, was wir wollen? Du und dein Glaube, ihr schürt nur Hass und Verderben. Siehst du das nicht? Warum stehen sonst die Männer auf dem Hügel?«

Der Gottesmann starrte ihn an.

Der Jarl winkte ab und kam wieder hinter unsere Reihen. »Ihr schmort alle in der Hölle«, war das Einzige, was der Jarl noch sagte.

»Halleluja«, lachte Hugh. Der Priester drehte sich um und hetzte zurück.

Einar kam zu mir. »Es gibt keine gütliche Einigung, wie mir scheint. Das Spiel beginnt.«

»Wer ist bei den beiden Jungen?«, fragte ich.

»Björn und ich. Njall steht mit Ingwar, Skjold und Skeld neben euch auf die andere Seite der Wagen. Du bist mit Wulfgar, Hugh und Halfdan hier.«

Ich nickte, während ich auf den Hügel sah. »Wo steht Ole?«

»Zwischen uns mit meiner Fahne.«

»Sehr gut.«

»Dann kann es losgehen. Viel Glück.« Er klopfte auf meine Schulter. »Soll unser Vater schützend die Hand über uns halten«, sagte er und ging.

Ich sah, wie der Priester auf die Männer einredete. Einige gingen auf die Knie und es schien, als würden sie beten. Dann formierten sie sich und kamen im Schildwall den Hügel herunter.

Ich ging zu Tyree, die mit ihren Schützen auf den Wagen standen. »Schießt erst, wenn sie die ersten Fallen erreicht haben, und dann, wenn ihr Schildwall wankt.«

Sie hob ihre Hand als Zeichen, dass sie es verstanden hatte. Der Feind kam immer näher und wir verstanden ihre Schmährufe. Langsam wurde ich nervös. Sie kamen den Fallen näher. Dann ... die ersten stolperten und fielen ... oder wurden von den Hintermännern hineingestoßen. Der Wall wankte. Schmerzensschreie ertönten. Männer versuchten, ihre Freunde

aus den Pfählen zu ziehen. Tyree gab daraufhin den Befehl, die Pfeile abzuschießen. Sie flogen und manch einer fand ein Ziel.

Nun bewegte sich unser Feind langsamer und vorsichtiger. Sie mussten auf die Pfeile achten und auf die Fallen. Manch einer tastete sich langsamer vor, als das seinen Hintermännern lieb war. Wieder brach eine Grube ein, wieder Schreie. Verwundete, die sich zurückzogen. Tyree und ihre Schützen ließen eine Salve nach der anderen auf unsere Gegner niederregnen. Wir blieben wie eine Mauer stehen. Der Priester trieb seine Männer an und ließ sie anrennen. Unser Glück war, dass sie sich nicht neu formierten. Sie formten keinen Wall, um uns geschlossen wegzudrücken und zu vernichten. Wir fingen ihren Ansturm mit unseren Schilden ab und stachen zwischen ihnen durch. Ein wildes Gerangel entstand. Schwerter trafen aufeinander. Äxte krachten auf Schilde.

Ich hörte Tyree rufen: »Eric, unsere Pfeile werden knapp!« Ole, der es gehört hatte, rammte Erics Fahne in den Boden und rannte ins Waffenhaus. Mit zwei großen Bündeln kehrte er zurück und überreicht sie Tyree. Sie schoss zielsicher und half uns, den Feind zu bremsen. Ihre Pfeile hielten reiche Ernte. Wir hielten noch stand, obwohl wir viel zu wenige waren.

Mein Nebenmann hatte Pech. Eine langstielige Axt hängte sich an seinem oberen Schildrand ein. Er konnte sich von ihr nicht befreien und so wurde sein Schild nach unten gezogen. Ich konnte ihm nicht mehr helfen und sah, wie ihm ein Schwert in den Hals gestoßen wurde. Er brach tot zusammen.

Ich versuchte, die Gegner aufzuhalten und die Lücke so schnell wie möglich wieder zu schließen. Plötzlich spürte ich einen heftigen Schmerz am rechten Oberschenkel. Mein Bein wurde heiß. Ich wusste genau, dass ein Schwert mich getroffen haben musste. Ich taumelte und sah einen Mann auf mich zu rennen, der seine Axt schwang. Ich musste mich bücken, um seinem Schlag zu entgehen. Seine Axt schlug über mir ins Leere. Ich riss mein Schwert hoch und bohrte es

meinem Gegner in den Unterleib. Der nächste drängte schon nach und deckte mich mit Schlägen seines Schwertes ein. Mit meinem Schild als Deckung über mir zwang er mich in die Knie. Ich bückte mich auf mein verletztes Bein; mit dem anderen trat ich ihn in sein Knie, das gleich nachgab. Er fiel auf mich und meinen Schild. Ich konnte mich nur befreien, weil die Armschleife am Schild ausriss. Ich stand schnell auf und trat ihn in den Magen, was mir Zeit gab, mein Schwert neu zu fassen und zu zuschlagen. Sein Kopf rollte von seiner Schulter.

Ohne Schild stand ich wieder neben Wulfgar. Wir hieben um uns und unser Leben. Der Hass, der uns entgegenschlug, erstaunte mich.

»Erschieße endlich den Kuttenträger«, rief ich zu Tyree. Sie sah zu mir und hob ihren Arm. Doch diese Unaufmerksamkeit war nicht gut. Ich sah einen Gegner zu spät kommen – ich konnte mich nur noch abdrehen. Doch sein Schwert traf meinen linken Unterarm. Vom Handgelenk bis Ellenbogen. Es brannte höllisch. Er wollte an mir vorbeirennen, doch ich schlug ihm ein Bein ab. Er fiel und hielt sich den abgetrennten Stumpf. Doch nicht lange. Mein Schwert fraß sich in seinen Bauch. Ich rief wieder zu Tyree: »Erschieß ihn endlich! Mach schon!«

Ich stand wieder neben Wulfgar, der wie ein wild gewordener Bär kämpfte. Wieder sah ich den Priester, der die Männer nach vorn trieb und dabei schrie. Dann wankte er zurück und sah auf seinen Bauch, in dem ein Pfeil steckte. Schließlich fasste er sich an den Hals. Entsetzt griff er an den Pfeilschaft, der seinen Hals durchbohrt hatte. Das war das Letzte, was er tat; dann brach er zusammen und blieb liegen. Mit dem Tod ihres Kriegstreibers brach auch der Angriff gänzlich zusammen. Sie zogen sich zurück. Jetzt konnte ich mir ein Bild machen und schaute mich um. Ole stand schwer atmend da. In seiner Linken hielt er Einars Fahne und in der anderen ein blutverschmiertes Schwert. Auch vor Einar und

Njall lagen tote Feinde.

Unsere Augen trafen sich und er sagte: »Haben sich gut gemacht, die beiden.«

Ich nickte und sah weiter über unsere Reihen. Von der Haustruppe des Jarls lagen vier in ihrem Blut und noch ein paar andere waren verletzt. Von uns schienen alle überlebt zu haben. Ich schaute wieder nach vorn. Aber was ich sah, war ein trauriger Anblick. In mir kam keine Freude über unseren Sieg auf. Wir kämpften gegen Nordmänner, sozusagen gegen unsere Brüder – anstatt zusammen in ferne Länder zu reisen, zusammen zu kämpfen, zu trinken und am Abend einander Geschichten zu erzählen. Nun lagen sie auf dem Feld, tot und kalt.

Nur einer hatte an diesem Sieg Freude. Der Jarl. Er lachte und rief den Unterlegenen Schandworte nach. Ingwar und noch ein paar von uns sahen sich an und – ohne mit dem Jarl zu jubeln – kümmerten sie sich um die Verletzten.

Ich stützte mich auf mein Schwert, als Hugh zu mir trat. »Komm, Eric, komm mit, Wulfgar, und lass uns die armen Schweine erlösen. Sie brauchen nicht unnötig auszubluten.« Dann sah er, wie ich humpelnd auf sie zu kam. Mir floss das Blut über meine Hand und tropfte auf den Boden. Hugh stützte mich. Wulfgar sah mich an. »Zeig her.« Ich zog meinen Ärmel hoch. Er verzog sein Gesicht. »Das muss genäht werden.«

Hugh war derselben Meinung. »Nicht nur den Arm, auch dein Oberschenkel.«

Halfdan kam dazu. »Ich werde Eric zurückbringen. Er muss nicht noch mehr Blut verlieren.« Er nahm mir mein Schwert ab und legte sich meinen rechten Arm um seine Schulter, und so humpelte ich zurück. Schnell war jemand gefunden, der sich meiner annahm. Asny, die geschickt mit Nadel und Faden war, nähte mir Bein und Unterarm zusammen und brachte mir eine Binde, die an beiden Enden umgeschlagen und vernäht war. Sie legte mir die Binde um den

Hals und steckte meinen Arm hindurch. »So kannst du deinen Arm besser schonen.« Sie hatte recht; er lag völlig entspannt in den Schlaufen.

Später besuchte mich Halfdan und gab mir mein Schwert zurück. »Ich habe es für dich gereinigt, neu geschliffen und eingeölt.«

»Ich danke dir, Halfdan. Ich werde das nicht vergessen.«

»Wird du mir lieber schnell gesund, sonst verpasst du noch ein paar Feste, die der Jarl gibt.«

»Was? Er veranlasst Feste?«

»Ja, Eric, zu unserem Sieg. Er will sich bei den Göttern bedanken, dass sie uns geschickt haben.«

»Ist er denn sicher, dass sie morgen nicht wieder vor dem Anwesen stehen? Tu mir einen Gefallen, Halfdan.«

»Wenn es in meiner Macht steht. Was soll ich tun?«

»Sorge dafür, dass unsere nicht zu viel saufen. Erkläre ihnen meine Sorge. Ich komme etwas später.«

Halfdan schaute mich an. Ich konnte an seinem Blick sehen, dass er bei sich diverse Szenarien durchspielte. Dann sah er mich an. »Du wirst ein großer Schlachtenlenker. Das habe ich schon gemerkt. Darum habe ich dir auf dem Schiff gesagt, dass ich dir immer folgen werde. Du musst dir keine Sorgen machen. Ruhe dich noch aus. Hugh, Björn und ich sehen nach dem Rechten.« Dann verließ er mich.

Ich lag noch auf dem Bett, um mich lagen noch mehr Verletzte, die der Pflege bedurften. Zum Glück hatte ich die Kraft des Wolfes in mir. Verletzungen heilten bei uns viel schneller. Nach kurzer Zeit stand ich auf, legte meine Binde um den Hals und steckte meinen Arm hindurch. Ich ging von Bett zu Bett und sah nach den Verletzungen der Frauen und Männer. Asny begleitete mich. Ich half ihr beim Nähen der Wunden. Ich zeigte ihr das Mischen von Salben und half ihr beim Einsatz der verschiedenen Mischungen für die jeweiligen Verletzungen.

»Du hast große Ahnung von Heilung, Eric.«

»Ich hatte eine sehr gute Lehrerin. Sie brachte mir sehr viel bei.«

»Ja, das sehe ich. Von einigen Zutaten habe sogar ich nichts gewusst. Aber was machst du schon auf den Beinen? Du solltest noch liegen.«

Ich lächelte sie an und fuhr mit meiner Hand über ihre Wange. »Ist gut, Asny. Es geht mir schon besser. Soll ich dir noch helfen oder kommst du mit deinen Helferinnen zurecht?«

»Geh nur, Eric. Wir kommen schon zurecht.«

Ich humpelte zum Haupthaus. Das Fest war schon in vollem Gange, als ich eintrat. Ich sah mich um, als Hugh mich an der Schulter berührte. »Schön, dass es dir besser geht. Komm, wir haben dir einen Platz freigehalten.«

Er führte mich an einen Tisch, an dem auch Björn, Skeld und die anderen saßen. Sie begrüßten mich und boten mir Speisen und Getränke an. Ich aß etwas und hörte dem Jarl zu, wie er prahlte. Es war mir zuwider. Mit einer Ausrede verabschiedete ich mich und zog mich mit zwei Krügen Met zurück.

Als ich vor der Tür stand, sah ich mich um und entschied, zur Landzunge zu gehen, wo die Götterpfähle standen. Ich wollte Ruhe. Doch ich war nicht alleine. Einar saß schon hier. Der Wind blies durch sein langes weißes Haar und ließ es tanzen. Ich räusperte mich.

Einar sagte, ohne sich umzudrehen: »Ich wusste, dass du hierher kommst.« Ich ging an ihm vorbei und wollte die Schalen der Götter füllen. »Tut mir leid, ich bin dir zuvorgekommen.«

»Darf ich mich zu dir setzen?«

Er zeigte neben sich. Ich ließ mich nieder und füllte unsere Becher.

»Wie geht es dir?«, fragte er mich.

»Mein Arm pulsiert, als würde Ketil mit seinem Schmiedehammer darauf schlagen. Ich suche Ruhe, Einar.«

»Soll ich gehen?«

»Nein. Nein, bleib bei mir. Lass uns hier sitzen und uns betrinken. Ich kann nicht mit ihnen feiern. Es ist mir zuwider.« Einar lachte und leerte seinen Becher. »Es geht mir gleich. Hast du …?«

»Ja genügend. Zwei große Krüge. Ich gebe dir gerne ab.«

»Du hast gute Arbeit geleistet, Eric. Die Idee mit den Stolperfallen und wie du in der Schlacht geführt hast.« Ich winkte ab. Doch er ließ sich nicht beeindrucken und sprach weiter. »Ich weiß, was ich gesehen habe. Wie die anderen auch. Also versuch nicht, mir etwas zu erzählen. Ich bin alt und werde langsam müde. Es wird Zeit, dass ein Junger, Neuer die Führung übernimmt. Du hast das Zeug dazu.«

»Nein, Einar, das will ich nicht. Du bist unsere Führer und ich werde immer an deiner Seite stehen.«

»Höre mir zu. Weißt du, wie alt ich bin? Denke an meinen Bruder! Dein Ragnar ging bei meinem Bruder auf sein Schiff und lebte mit ihnen. Ich bin fünf Jahre älter als er.«

Ich überlegte und versuchte die Jahre zu zählen.

»Du brauchst dir nicht den Kopf zu zerbrechen. Ich bin bald neunzig Jahre alt. Auch ich suche Ruhe, Eric. Genau wie Olaf. Irgendwann wird es dir gleich ergehen und du wirst auch einen Nachfolger suchen.«

»Nicht schon jetzt. Ich bin nicht bereit dazu.«

Einar trank und wischte sich den Schaum aus seinem Schnurrbart. »Die Tage sind gezählt, Eric. Lange wird es nicht mehr dauern.« Stumm saßen wir nebeneinander und hörten dem Singen des Windes zu. Erst als alles ruhiger wurde, kehrten wir mit unseren leeren Krügen zurück.

Wir sahen Njall alleine an einem Tisch sitzen. Er hatte genug getrunken. Er saß da und sang oder besser, seine schwere Zunge lallte mehr oder weniger ein Lied. Eigentlich war es schön anzuhören, dennoch sehr melancholisch. Als er uns sah, winkte er uns zu sich. Wir setzten uns neben ihn.

Seine Zunge war schwer und seine Worte ziemlich zerzaust. »Wo wart ihr? Ich habe euch vermisst. Ich musste ganz alleine trinken.« Er versuchte, uns einzuschenken, doch der größte Teil floss daneben. Er lachte und schwankte dabei zwischen uns. Njall wollte uns noch zuprosten, doch sein Becher fiel ihm aus seiner Hand, er kippte auf die Tischplatte und schnarchte. Einar und ich sahen uns an, dann packte Einar Njall und hob ihn hoch. Zusammen verließen wir die Halle und brachten ihn in sein Quartier. Njall wachte auf, sah sich um, rülpste, lachte und schlief gleich wieder ein.

Auf dem Weg trafen wir auf Hugh. Er schmunzelte. »Ist alles ruhig.«

»Njall hat genug, wie mir scheint.«

Später setzte ich mich wieder im Haus an das niedergehende Feuer. Ich sah den züngelnden Flammen zu. Ich war wach und trotzdem sah ich mich in einem Traum. Wieder erschien mir das Schiff in der Glut. Das weiß-blaue Segel gespannt im Wind kam näher. Das Schiff legte an. Junge Krieger sprangen von Bord und wurden herzlich von den Anwesenden empfangen. Frauen sprangen zu ihren Männern und umarmten sie herzlich. Die Alten standen oben und winkten ihnen zu. Aber diesmal schreckte ich aus meinem Traum auf. Etwas ließ mich hochfahren, doch ich wusste nicht was. Ich sprang nach draußen und sah mich um. Dann rannte ich zur Landzunge und sah aufs Meer. Aber außer tiefster Schwärze sah ich nichts.

Ich musste eingeschlafen sein. Am Morgen weckte mich Gloi. Er saß auf meiner Brust und sein Krack-Krack tönte schlimmer als jede Kirchenglocke in meinen Ohren. Ich schoss hoch und verscheuchte ihn. Ich rannte zur Küste. Nun wusste ich auch, warum mich Gloi so penetrant weckte.

Was ich sah … ich traute meinem Auge nicht. Ein Schiff. Es näherte sich uns und es trug das Segel aus meinem Traum. Weiß-blau gestreift. Ich entschuldigte mich bei Gloi, der neben mir auf einem Pflock saß, und rannte zurück.

Beim ersten Wachposten rief ich: »Ein Schiff nähert sich uns.«
Er sah mich erstaunt an und rief seinem Freund. Er folgte mir
und sah mit mir hinaus, dann rief er dem anderen zu.

»Der junge Jarl Harald kehrt zurück. Rufe alle zusammen.«
Der Angesprochene machte kehrt und rief allen die Neuigkeit
zu. Es dauerte nicht lange, bis der ganze Hof an der Krete
stand und winkte.

Der Jarl kam und jubelte. »Mein Sohn. Endlich. Heißen wir
ihn willkommen!«

Dann rannte alle an mir vorbei zum Kai. Frauen, Kinder,
Alte, alle waren auf den Beinen und johlten vor Freude. Einar,
Njall und der Rest von uns blieben stehen und beobachteten,
was unten geschah. Es dauerte nicht mehr lange, bis die
Leinen geworfen wurden. Männer sprangen aus dem Boot
und hoben die Arme zur Begrüßung. Junge Pärchen fielen
sich in die Arme und küssten sich nach langer Trennung. Der
Jarl trat auf den Steg und sah sich nach seinem Sohn um.

»Vater, hier bin ich.«

Der Jarl winkte ihm zu. Sein Sohn winkte ebenso, hielt
dann aber seinen Arm ins Boot und half drei Frauen
auszusteigen. Danach drängte sich sein Sohn mit den Frauen
durch das Gemenge. Vor seinem Vater knickte er ein Knie
und der Jarl legte seine Hand auf den Kopf seines Sohnes.
Dann umarmten sie sich; was sie sagten, verstanden wir nicht.
Ich sah nur, dass er ihn fragte, wem dieses andere Schiff
gehörte, so wie er mit seinem Kopf Richtung unserer Knorr
zeigte.

»Nimmt mich Wunder, was das für ein Kerl ist?«, sagte von
hinten Sven.

Aber Skjold meinte. »Sieh es positiv. Er bringt sicher fünf-
unddreißig Schwerter mit, die uns helfen.«

»Sieht stattlich aus und der Feldzug muss erfolgreich gelaufen sein. Sieht euch die noblen Kleider an, die er trägt«,
sagte Njall.

»Seine Täubchen, die er mit sich genommen hat, sind auch nicht zu verachten«, lachte Wulfgar.

»Verhaltet euch ruhig, lasst die Frauen in Ruhe. Wir wissen noch nicht, was uns erwartet«, sagte Einar.

Langsam kamen der Jarl mit seinem Sohn und den Frauen zu uns hoch. »Darf ich dir unsere Retter vorstellen, Harald. Einar und seine Männer. Ihnen gehört das andere Schiff.«

Wir verneigten uns vor dem jungen Jarlssohn.

»Ich danke euch, aber lasst mich zuerst ankommen. Wir sprechen später miteinander.«

Einar nickte und wir zogen uns zurück. Mich beschlich wieder ein ungutes Gefühl, als ich in Haralds Augen sah. Oder lag es am kleinen silbernen Kreuz, das er trug? Ich sagte aber nichts und behielt es für mich.

Am Abend gab es ein großes Fest zur glücklichen Heimkehr Haralds. Nun war die Halle voll. Alle Tische und Bänke waren besetzt. Harald und eine Frau saßen rechts des Jarls, die beiden anderen Frauen standen hinter ihr.

Als alle anwesend waren, stand der Jarl auf und verlangte Ruhe. »Lasst uns den Göttern danken, dass sie meinen Sohn und viele unserer Freunde heil zurückgebracht haben.«

Ich sah, wie die Frau neben Harald ihn mit großen Augen ansah und etwas sagen wollte. Doch er sagte ihr sicher, dass sie ruhig sein solle, denn sie schaute wieder mit versteinertem Gesicht geradeaus. Um uns wurden die Becher gehoben und Lobesrufe gerufen.

Der Jarl verlangte wieder nach Ruhe. »Auch möchte ich euch Haralds Frau vorstellen. Sie haben sich im Sachsenland kennen und lieben gelernt. Ihr Name ist Ingeborg und sie wird nun an der Seite Haralds unsere Geschicke leiten.« Er hob seinen reich verzierten goldenen Becher und prostete ihnen zu. Die beiden folgten seiner Geste und hoben ihre Becher ihm entgegen.

Dann stand Harald auf. »Wir sind froh, dass wir heil den Weg zurück gefunden haben. Ein mächtiger Sturm hat uns

aufgehalten. Sonst wären wir vor dem Tod meines Bruders zurückgekommen und es hätte keinen Krieg gegeben. Kein unnötiges Blutvergießen unter Brüdern.« Viele stimmten ihm zu und bekräftigten ihre Meinung mit Rufen. »Auch lasst uns an unsere gefallenen Kameraden denken. Eistein, Stieg und Lars, die wir leider zurücklassen mussten.« Er erhob seinen Becher, wir alle taten es ihm gleich und tranken auf sie. »Sie ruhen nun im Himmel und Gott wird sich ihnen annehmen.« Dann leerte auch er seinen Becher.

Was hatte ich gehört?

Im Himmel?

Gott hat sich ihnen angenommen?

Unauffällig stupfte ich Einar an. Er sah weiter zu Harald und nickte kaum. Auch wurde es gleich ruhiger in der Halle und einige sahen sich fragend an.

Harald stand noch immer und erzählte weiter. »Im Sachsenland lernte ich Ingeborg kennen und nach langem Freien konnte ich sie heiraten. Sie wollte unser Land kennenlernen und ist mit mir und ihren Zofen mit uns gereist. Sie ist meine Frau und ich verlange von euch Respekt.«

Alle applaudierten fröhlich.

Ich konnte es mir nicht verkneifen und stand auf. »Entschuldigt, hoher Herr. Mein Name ist Eric und ich gehöre der Gemeinschaft Einars an. Ich möchte Euch zu Eurer Heirat mit der Herrin Ingeborg gratulieren. Sie ist eine wunderschöne Frau und sie steht gut an Eurer Seite. Möge Odin Euch viele starke Söhne schenken.« Dann setzte ich mich wieder.

Ich sah, wie sich das Gesicht, das mit dem Kompliment an sie lächelte – mit dem Namen Odin gleich wieder verfinsterte. Auch ihr Blick sagte alles. Haralds Vater stand auf und gratulierte mir für die frohen Wünsche und wollte noch was sagen. Aber sein Sohn Harald ließ seinem Vater keine Zeit mehr, was einige mit Kopfschütteln quittierten. Das gehörte sich nicht, seinen Vater zu unterbrechen.

»Ich danke euch, Eric, Gefolgsmann Einars. Aber Odin haben wir alle abgeschworen. Wir haben im Sachsenland, im Land meiner Frau, den richtigen Gott und seine Güte kennengelernt. Dass Frieden und Liebe zu den Mitmenschen wichtiger sind als alle Reichtümer. Wir haben uns alle taufen lassen. In einer Kirche mit Priestern und sogar vom Bischof selbst, der unsere Häupter salbte.« Er öffnete sein Hemd und zog ein silbernes Kreuz an seiner grobgliedrigen Kette hervor und zeigte es allen. Augenblicklich herrschte Ruhe in der Halle und alle schauten auf Harald und seine Gefolgsmänner. Alle standen auf und zeigten ihren Kreuzanhänger.

»Halleluja«, rief Ingeborg entzückt.

Harald, der noch immer stand und in die erschrockenen Gesichter der Männer sah, rief ihnen zu. »Morgen gehe ich zu unseren Feinden und erkläre alles. Wenn alles geregelt ist, bauen wir eine kleine Kirche, in der wir beten können.«

Noch immer herrschte absolute Stille in der Halle. Nur das Knistern des Feuers war zu hören. Alle, die an unserer Seite gekämpft hatten, ihren Schweiß und ihr Blut geopfert hatten, saßen fassungslos da. Man sah ihnen ihre Enttäuschung an. War alles umsonst? Alles wurde noch verstärkt durch ein Scheppern, als der Jarl vor Schreck seinen Becher fallen ließ, der nun über den Boden rollte.

»Das habe ich mir gedacht«, flüsterte mir Njall zu.

»Was meinst du?«, fragte ich.

»Als ihr am Morgen schon alle verschwunden wart, blieb ich etwas zurück und sah zu, was geschah. Harald sammelte seine Mannschaft um sich. Dann knieten seine Männer nieder und Harald zelebrierte eine Art Messe. Rief nach Jesus und Gott, dankte ihnen, dann bekreuzigten sich alle und standen auf.«

Ich nickte und für mich war alles klar. Doch ich konnte ihm nicht antworten. Der junge Jarlssohn sprach weiter und wandte sich zu uns. Er sah vor allem Einar an. »Einar, ich danke dir und deinen Männern für eure Hilfe. Ich habe auch

gesehen, dass einige von euch verletzt wurden, und wie ihr nach den Verwundeten seht und ihnen helft. Das ist eine christliche Tat. Meinen Dank. Aber das hat mit euren Göttern nichts zu tun.« Seine Betonung lag auf Göttern. »Euch half nur Jesus Christus in seiner Güte. Ich werde euch reich belohnen und verabschieden.«

Haralds Vater hatte sich in der Zwischenzeit wieder gefangen und erhob das Wort: »Sie sind Gäste an meiner Tafel, die unser Herr Odin geschickt hat. Und sie bleiben, so lange wie sie wollen. Hast du mich verstanden? Du warst nicht hier. Aber sie wurden aus dem Norden gerufen und kamen, standen an unserer Seite, um uns zu helfen, ohne jemals ein Stück Gold zu verlangen. Sieh den Knirps dort.« Er zeigte auf Skefill. »Dieser Junge stand mit seinem Bruder Seite an Seite und verschoss Pfeile gegen unsere Angreifer. Ich bin Zeuge und habe gesehen, wie manche unter ihren Pfeilen zu Boden gesunken sind. Wie sie nach der Schlacht Odin dankten und lachten. Sieh Eric. Trotz seiner Wunden kümmert er sich, wie auch Einar, um unsere Männer. Wechselt ihre Verbände und steht ihnen bei. Und du willst mir was von deinem barmherzigen Gott erzählen? Du, der im Eilschritt durch das Lager der Verwundeten gingst? Es ist dir wahrscheinlich schlecht geworden. Geruch von Blut und Verwesung haben dir zugesetzt. Nur sie und ihre junge Begleitung Asny … sie schauen nach ihnen und helfen.«

Harald wollte aufbegehren, doch sein Vater rief lauter: »… und haben sich für sie aufgeopfert. Also schweig!«

Es war noch immer so ruhig in der Halle, dass jeder Furz für Aufsehen gesorgt hätte. Die Stimmung war so ziemlich auf den Nullpunkt gesunken. Man saß da und trank für sich. Die Blicke, die der Jarl mit seinem Sohn austauschten, waren nicht sonderlich gut.

Der Jarl bemerkte, wie seine Leute sich unsicher ansahen. »Es gibt keinen Grund, um Trübsal zu blasen. Lasst uns weiterfeiern. So lange ich lebe, wird keine Kirche hier gebaut.

Wenn mein Sohn und seine Frau in einer Kirche beten wollen, können sie es in der Stadt.«

Ich sah auf Harald und seine Frau Ingeborg. Sie sprach aufgeregt mit ihrem Mann und wollte aufstehen, doch ihr Gemahl hielt sie zurück.

Für mich reichte es und ich verabschiedete mich unter dem Vorwand der Schmerzen am Arm. Ich lag schon, als einer nach dem anderen in unserem Quartier eintrafen und sich noch über den Abend unterhielten.

Am folgenden Tag stand ich schon früh auf und ging ins Haus, wo die Verwundeten lagen. Asny war schon an der Arbeit und brachte Getränke zu den Verwundeten und sah nach den Verbänden.

»Du bist schon früh auf Eric.«

»Wie du auch.«

Plötzlich ging hinter uns die Tür auf und Harald trat ein. »Ihr seid auch schon hier?«

»Ja. Wie Ihr seht.«

»Und Ihr, kommt Ihr uns zu Hilfe?«

»Nein. Aber die beiden Gouvernanten meiner Frau baten darum. Ich dachte, es ist meine Pflicht, sie herzubringen.«

»Was können sie uns helfen? Haben sie Erfahrung mit der Wundversorgung?«, fragte ich höflich und sah die beiden Frauen an. Sie schüttelten beide den Kopf.

»Das vielleicht nicht, aber sie würden mit Weihrauch sicher helfen können.«

»Mit Weihrauch? Was ist das? Ich habe noch nie etwas davon gehört«, sagte Asny.

»Das glaube ich dir gerne. Warst du schon einmal in einer Kirche, junge Frau, und sahst schon einmal ihren Glanz und Herrlichkeit, die unser Herr uns schenkt?« fragte Harald.

Asny schüttelte den Kopf.

»Glaube mir, es wird alles hier, den Geruch der Verwesung und des Todes reinigen.« Dann erlaubte er den beiden Frauen, den Weihrauch zu entzünden. Es entfaltete sich ein schwerer,

süßer Geruch. Er störte in meiner Nase. Ich musste husten. Asny stand da und sah den Frauen zu, wie sie im Raum hin und her gingen und den Rauch aus einem Gefäß verströmen ließen, das sie vor sich herschwenkten. Einige Verwundete fingen an zu husten und rangen nach Luft.

Ich musste einschreiten. »Ich glaube, es war keine gute Idee, Jarl Harald.« Ich öffnete die Tür und alle Fenster im Raum. »Es war ein schöner Gedanke von Euch, aber ich glaube, es tut unseren Patienten nicht zum Besten. Wenn Eure Frauen nicht mehr können, als mit Weihrauch zu arbeiten, würde ich mich freuen, wenn sie und auch Ihr uns wieder verlassen. Asny und ich können ihnen besser helfen, auch wenn wir nicht Eurem Gott dienen.«

Er sah mich böse an und mit einem Armwink verließen die Frauen und er den Raum. Von diesem Moment an trafen mich seine Blicke nur noch mit Verachtung. Er wich uns aus, wo er nur konnte. Obwohl Einar sich sehr bemühte, mit ihm ins Gespräch zu kommen, waren die Abendessen ein reines Spießrutenlaufen für mich. Immer mehr wandten sich von uns ab.

Eines Abends betraten Asny und ich die Halle und wollten uns an den Tisch setzen.

Wir hörten, wie Harald laut rief: »Lasset uns beten und den Herrn für das Mahl danken, das wir genießen dürfen. Amen.«

Sein Vater sah ihn erschrocken an, stand auf, hob seinen Becher und rief allen zu. »Danken wir Odin und den anderen, die seit Jahren an unserer Seite stehen und stehen werden.«

Viele jubelten lauthals.

Harald ignorierte seinen Vater und übertönte ihn mit seiner Stimme: »Vertraut Jesus Christus! Er wird in Zukunft euer Heil bringen.«

Alle Stimmen versiegten. Es herrschte Stille. Ungläubige Blicke wurden ausgetauscht. Manche Tischnachbar sahen sich verwundert an und wusste nicht, was das bedeuten sollte. Ich stand in der Nähe von Njall und Skjold, als ich

diese Worte hörte.

»So wie es aussieht, haben wir unser Blut umsonst vergossen«, sagte ich den beiden. Sie gaben mir außer ihren Blicken keine Antwort und standen auf, Ingwar, Hugh und Björn ebenfalls. Die anderen folgten in Abständen. Draußen standen wir zusammen.

»Was sollen wir noch hier?«, sagte Halfdan. »Wir hätten schon längst zu Hause sein können.«

»Das stimmt. Ich gebe Halfdan recht«, sagte Skeld.

»Ich mach unser Schiff klar«, sagte Wulfgar ohne jede Emotion. »Ich will hier nicht als Ungläubiger erschlagen werden und wenn, dann auf unserem Schiff.«

»Die Verwundeten benötigen unserer Hilfe nicht mehr«, sagte ich. »Was wollen wir nun tun?«

»Lass uns alles zusammenpacken und ziehen wir uns auf unser Schiff zurück. Hier haben wir nichts mehr verloren.« Einar nickte. »Ich will noch hören, was Harald vorhat. Stehst du an meiner Seite?«

»Ja, das werde ich.«

»Ich will, dass wir in zwei Stunden ablegen können.« Das war Einars knapper Befehl. Jeder wusste, was er zu tun hatte.

»Vergesst unsere Waffen nicht.«

»Auf keinen Fall, Eric.«

Einar, Njall und ich kehrten zur Halle zurück. Harald war gerade dabei, den Leuten zu erzählen, wie gut es ihnen ergehen würde, wenn sich alle taufen ließen. Viele stellten sich vor, wieder ohne Gefahr in die Stadt zu können, um Verwandte und Freunde zu besuchen. Um Waren einzukaufen und noch einen Becher zu trinken. Die Stimmung kehrte zurück. Harald erklärte ihnen, was er sich in Zukunft vorstellte. Mein Blick wanderte zu seinem Vater, der nur fassungslos dasaß und seinem Sohn zuhörte. Er hielt noch seinen Becher, aber der war zur Seite gekippt. Sein Inhalt war schon lange ausgelaufen. Mit offenem Mund blieb er wie angewurzelt sitzen. Verstand er nicht oder wollte er nicht verstehen, was sein

Sohn sagte?

Haralds Worte wirkten wie Balsam auf die Leute. Sie schauten sich an. Gespräche mit Haralds Männer begannen. Vor allem die Frauen waren an dem neuen Glauben sehr interessiert und stellten Fragen. Die Männer, die an unserer Seite gekämpft hatten, verhielten sich eher ruhig. Sie trauten Haralds Worte nicht.

Der Jarl erwachte aus seinem Traum und bäumte sich auf. »So lange ich noch hier auf meinem Hochsitz sitze …« Er machte eine Pause und sah sich um. »So lange ich noch hier sitze, bleibt alles, wie es war. Ich dulde deinen Gott nicht, Harald. Wie auch du kein Vertrauen zu meinen mehr hast. Dann zahle ich dich aus – und du und deine Männer verlassen uns. Was ist dir lieber?«

Rundherum waren nur vereinzelt Hochrufe zu hören. Mir war nicht wohl und ich stupfte meine Freunde an.

Njall kam mir zuvor. »Lass uns gehen. Mir gefällt dies alles nicht und ich habe keine Lust, als Ketzer hier zu sterben. Ich glaube, unser Auftrag ist beendet.« Einar und ich nickten. Wir verließen das Haus und begaben uns zu unseren Freunden, die uns schon erwarteten. Hugh stand mit seiner langstieligen Axt am Anfang des Anlegers und grüßte uns, als wir an ihm vorbei gingen.

»Ist alles bereit?«, wollte Einar wissen. Wulfgar bestätigte, doch er wollte in der fortgeschrittenen Nacht nicht mehr auslaufen.

»Dann ziehen wir Wachen auf«, sagte ich.

Skjold und Wulfgar übernahmen die erste Wache. Wir lösten uns alle zwei Stunden ab. Den Rest der Nacht war es ruhig. Wir wurden nicht belästigt, aber immer stand ein Posten auf der Anhöhe und schaute auf uns. Ich verstand ihre Vorsicht.

Schließlich brachen Halfdan und Hugh das Haus auf, in dem unsere Waffen gelagert waren und wir trugen sie ganz offensichtlich.

Am Morgen kam der junge Harald mit einer Eskorte zu uns an den Steg. Er blieb am Anfang des Anlegers stehen und schaute zu uns. »Wo ist der Mann, den ihr Einar nennt?«

Björn stand breitbeinig da. »Ich werde ihn rufen.« Er ging rückwärts bis auf unserer Höhe.

Doch Einar hatte alles gehört und sprang aus dem Schiff. Mit sicherem Schritt ging er auf Harald zu. »Was ist dein Begehr? Oder willst du uns zu Sündenböcken stempeln, nur weil uns Odin zu euch geführt hat?«

Haralds Mine verfinsterte sich. »Euer Odin hat kein Bleiberecht mehr hier. Trotzdem danke ich euch für das, was ihr für meine Leute und meinem Vater getan habt. Wie auch den Dienst an den Verwundeten. Doch ich will euch nicht mehr hier. Außer, ihr lasst euch taufen und konvertiert.« Er gab Einar einen Beutel mit Geldstücken. Einar öffnete ihn und sah hinein.

»Wir haben euren Besitz verteidigt, ohne etwas zu verlangen. Odin hat es uns aufgetragen.«

Harald sah ihn milde an. »Du willst sagen, unser Herr im Himmel hat es dir aufgetragen. Habe ich recht?«

Einars Lachen war tief und tönte gefährlich. Er nahm den Beutel an. »Nein. Bei meinem Tod. Euer Bastard hat in mir nie einen Platz. Es war Odin, weil er an euren Vater glaubte.«

Haralds Kopf rötete sich vor Wut, drehte sich sofort um und wollte gehen.

»Harald«, rief Einar. Der drehte sich noch mal um. »Sieh hin!«

In einem gewaltigen Wurf warf er den Beutel ins Meer. »Für ein gute und sichere Fahrt. Für Ägir und seine Frau Ran.« Dann sprang Einar zu uns ins Schiff.

Auf in neue Landen

Wir lösten die Halteleinen und trennten uns vom Steg. Ich schaute mit gemischten Gefühlen zurück. Wir waren schon außer Reichweite von Pfeilen und auf der Höhe der Götterpfähle, als ich den alten Jarl dort stehen sah. Ich nickte Einar zu, der nun auch zu ihm hinaufsah. Er winkte uns mit seinen Armen zum Abschied zu. Er tat mir leid. Für ihn war sicher eine Welt zusammengebrochen.

»Was wird aus ihm werden?«

»Ich kann es dir das nicht beantworten, Eric.«

Ich sah, wie er immer kleiner wurde, aber immer noch winkte.

Es war schon spät und der Herbst schon fortgeschritten. Nun segelten wir wieder, die See war rauer geworden. In zwei, drei Wochen wäre es zu spät gewesen, in See zu stechen, wir hätten hier überwintern müssen. Auch die Sonne hatte nicht mehr die Kraft, um unsere Kleider zu trocknen. Sie blieben feucht, die Kälte machte sich im Körper breit. Ich saß vor Wulfgar auf der Plattform, meinen Arm in der Schlinge, um ihn ruhig zu stellen.

Einar kam zu mir und setzte sich neben mich. »Wie geht es dir. Darf ich nach deinem Arm und deinem Bein sehen?«

»Keine Sorge, Einar. Asny hat mir heute Morgen einen neuen Verband angelegt und frisches Moos aufgelegt. Auch spüre ich die Kraft des Wolfs in mir. Es heilt viel schneller.«

»Ja, unsere Wunden heilen gut. Trotzdem. Ich mache mir Sorgen um dich. Du hast dich verändert, wie es mir scheint.«

Ich schaute ihn an, aber wusste nicht, was ich sagen sollte.

»Du bist enttäuscht, stimmt's?« Ich schüttelte den Kopf, doch Einar nickte. »Das habe ich auch an Gloi bemerkt. Auch er ist verunsichert, was mit dir los ist. Er sitzt entfernt von dir auf der Rah und schaut nach vorn und nicht nach dir. Sieh selbst!« Er zeigte auf ihn.

Ich sah hoch. Majestätisch saß er da, in seiner vollen Größe. Erst jetzt bemerkte ich wie mächtig sein Körper doch war. Ich lenkte meine Gedanken zu ihm, grüßte ihn und entschuldigte mich. Er wendete leicht seinen Kopf, und ich meinte, ihn nicken zu sehen. Einar hatte recht. Seit wir auf der Insel gelandet waren, hatte ich mich nicht mehr groß darum gekümmert, was er mir mit seiner Abwesenheit gezeigt hatte. Eigentlich wollte ich das so gar nicht. Er dachte wohl, ich entließe ihn in die Freiheit – für ihn musste das so ausgesehen haben, als ob ich nichts mehr von ihm wissen wolle. Ich rief ihn auch nicht, als wir abgesegelten. Er kam freiwillig zurück.

»Siehst du, das meine ich. Er steht mit dir und den Göttern in Verbindung, ihr seid seelenverwandt«, sagte Einar. »Du hast in ihm einen Boten zwischen den Welten. Höre ihm zu, vertraue ihm. Du musst seine Botschaften akzeptieren und umsetzen. Am Tage vor der Schlacht, wo war er?«

Ich sah ihn erneut an.

»Hast du ihn gesehen? Oder hast du gedacht, der Regen hätte ihn verscheucht? Einen Kolkraben?« Er lachte laut und winkte ab. Er sah meinen Blick und lachte erneut. »Eric, du wirst ein großer Mann werden. Ich glaube auch, dass dein Name weit über alle Lande bekannt sein wird. Du führst die Männer. Sie folgen dir. Sieh dir Halfdan an. Er wird dir bis ans Ende der Scheibe folgen und mit dir ins Ginnungagab, ins Leere stürzen. Wie ich dir vor Tagen gesagt habe, ich bin zu alt. Meine Kräfte lassen nach und ich werde schneller müde. Sie brauchen einen neuen Anführer. Njall und ich sehen dich

in dieser Aufgabe.« Einar stand auf und setzte sich wieder auf seinen Platz. Stumm sah ich ihm nach. Dann spürte ich Njalls Blick. Ich sah zu ihm. Er nickte. Ich wechselte die Bootsseite und setzte mich zu ihm.

»Ich weiß nicht, ob ich dieser Aufgabe gewachsen bin und sie überhaupt will. Wenn ich schon mit der Geschichte des Jarls nicht richtig zurechtkomme …«

»Was meinst du damit?«, fragte Njall und zog seine Augenbrauen zusammen.

»Wir haben Schweiß und Blut investiert und was ist geblieben? Münzen, die Einar Ägir für eine gute Überfahrt schenkte. Was hat Odin damit bezwecken wollen?«, fragte ich mit gesenktem Kopf.

»Ich weiß, was du fragen willst. Vielleicht wollte er seinem Jarl beweisen, dass es sie gibt. Unsere Götter. Wir wissen es, aber die anderen … sie beten zu Pfählen, in die Gesichter geschnitzt sind und hoffen, dass ihre Gebete erhört werden. Odin wusste sicher, dass der junge Jarlssohn den neuen Glauben angenommen hatte. Aber er wollte noch mal einen Sieg über den neuen Glauben erringen, der sich wie ein Virus ausbreitet.«

Ich sah ihn wieder an. »Was wäre gewesen, wenn einige von uns im Gautenland gestorben wären?«

Njall drehte seinen Becher in der Hand und rang nach den richtigen Worten.

»Dann würden sie an seiner Tafel sitzen, trinken, essen, am Tage trainieren und sterben und am Abend wieder zusammensitzen, und das würde sich jeden Tag wiederholen«, sagte Wulfgar von hinten. »Bis zu dem Tag, an dem Heimdal in sein Horn bläst und Ragnarök beginnt. Dann ziehen sie das letzte Mal aufs Schlachtfeld.«

Ich nickte. »Ja, wenn das Gjallarhorn ertönt. Das laut tönende. Dann, wenn Bruder seinen Bruder erschlägt, dann beginnt Ragnarök.«

»Ja, dann beginnt das Ende«, sagte Einar. »Der Weltuntergang. Du musst wissen, Njall und ich haben uns schon manchmal gefragt, was Odin von uns will. Was er mit seinen Entscheidungen erreichen wollte. Wir ließen Freunde zurück und folgten ihm immer weiter. Manchmal war der Sieg auf unserer Seite und manchmal nicht, wie jetzt. Was er mit diesem Schachzug erreichen wollte, wissen wir alle nicht.«

»Hätten wir angesichts meines Traums mit dem Schiff die Insel besser nicht verlassen sollen?«, fragte ich.

»Warum? Du hast nur ein Schiff gesehen, das gegen den Sturm kämpft. Was wäre gewesen, wenn wir in Bedrängnis gewesen wären, und Odin hätte den jungen Jarlssohn mit dem Sturm zu uns geschickt, um uns zu helfen?« Einar sah mich an. Er hatte recht. Der Traum sagte nichts aus. Es war nur meine Interpretation.

»Entschuldige, dass ich zweifelte.«

»Du brauchst dich nicht zu entschuldigen. Es ist gut, wenn man sich Gedanken macht und nicht kopflos handelt.«

»Und dein Satz ›Ich weiß nicht, ob ich das kann.‹ existiert nicht. Mein Bruder, Gunnar und ich, wir waren auch etwa in deinem Alter. Uns blieb auch keine Wahl.« Njall sah mich ernst und durchdringend an. Dann schmunzelte er.

»Was amüsiert dich?«

»Ich habe zurückgedacht. Ich sehe noch, wie damals ein junger Bengel in Snorres Bootshaus kam, vor uns stand und sich entschied, sich uns anzuschließen. Nun, du bist noch immer jung, aber innerlich um Jahre gealtert. Du hast gelernt, für andere einzustehen. Sieh auf Ole und unsere Jungs. Sie sind dir dankbar dafür, was du für sie getan hast, und für sie gab es kein Fortrennen in der Schlacht. Vali höre ich noch jetzt, wie er zu seinem Bruder Skefill sagte: ›Das sind unsere Feinde, töte so viele, wie du kannst, wie ich. Hier kommt niemand durch und raubt unsere Schwester noch mal.‹ Skefill, der kleine Bursche, sah Vali an. ›Ich frage jedenfalls Eric nicht, ob er uns noch mal helfen wird. Er hat schon so viel für uns

getan. Heute ist ein guter Tag, um unsere Schuld zu begleichen.‹ Vali nickte ihm zu und sein erster Pfeil traf. Auch Ole stand wie eine Eiche etwas hinter uns mit Einars Fahne. Als sie durchbrachen, erschlug er den Ersten mit der Fahnenstange. Entriss ihm das Schwert. Wie jeder von uns gab er keinen Meter preis und wich nicht zurück. Er blieb standhaft und erschlug jeden, der sich ihm näherte. Er hat es auch in dir gesehen. Darum hat er dir auch zwei starke Runen zur Seite gestellt.«

Ich sah auf die Schiffsplanken und flüsterte leise: »Ja, Tiwaz und Sowilo.«

Njall nickte. »Du darfst nie aufhören zu zweifeln und dich zu hinterfragen. Alle werden dich fragen und bitten, ihnen zu helfen. Aber du bist derjenige, der den Auftrag ausführt. Sie bieten Gold und Silber dafür. Haben sie das? Wie viele Männer verlierst du? Wie vielen Frauen musst du die schlechte Botschaft überbringen? Aber mit Halfdan an deiner Seite, der alles erst zwei Mal abwägt, und den beiden Hitzköpfen Hugh und Björn sehe ich ein goldenes Zeitalter aufgehen.«

»Was soll das heißen, Njall?«

Er nahm meine gesunde Hand in seine und lachte. »Eigentlich nicht viel. Aber für mich, Einar und Wulfgar ist das die letzte Reise. Wir setzen uns zur Ruhe. Wir haben genug Jahre des Blutes hinter uns. Es braucht einen Wechsel. Neue unverbrauchte Männer müssen uns ersetzen. Wir reisten umher und suchten euch über längere Zeit. In allen Ländern, die uns Odin nannte, uns dort zur Seite stand, wenn wir euch beobachtet hatten. Am Schluss hat er bestimmt, wer uns ersetzen soll und gab seinen Segen dazu.«

»Kannst du dich noch erinnern, als ich zu dir an den Strand kam?«, fragte Einar von hinten, »und du fast zu Tode erschrocken warst, als du mich sahst?«

Ich nickte.

»Als dein Bruder und dein Vater an der Brandung erschienen und riefen? Wie dein Vater den Speer nach mir warf?«

Ich nickte abermals.

»Er hätte mich durchbohrt. Aber Odin selbst hat seine Flugbahn gesenkt und darum hat sich der Speer ein paar Meter entfernt von mir in den Kies gebohrt.«

Ich sah beide erstaunt an. »Entschuldige, Njall. Hilf mir, dass ich all dies verstehen kann.«

»Frage alles, was du willst. Wenn ich in der Lage dazu bin, werde ich dir Antworten geben.«

Meine Gedanken waren durcheinander. Mein Arm schmerzte wie wild und hinderte mich, eine klare Frage zu stellen.

»Was hast du, Eric? Du schwankst. Geht es dir gut?«, fragte Njall.

Ich winkte ab. »Du bist ein Ire. Dann bringen wir dich zuerst auf deine Insel?« Njall schüttelte seinen Kopf. Sagte aber nichts dazu. »Einar und Wulfgar sind Nordländer, aber sie leben nicht mehr in den Ländern, aus denen sie stammen. Wie ich erfahren habe, leben sie auf einer großen Insel, die sie England nennen. Aus diesem Land kommt Hugh.«

Njall kratzte sich am Kinn und überlegte. »Ja das stimmt zum Teil, Eric. Es leben einige Nordländer in England. Aber eher im Süden. Nein, ist nicht ganz korrekt.« Er nahm ein Kohlestück und zeichnete die Insel grob auf einer Rudersitzbank auf. Er trennte die Insel in drei Teile. Dann erklärte er mir die Gebietszuteilung. Mit der Kohle zeigte er mir, wo ausschließlich Nordländer aus dem Dänenreich siedeln. Meine Landsleute zeigte er mir eher in den nördlichen Gebieten. »Aber du wirst dein Volk, aber auch Dänen und Schweden überall finden. Wir leben bei den Pikten, was aber für Nordländer ein gefährlicher Platz ist. Wir genießen dort eine Sonderstellung und haben bei Hughs Clan auf Lebzeiten mit unseren Familien Bleiberecht. Ich erzähle dir nun meine Geschichte, wie ich auf Einar traf.« Er setzte sich bequem hin.

»Unser Schiff wurde von einer Welle getroffen und das Salzwasser brach über uns herein. Triefend nass saßen wir da. Das Salzwasser, das meinen Verband aufweichte und durchsickerte, war schlimmer als heißes Öl. Ich musste meine Zähne vor Schmerz zusammenbeißen.«

Wir schoben unsere nassen Haare zur Seite.

»Dann traf ich auf Einar. Dies liegt jetzt eine Ewigkeit zurück. Er war noch mit seinem Bruder Gunnar zusammen. Es war auf meiner Insel Darnach, wie wir sie nennen. Ihr Nordmänner nennt sie häufig die Grüne Insel. Aber es gibt viele Namen für sie. Du musst wissen, wir sind unter uns sehr zerstritten. Wir haben viele Kleinkönige, die nach der gesamten Macht gieren und alleine herrschen wollen. Ich komme aus dem mittleren Teil, das heißt etwas nördlicher, aus dem Königreich von Ulster. Wir führten schon seit einigen Jahren Krieg mit dem Nachbarkönig von Connaught. Wir lebten mit unseren Familien auf einer Burg und bewachten einen Teil der Grenze. Mein Vater führte das Kommando. Wir waren an die dreißig Familien dort. Meine drei Brüder und ich dienten in der Wache, wie alle anderen auch. Wir führten ständig Krieg. Kleine Scharmützel, aber mit etlichen Toten. Erbarmen kannten wir nicht, unsere Feinde auch nicht. Alle die nach einem verlorenem Gefecht nicht mehr fliehen konnten und verletzt liegen blieben, wurden erschlagen. Manche von uns schnitten den Gefallenen die Ohren ab. Als Trophäe. Wir wussten, dass es bald zu einem größeren Angriff kommen würde … aber dass er so heftig mit so vielen Kriegern erfolgte … damit hatten wir nicht gerechnet. Zuerst überrannten sie unsere Überwachungsposten. Keiner konnte uns alarmieren. Dann standen sie vor unserer Burg. Zwei Tage rannten sie gegen unsere Mauern an. Wir kämpften ums nackte Überleben. Dann konnten wir einen kleinen Sieg erringen. Ein kleiner Trupp konnte ausbrechen und den Feind umgehen. Sie hatten Glück und konnten ihren Anführer und zwei seiner Hauptleute töten, bevor sie selbst fielen. Es entstand Unstimmigkeit

161

bei unseren Feinden, wer nun das Sagen hat. Diese kurze Pause nutzten wir. Wir entschieden uns, mit allem, was wir hatten und mitnehmen konnten, zu fliehen und ins Landesinnere zu ziehen. Es war ein zu großer Tross und wir kamen nur langsam vorwärts. Ochsen zogen die Wagen. Alte, Kinder, Frauen, einige waren noch schwanger, Vieh, Hunde, Katzen, alles nahmen wir mit. Unser gesamtes Hab und Gut. Nur, wir kamen zu langsam vorwärts. Immer wieder wurden wir angegriffen. Wir hatten von Tag zu Tag Verluste. Sie verschonten niemanden. Sie töteten alle und alles. Tiere, Alte, sogar Kinder und Frauen, auch wenn sie schwanger waren.«
Njall hörte auf zu erzählen. Seine Hände verkrampften sich ineinander, als sähe er die Bilder wieder aufs Neue vor seinen Augen. Nach langer Zeit sah er mich an. Doch seine Augen waren fahl und ohne Glanz, als hätte er keine Tränen mehr.
»Wir verloren alles, Eric. Meine Frau, meine Brüder, Vater und Mutter, alle, die mir über Jahre ans Herz gewachsen waren. Hab und Gut trugen sie unter Triumphrufen fort. Wir waren nur noch wenige. Wir zogen uns zurück, kämpfend und sterbend. Am Schluss waren wir noch acht Mann. Völlig erschöpft beschlossen wir, die Wälder zu verlassen und uns dem letzten Kampf zu stellen. So betraten wir eine Ebene, die mit Gras bewachsen war. Stellten uns im Halbkreis auf und warteten auf unsere Feinde zum letzten Gemetzel. Plötzlich sagte ein Mann hinter mir: ›Nein, nicht noch Nordmänner.‹ Ich drehte mich um und sah zu ihnen. Sie standen auf einer Kuppe in einer Reihe, ihre Schilde vor sich, ihre glänzenden Schwerter und Äxte glänzten im Licht. Ich kann mich noch gut erinnern, was ich zu meinen Freunden sagte: ›Atmet noch einmal kräftig durch! Im Grab gibt's solch frische Luft nicht mehr!‹ Geschlossen standen wir gegen unsere Feinde, die langsam aus dem Wald traten. Wir beachteten die Nordmänner nicht mehr, sondern stellten uns gegen unsere wirklichen Feinde. Sie traten zwischen den Bäumen hervor und sahen ebenfalls die Nordmänner auf der Kuppe. Verunsichert for-

mierten sie sich und wussten nicht, ob die zu uns gehörten – verspätet eingetroffen, um uns zu helfen? Oder nur ein weiterer Feind, der sich an den Schätzen gütlich tun wollte. Diese kurze Pause nutzte ich. Erneut drehte ich mich zu den Nordmännern auf der Kuppe um. Riss mein blutverschmiertes Hemd vom Leib, hielt es ihnen entgegen und rief ihnen zu, sie sollen nur kommen und unser Leben nehmen. Ich wandte mich ab zu unseren wirklichen Feinde, ließ meine Hosen runter und zeigte ihnen meinen Schwanz. Dann riss ich die Arme hoch und schrie meinen ganzen Frust und Schmerz heraus. Ich rief den Männern zu, um ihnen Mut zu machen: ›Tötet noch so viele von Connaught, wie ihr könnt! Auf Ulster!‹ Sie waren uns sicher zehn Mal überlegen und ihr nächster Angriff bedeutete unseren Tod. Doch dann geschah das, was wir alle nicht erwartet hatten. Die Nordmänner kamen langsam und geschlossen von der Kuppe herunter. Dann griffen sie an. Ich hörte in meinem Rücken ihre Schlachtrufe. Sie rannten an uns vorbei. Einar und seine Männer auf der linken und Gunnar und seine Krieger auf der rechten Seite. Es war das erste Mal, dass ich Männer mit Gestaltwandlern kämpfen sah. Ich hatte gehört, dass es sie gibt, aber an diesem Tag sah ich sie. Die Mischung zwischen Mensch und Tier faszinierte mich. Blitzschnell schlugen sie zu. Mit einer Wildheit und Brutalität, die ich bis dahin nicht kannte. Ich rannte zu Einar und kämpfte an seiner Seite. Als alles vorüber war, zählten wir mit mir noch fünf Mann. Alle aus meinem Clan waren tot. Nur wir fünf konnten noch von den Heldentaten unseres Clans erzählen. Einar bot uns an, uns in seine Mannschaft aufzunehmen. Zwei andere und ich nahmen sein Angebot an. Von nun an und bis jetzt stand ich Einar zur Seite. Er brachte mir alles bei. Unsere Freundschaft wuchs von Jahr zu Jahr. Als sich Gunnar von Einar trennte und seinen eigenen Weg ging, ernannte er mich zu seinem Stellvertreter. Er schenkte mir wie dir die Kraft des Tieres. Ich habe es nie bereut, meine Heimat verlassen zu haben, obwohl wir häufig

163

zurückkehrten. Aber ich verließ die Insel immer wieder gerne. Mein Zuhause ist schon seit vielen Jahren bei Hugh und seinem Clan ganz im Norden Englands. Bei den Pikten. Hier fanden wir einen Platz, an dem wir uns in Frieden erholen können, wo unsere Familien leben. Es ist ein besonderer Ort. Auch du wirst ihn lieben. Aber denke immer daran, für Nordmänner ist es ein gefährlicher Ort. Sie lieben uns nicht. Für sie sind wir Fremde. Fremde, die nur ihr Gold rauben wollen als Zerstörer ihrer Zivilisation.«

»Und du willst mir sagen, ihr lebt in Frieden und Ruhe dort? Meinst du das im Ernst?«

Njall lachte und gab mir einen Stoß. »Wo wir leben, ja. Verlässt du unsere Grenze, sei nie allein. Nimm Hugh mit. Er ist weit über unser Gebiet bekannt und geachtet. Er wird wie eine Eintrittskarte für dich sein, bis auch du bekannt genug bist. Ein Pikte und ein Nordmann zusammen unterwegs und dann noch beide unter Waffen, das ist was Besonderes. Noch was, junger Eric. Nimm es dir zu Herzen. Lerne halbwegs ihre Sprache, eventuell ein bisschen mehr als das.« Er stand auf, ging zu Skeld und erkundigte sich nach dem Essen.

Ich sah mich um. Breac saß wie immer in einer Ecke. Zu nichts zu gebrauchen. Er wurde von allen links liegen gelassen und niemand hörte ihm zu, wenn er einmal einen Anfall von Redseligkeit hatte. Auch bekam er nur die Reste des Essens. Ich hatte einmal ein Streitgespräch zwischen ihm und Skeld mitbekommen, als er sich darüber beschwerte, nur die Reste zu bekommen. Skeld verpasste ihm eine Ohrfeige und sagte sehr erbost: »Sei froh, dass ich dir was abgebe. Du hilfst niemandem. Du scheust jegliche Art von Arbeit. Schweig und iss die Reste.«

Neben mir lachte Skjold. »Pass nur auf, Breac, schlafe nur kurz und in Abständen. Sonst landest du noch in Skelds Kochtopf und wir essen Bardenfleisch.«

Ole, der sich köstlich amüsierte, sagte: »Dann iss genug von seinem Fleisch. Vielleicht nützt es und deine Stimme

wird sanfter und tönt nicht mehr so kratzig.« Ole war zu einem Mitglied geworden, was er jeden Tag bewies. Nicht nur bei der täglichen Arbeit hier an Bord, sondern vor allem durch die Schlacht beim Gauten Jarl. Alle lobten ihn wegen seiner Standhaftigkeit mit Einars Fahne und wie er sie verteidigt hatte.

Aber nicht Breac. Er stand dem Jarl nicht zur Seite, uns auch nicht. Das erboste alle und immer mehr wandten sich von ihm ab. Seitdem war er nur noch geduldet und sank auf die unterste Stufe.

Ich sah zu Einar.

Wulfgar sah mich an. »Vergiss es, Kleiner. Dein Arm ist noch nicht verheilt und geschwollen ist er auch, wie es mir scheint. Ich lass dich nicht ans Ruder, bis du wieder gesund bist.«

Ich sah auf meinen tropfnassen Verband. Er schien wirklich geschwollen zu sein. Auch hatte ich immer noch sehr starke Schmerzen. Er fühlte sich brandheiß an und ich hatte keine Kraft, meine Hand, zu schließen. Wulfgar hatte es bemerkt und schickte mich zu Asny.

Doch sie war sehr beschäftigt, darum fragte ich Tyree: »Entschuldige Tyree, dass ich dich von Hughs Seite geholt habe.«

»Der große Krieger kann gut ein paar Minuten ohne mich sein. Ich auf jeden Fall.« Dabei schmunzelte sie und fing an, meinen Verband zu lösen. Vorsichtig entfernte sie das salzwassergetränkte Moos und warf es über Bord. Sie sah auf meine Wunde. »Wenn ich hier drücke, tut es weh?« Sie drückte und jedes Mal sagte ich ja. Sie verzog ihr Gesicht und rief nach Asny. »Was ich sehe, gefällt mir nicht, Eric.« Hugh kam dazu und wollte Tyree umarmen. Doch sie wehrte sich. »Nicht jetzt.« Sie stieß ihn weg. Hugh sah sie erstaunt an.

Dann begriff er und kniete sich neben sie. »Was hast du, Eric?« Er sah ebenfalls auf meinen Arm. »Besser, wenn Einar sich das ansieht«, sagte er.

Asny kam zu uns und sah sich die klaffende Wunde an. Sie verlangte nach sauberen Lappen, mit denen sie die Wunde abwischte.

»Ist das Eiter?«, fragte Tyree.

Asny bückte sich über meinen Arm und roch daran. »Ich weiß nicht recht. Könnte sein. Aber das Salzwasser hat den Geruch gedämpft.«

Hugh stand auf. »Ich hole Einar«, sagte er.

Es dauerte nicht lange, bis Einar neben mir stand. Er ließ sich Zeit und sah auf den Arm. »Es tut dir überall weh, wie ich gehört habe.«

»Ja. Die Wunde ist heiß und brennt, noch habe ich keine Kraft in dem Arm.«

Einar sah mich an. »Hast du das Schwert gesehen, das dich verletzt hat?«, fragte er und drückte und zog die Wunde auseinander. Unter seiner Behandlung hatte ich unheimliche Schmerzen. Am liebsten hätte ich meinen Arm weggezogen und versteckt.

»Nein habe ich nicht. Es ging alles zu schnell.«

»Die Klinge muss vor dem Kampf mit einem Mittel frisch eingeölt worden sein. Du hast Glück, Eric. Das Tier in dir wehrt sich. Jeder normal Sterbliche wäre ohne Amputation gestorben. Aber wir müssen das noch mal öffnen und ausbrennen.«

Ich nickte unter starken Schmerzen.

»Ich stehe ihm bei«, sagte Hugh, der neben mir saß.

Von hinten hörte ich Björn rufen. »Und ich helfe ebenfalls.«

Asny zog ein kleines scharfes Messer hervor und wollte die Fäden durchtrennen, aber instinktiv zog ich meinen Arm zurück.

Njall rief Halfdan zu: »Bring Met. Aber nicht zu knapp.« Dann reichte mir Njall einen Becher nach dem anderen. »Trink, Eric. Es macht dich geschmeidig, und wenn du betrunken genug bist, spürst du die Schmerzen weniger.«

Mir wurde langsam warm und meine Zunge immer schwerer. Dann hielten mich Björn und Hugh, Halfdan gab mir ein Stück Holz zwischen die Zähne. Verschwommen sah ich, wie Hugh Asny zunickte. Schnell und geschickt trennte sie die Fäden.

»Nun beiß deine Zähne zusammen«, sagte Einar. »Ich muss zuerst das vergiftete Fleisch wegschneiden.«

Als er schnitt, sah ich die Herdfeuer Asgards brennen. Ich biss ins Holz und stöhnte vor Schmerzen. Ich versuchte, meinen Arm zu befreien, doch Hugh und Björn hielten mich fest, sodass ich mich keinen Millimeter bewegen konnte. Mit aufgerissenem Auge sah ich, wie Halfdan Einar das glühende Messer überreichte. Ich roch noch verbranntes Fleisch, dann wurde mir schwarz vor Augen. Als ich wieder aufwachte, brannte mein Arm noch immer und ich hatte höllische Schmerzen. Ich wollte meinen Arm ansehen, aber ich konnte ihn nicht bewegen.

Tyree, die neben mir saß, wischte mir die schweißnasse Stirn ab. »Lass gut sein, Eric. Einar hat ihn geschient, sodass er ruhig gestellt liegen kann.«

»Aber die Wunde sieht gut aus.« Asny kam unter die Zeltblache und brachte eine Schüssel, aus der es dampfte. »Hast du Hunger?«

Ich schüttelte den Kopf.

»Es wäre aber ratsam, wenn du wenigstens zwei, drei Löffel essen würdest.« Ich sah, wie sie den Löffel hineintauchte und ihn mir an den Mund führte. Mühsam schlürfte ich die Suppe.

Ich schlief immer wieder ein. Wie viele Stunden seit unserer Abreise vergangen waren, konnte ich nicht sagen, Ich hatte das Zeitgefühl verloren. Als ich wieder einmal erwachte, saß Einar neben mir und sah nach meiner Wunde. Es war schon dunkel und er hielt eine Lampe darüber.

»Na, Eric, wie fühlst du dich?«

Ich sah ihn an und spürte einen grässlichen Geschmack im Mund – als wären alle meine Zähne abgefault. »Ich habe

einen unheimlichen Durst und Hunger. Aber gib mir kein Wasser.« Einar sah mich an und schmunzelte. »So gefällst du mir wieder. Gibt es noch was im Kochtopf, was wir unserem hungrigen Eric geben könnten? Björn, bring den größten Becher mit Met, den du finden kannst. Nein, bring lieber zwei, noch besser drei Becher.«

Alle kamen vorbei, freuten sich und wollten nach mir sehen. Als ich mit dem Essen fertig war, das mir Einar selbst eingeflößt hatte, sagte er: »Wir werden in Aalborg unsere Vorräte, Frischwasser und Met ergänzen und dann mit dem letzten guten Wind heimreisen. Wie es dir dann geht, werden wir sehen. Sonst bleibst du an Bord und erholst dich.«

»Aalborg? Liegt das nicht im Norden des Dänenreiches?«

»Ja genau. Von dort ist es nicht mehr weit und wir können die offene See erreichen.«

»Wie lange war ich weg?«

»Du bist in einen fiebrigen Schlaf gefallen, das war vor zwei Tagen. Inzwischen sind wir um die Südspitze der Schweden gesegelt und Wulfgar hat Kurs auf Aalborg gesetzt. Wir müssten in ein paar Tagen dort ankommen.« Ich sah Einar an. »Noch was, Eric. Wenn du in der Lage bist, kümmere dich um Gloi.«

»Um Gloi?«

»Er saß immer an deiner Seite. Wenn du im Fieber gesprochen hattest, kam er ganz nahe an dich, senkte seinen Kopf an deinen Mund und hörte dir zu. Dann geschah, was ich selbst nicht glauben konnte. Er sprach zu mir, immer wenn ich nach dir sah, und ich verstand seine Worte, konnte mit ihm reden. Ich verstand seine Sorgen und Ängste. Er gab mir auch Tipps und er schaute mir genau zu, was ich an deinem Arm tat. Die ganze Zeit saß er hier oder nur wenig von dir entfernt und beobachtete dich. Schau zu ihm! Er steht dir näher als alle. Näher als deine Familie. Er ist wie dein Spiegelbild.« Einar stand auf.

Ich sah in den klaren Nachthimmel, sah die Sterne funkeln.

Der Anblick war verzaubernd schön.

Am Morgen rief ich Gloi in meinen Gedanken. Er kam nicht. Ich rief ihn noch mal und schaute mich nach ihm um. Er war nicht zu sehen, noch zu hören. Verzweifelt konzentrierte ich mich auf ihn. »Gloi, wo bist du? In welcher Richtung fliegst du?« Dann ertönte hinter mir ein vertrautes Krack-Krack. Ich rappelte mich auf und konnte ihn sehen. Er saß auf der Stange, die das Zelt trug, und sah mich von oben herab an. Da war er ja, mein schwarzer gefiederte Freund. »Gloi, mein Leichenfresser. Schön, dich zu sehen.« Er legte seinen Kopf zur Seite und sah mich noch immer an. »Es tut mir leid. Ich meinte es nicht so.« Seine schwarzen Augen blinzelten mich an. »Ohhh, tu nicht so gekränkt. Setz dich neben mich. Lass dich kraulen und trink mit mir noch einen Becher guten Met. Lass uns neu anfangen.«

Unsere Blicke trafen sich. Ich hielt meinen Arm hoch. Erst nach langem Zögern flog er zu mir und setzte sich etwas entfernt von mir auf eine Ruderbank.

Wir sahen uns in die Augen und ich sprach sanft zu ihm: »Ich brauche dich, Gloi. Ohne dich fühle ich mich nur als halber Mensch. Ich dachte … als ich dich wegschickte, du brauchst deine Freiheit. Es war ein Fehler von mir, was ich nun einsehe und es tut mir leid. Hild, meine Schöne, hat gebetet und du kamst. Seitdem du bei mir bist und auf mich aufpasst, fühle ich mich, als wäre sie hier bei mir. Ich will und wollte dich nie kränken und es tut mir wirklich leid. Bleib an meiner Seite. Bitte.«

Er sah mich noch immer mit seinen undurchdringlichen schwarzen Augen an. Ich tunkte meinen Finger in den Met und hielt ihn ihm entgegen. Er wippte mit seinem Kopf hin und her. Dann hüpfte er zu mir, krächzte, öffnete seinen Schnabel und leckte mit seiner feinen Zunge den Met ab. Er plusterte sich, vorsichtig probierte er noch mal. Es schmeckte ihm besser. Ich legte meine Decke zurecht und Gloi hüpfte

darauf. Nun saß er wieder neben mir, wie früher. Zart kraulte ich sein Federkleid und nahm einen Schluck.

Skeld reichte mir eine kleine Schale, in die ich ein wenig Met kippte, und reichte sie Gloi. »Gloi, trinken wir auf Odin und darauf, dass Ragnarök noch lange auf sich warten lässt.«

Er hielt seinen Kopf hoch und ein langes Krack-Krack ertönte.

»Gut, trinken wir endlich.« Gloi steckte seinen Schnabel in die Schale, während ich einen Schluck aus meinem Becher trank. Stumm saßen wir neben einander. Ich kraulte seinen Bauch und rülpste. Gloi sah mich an, dann steckte er seinen Schnabel erneut in die Schale und trank. Dann kippte er um.

»Verträgt auch nichts, dein schwarzer Freund.« Halfdan lachte.

Nun musste ich alleine trinken; das Schaukeln des Schiffes wiegte mich in den Schlaf.

Am Morgen weckte mich Asny und sah nach meiner Wunde. »Der arme Vogel. Sieh, was du mit ihm gemacht hast.«

Ich schaute an ihr vorbei und musste innerlich schmunzeln, aber Asny hatte recht. Der arme Gloi stand zwar auf seinen Beinen, aber er konnte sein Gleichgewicht nicht halten. Seine Flügel waren als Stütze ausgebreitet. »Gloi, komm lieber zu mir, bevor du noch zwischen die Ruderbänke fällst.«

Er drehte seinen Kopf zu mir und versuchte, zu mir zu hüpfen. Doch seine Koordination spielte ihm einen Streich.

Skefill kam zur Hilfe. »Warte Gloi, ich trage dich zu Eric.« Er hob ihn sanft hoch, brachte ihn zu mir und setzte ihn an meine rechte Seite. Da saß er nun, der große, stolze schwarze Vogel und sah mich an.

»Ich habe das Gefühl, du hast gestern zu gierig getrunken, mein Freund. Man muss bedächtig an den Met gehen.«

Er musterte mich, seine Augen glänzten wie Kohle.

»Glaube mir, das erste Mal erging es mir genau so.«

Asny, die an meiner Wunde beschäftigt war und jedes meiner Worte verstehen konnte, bückte sich zu Gloi herunter.

»Soll ich dir eine kleine Schale einschenken?«, fragte ich. Gloi krächzte und plusterte sich und machte einen kleinen Schritt zur Seite.

»Was machst du mit ihm? Eine Schale Wasser wäre besser für ihn.«

»Asny, das verstehst du nicht.«

»Was verstehe ich nicht? Ich habe genug von euch Männern kennengelernt. Saufen zusammen und Minuten später ziehen sie ihre Messer und versuchen, einander zu töten. Wir Frauen … wir sind es, die euch zusammenflicken und pflegen müssen.« Sie warf ihre Lappen, mit denen sie meine Wunde abtupfte, in die Schale und ging. Gloi und ich sahen ihr nach.

»Sie ist sehr hübsch und wird sicher einmal eine gute Ehefrau abgeben, aber manchmal verstehe ich sie nicht, Gloi.«

Er sah mich an und ließ ein tiefes Krack-Krack ertönen.

Skeld, der Kräuter in seinem Beutel suchte, kam zu uns.

»Skeld, hast du etwas Zeit?«

»Ja, Eric. Hast du einen Wunsch?«

»Nur einen kleinen. Eine Schale Wasser für Gloi und für mich Met.«

»Werd ich euch gleich servieren. Hat der kleine schwarze Krieger keinen Durst, dass er nur Wasser will?«

Ich sah Gloi an. Aber er tapste noch unsicher auf seinen Füßen. Kurz darauf ließ er wieder ein tiefes Krack-Krack erschallen.

»Bist du sicher?«, fragte Skeld.

»Nicht, dass noch mal das Gleiche wie gestern mit dir geschieht.«

Gloi sah mich mit seinen schwarzen Augen an und setzte sich neben mich. Skeld brachte einen Humpen mit Met und eine kleine Schale mit Wasser. »Hier für euch zwei.«

Ich nahm einen tiefen Schluck, während Gloi sein Wasser pickte. »Tut gut. Nicht wahr, Gloi? Es gibt nichts Besseres am Morgen als ein paar Schlucke Met. Nichts wärmt mehr.«

Er sah mich an, dann auf seine Schale, wieder zu mir und stieß mich kurz darauf mit seinem Schnabel. Als wollte er sagen: ›Gib mir auch was ab!‹

»Aber nimm den Schnabel nicht zu voll. Ich bitte dich.« Ich tunkte meinen Zeigefinger in den Humpen und hielt ihn an Glois Schnabel. Langsam bildete sich ein Tropfen vorn an der Zeigefingerkuppe und Glois feine Zunge fing ihn auf. Dies wiederholte ich ein paar Male. Er plusterte sich auf und spannte seine Flügel. »Na, glaubst du mir jetzt? Nichts wärmt besser als Met und ein warmes Essen.«

Skeld hielt mir eine Schale heiße Suppe entgegen und Gloi bekam Käse und Fischstücke. Seit wir auf See waren und er nicht sein gewohntes Essen fand, fing er an, Käse und Fisch zu lieben. Beide taten wir uns am Essen gütlich, bis uns Einar störte.

»Ich will nach deiner Wunde sehen, Eric.« Er öffnete den Verband. Etwas genervt stellte ich die Schale mit der Suppe auf die Seite. Auch Gloi wollte die Wunde sehen, hüpfte auf mein Bein und schaute genau hin.

»War sicher nicht schlecht, dass wir die Wunde ausgebrannt haben.« Sie sah aus, als erstreckte sich ein tiefes Tal von meinem Handrücken bis zum Ellenbogengelenk. Vorsichtig drückte er an meinem Unterarm. »Schmerzt es?«

»Nein. Es geht. Oben mehr als unten.«

Einar zog an einigen Stellen die Wunde auseinander. Instinktiv zog ich unter Schmerzen den Arm weg. Einar hörte sofort auf, sagte aber: »Wenn sie so zusammenwächst, wird sie dick und wulstig und dir dein ganzes Leben Schmerzen bereiten. So wie Ragnars Bein.«

Ich sah ihn an und dachte zurück. Ich kannte Ragnar seit meiner Geburt, und seit dieser Zeit hatte er Probleme mit dem Laufen. »Was schlägst du vor?«

»Wir könnten mit einem feinen Messer das verbrannte Fleisch neu anschneiden und ich tropfe dir mein Blut hinein. Dann schließen wir sie mit einem stark zusammengezogenen

Verband, sodass die Wundränder aneinandergedrückt werden. Wie viel mein Blut bei dir bewirkt, weiß ich nicht, da du selbst schon verwandelt bist.«

Ich bemerkte, wie Gloi mich ansah und fragte: »Was meinst du dazu?« Gloi öffnete seinen Schnabel und nickte. »Ist das Messer, mit dem ich mich rasiere, gut genug?«

Einar nickte. Ich griff in meine Jacke und überreichte ihm das Messer. Er fuhr über die feine Klinge. »Beiß die Zähne zusammen! Ich mache schnell, Eric.«

Kaum hatte er das gesagt, spürte ich die feine, scharfe Klinge in das gereizte Fleisch schneiden. Ich stöhnte auf, als auch schon der zweite Schnitt erfolgte. Ich riss mein Auge auf und konnte einen Schmerzensschrei nicht unterdrücken. Einar rief nach den beiden Frauen, die mit Stoffbändern herbeieilten, die sie vorher in Streifen geschnitten hatten. Einar, der sich am Arm selbst geritzt hatte, presste sein Blut heraus. Es lief in einem feinen Band herunter und tropfte von seinem Handgelenk in meine Wunde. Er gab den beiden Frauen ein Zeichen. Tyree drückte die Wunde zusammen, während Asny begann, die Stoffbänder eng um meinen Arm zu wickeln. Einar steckte mir das gereinigte Messer wieder in meine Jacke zurück. Erst jetzt wurde mir bewusst, dass Skeld, Hugh und Björn in der Nähe standen.

Skeld hielt einen Krug Met und Björn meinen Becher in der Hand. »Geht es, Eric?« Er sah mich wehmütig an.

»Es wird schon gut. Wir kennen Einar. Er hat es immer gerichtet«, sagte Björn und nahm einen Schluck aus seinem Becher.

Ich nickte mit vor Schmerzen zusammengepresstem Mund meinen Freunden zu. Mein Arm brannte, als würden sich glühende Kohlestücke in der Wunde befinden. Auch noch nach Stunden nahm der Schmerz nicht ab. Gloi hatte mich in all der Zeit nicht verlassen und saß immer an meiner Seite. Häufig sah er mich minutenlang an. Wenn ich mein Auge schloss, spürte ich sein Gewicht auf mir: wie sein Kopf sich

manchmal meinem näherte und wie sein feiner Atem an meine Wange blies. Er war besorgt und wachte über mich. Er wollte sichergehen, dass ich nicht sterbe. Die Sonne verschwand am Horizont, als es mir langsam besser ging. Ich drehte mich zu Gloi und in Gedanken sagte ich zu ihm. ›Bald geht es mir wieder gut.‹

Er sah mich an und hüpfte näher zu mir.

»Danke, dass du an meiner Seite warst.« Ich fuhr ihm über den Kopf. Er drückte sich ganz nahe an mich und legte seinen Kopf an meinen Oberschenkel. So zutraulich hatte ich ihn noch nie erlebt. Er ließ es sogar zu, dass ich ihn am Hals und auf seinem Schnabel streicheln konnte. In diesem Moment konnte ich mir ein Leben ohne ihn nicht mehr vorstellen. Er war ein wunderbares Tier. Wir brauchten nicht miteinander zu reden. Wir verstanden uns über unsere Gedanken. Seit Langem wurde mir mal wieder bewusst, was mir Hild und die Götter geschenkt hatten. Sein weiches Gefieder, das schöner glänzte als jeder polierte Edelstein, seine Federn, die je nach Lichteinfall blau oder schwarz glänzten, in solch intensiven Farben, wie ich sie zuvor noch nie gesehen hatte, in Hell- bis Dunkelblau und variierenden Schwarztönen, und dies in jeder Feder seines ganzen Körpers; seine feinen Härchen, die sich von der Nase über seinen Schnabel erstreckten. Wenn ich sie berührte, kitzelte es ihn und er musste niesen. Ein Schnabel, hart und lang, den er zu einer tödlichen Waffe machen konnte. Doch dann wieder nahm er ein Stück Fleisch behutsam aus der Hand, um mich ja nicht zu verletzen. Mit seiner Intelligenz und Schnelligkeit war er ein gefährlicher Gegner und auf der anderen Seite ein einfühlsamer und ein gefühlvoller Partner.

An ein Fass gelehnt, sah ich über die Bordwand dem Auf und Ab der Wellen zu. Dem Wind, der mit unserem Segel spielte und es manchmal bauchig aufblähte, und es dann wieder schlaff hängen ließ. Trotz der schwierigen Windverhältnissen

machten wir gute Fahrt. Hugh riss mich aus meiner Träumerei.

»Bist du der Gesellschaft von Tyree überdrüssig?«, fragte ich ihn.

Er seufzte und fuhr sich mit den Händen übers Gesicht. »Nein, eigentlich nicht.«

»Was soll ich daraus schließen?«

Er atmete tief durch und sah an mir vorbei auf das Meer. Dann sah er zu Tyree, die mit Skeld redete und lachte. Ich sah Hugh an und bemerkte, wie er seine Augen zusammenkniff. Ich schaute, was ihm dazu Anlass gab, denn ich kannte diesen Ausdruck und der verhieß nichts Gutes. Skeld umarmte Tyree und drückte sie an sich, während beide lachten. Ich musste schmunzeln. »Bist du eventuell eifersüchtig?«

Er sah mich giftig an. »Wieso soll ich eifersüchtig sein?«

»Warum reagierst du denn so aggressiv?«

»Warum lachst du denn so blöd?«

»Sieht für mich etwas anders aus, lieber Hugh.«

Hugh brummte etwas vor sich hin. Dann seufzte er tief. Hugh als verliebter Gockel. Der alte Haudegen erschien in einem neuen Licht.

»Bist du in Tyree verliebt?«

»Ich weiß es nicht, Eric.«

»Was heißt, ich weiß es nicht? Entweder man ist es oder man ist es nicht.«

Er seufzte erneut.

»Empfindest du was für sie oder nicht?«

Seine grünen Augen sprachen Bände.

»Also doch. Hast du es ihr schon gesagt?«

Hugh schüttelte den Kopf.

»Dann wird's aber höchste Zeit. Ansonsten brauchst du dich nicht bei mir zu beklagen, wenn sie einen anderen nimmt.«

Hugh sah mich mit großen Augen an.

175

»Wenn sie von deiner Zuneigung nichts weiß, ist das doch nachvollziehbar. Sprich mit ihr, verdammt noch mal! Oder soll ich das für dich tun?«

Gloi saß auf der ersten Ruderbank, krächzte und nickte mit seinem Kopf.

»Du bist ruhig«, rief Hugh Gloi zu, dann zu mir: »Ich habe noch nie eine Frau getroffen, die mich so begeisterte. Eine, die sich auch zu wehren weiß und nicht alles mit sich machen lässt. Mich auch einmal in die Schranken weist und mich wegstößt. Ihre Augen und ihre weiche Haut.« Er strahlte mich an. Er wurde richtig sanftmütig. Gar nicht so, wie ich ihn kannte. Immer für einen groben Scherz bereit, die Axt schneller in der Hand und zu einem Kampf bereit, als man glaubte. Ich schmunzelte.

»Was gibt's hier zu schmunzeln?«

»Ach, nichts. Ich habe mir nur gerade das Gesicht deiner Frau vorgestellt, wenn du ihr Tyree vorstellst.« Ich gab ihm einen Knuff.

Er sah mich erstaunt an. »Ich habe keine Frau in meinem Land, die auf mich wartet. Ehrlich.«

»Was, du hast keine gefunden, bevor du gingst?«

Hugh schüttelte langsam seinen Kopf. »Es gab da eine in meinem Dorf, die mir gefallen hätte. Aber sie wollte von mir nichts wissen und war auch schon einem anderen versprochen. Eine andere gab es nicht. Darum habe ich mich schon sehr früh für die langstielige Axt entschieden und mit der Hilfe von euch Nordmännern trainiert. Einar sah meine Entwicklung und gab mir das Geschenk, das auch du erhalten hast. Er weihte mich zu einem Wolfskrieger und ich durfte auf sein Schiff. Nun kennst du meine Geschichte. Ich sehe vielleicht viel älter aus als du. Aber ich bin, so wie ich glaube, nur fünf Jahre älter.«

Einen Moment herrschte Stille zwischen uns.

»In diesem Fall, Hugh, wäre es mir eine Ehre, wenn ich für dich Tyree fragen darf. Ich als Brautwerber für dich. Ich

mache es gerne und hoffe, ich kann es zum Guten für dich richten.«

Seine Augen strahlten und sein breites Lächeln gab mir sein Einverständnis. »Ich danke dir, Eric. Ich würde mich freuen, wenn du sie für mich fragen würdest.«

Björn stieß zu uns. Wir schwiegen sofort und sahen ihn an.

»Störe ich? Oder was heckt ihr zwei den aus? Oder täusche ich mich?« Er setzte sich zu uns. »Es wird Zeit, wenn wir morgen wieder Festland unter die Füße kriegen. Wieder einmal aus den nassen Kleidern kommen. Vielleicht noch ein paar Becher Met in einer warmen Spelunke.«

»Vielleicht noch schnell mit einer willigen Wirtstochter in die oberen Räume verschwinden?«

Björn klatschte auf seine Schenkel. »Ohhh, ja Eric. Deine Einfälle beflügeln mich richtig. Das gefällt mir so an dir. Das Nützliche immer mit dem Angenehmen zu verbinden.« Hugh saß gedankenversunken und grübelnd da; Björn stieß ihn an. »He, mein Alter, was ist dir über die Leber gelaufen?«

»Also, über Skeld kannst du dich sicher nicht mehr beklagen. Er kocht wirklich nicht schlecht. Er gibt sich so viel Mühe dank Erics Mutter. Signy hat ihm alles beigebracht.« Hugh brummte vor sich hin und fuchtelte mit seinen Armen in der Luft herum.

»Lass ihn, Björn. Es wird schon gut mit ihm.«

»Lass mich nun alleine, Hugh. Geh zu Björn und erzähle ihm, was dich bewegt. Dann versteht auch er es.«

Hugh nickte stumm und verließ mich. Ich machte mir Gedanken, wie ich es Tyree sagen wollte. Sie saß an Skelds Seite und half ihm beim Kochen und beim Richten der Schalen. Ich wartete noch, bis alle auf ihren Ruderbänken saßen, dann winkte ich sie zu mir. Sie nickte und wenige Minuten später kam sie.

»Willst du noch eine Schale Suppe, Eric?«

»Nein. Ich habe genug, obwohl es sehr gut geschmeckt hat. Wenn du Zeit hast … später … wenn du mir ein paar Minuten schenken könntest. Ich habe ein Anliegen an dich.«

»Ja, auf jeden Fall. Wenn ich dir helfen kann.«

»Dann komm zu mir, wenn es deine Zeit erlaubt.«

Tyree stand auf, nickte und ging. Nach ein paar Schritten drehte sich noch mal um und sah mich fragend an.

»Vergiss den Met für uns nicht.«

Sie lachte und winkte. Etwas später kam sie mit einem Krug und zwei Bechern zurück.

»Was stehst du so schüchtern vor mir? Komm, setz dich zu mir und lass uns reden.«

»Dann darf ich mich neben dich setzen?«

»Ja sicher. Schenk uns ein.«

Sie zitterte etwas beim Einschenken.

»Was hast du Tyree? So kenne ich dich nicht.«

»Was kann ich für dich tun, Eric Hallvardson, wenn ich das überhaupt kann.«

Ich sah in ihre Augen, hob meinen Becher und stieß mit ihr an. Ich nahm einen tiefen Schluck, wischte mir den Met aus dem Schnauzbart. »Das Erste wird für dich eine große Mühe bedeuten, glaube ich. Beim Zweiten kann ich dir nicht helfen. Das muss dein Herz entscheiden. Du ganz alleine.«

Sie nahm einen Schluck. »Dann will ich zuerst dein erstes Anliegen hören, Eric.«

»Kannst du dir vorstellen, mir deine Sprache beizubringen?«

Tyree verschluckte sich und musste lachen. »Bitte, was soll ich? Ich soll dir meine Sprache beibringen?«

Ich nickte ernst.

»Ja, das kann ich. Aber du musst wissen, zwischen Skoten, meiner Sprache und den Pikten gibt es Unterschiede. Wir verstehen uns, aber manche Wörter unterscheiden sich, wie auch die Betonung.«

»Das macht mir nichts aus. Das soll so sein. Ich will euch verstehen. Ich habe mein Zuhause verlassen und komme in eures. Ich will verstehen, was gesprochen wird.«

Tyree klatschte in ihre Hände. »Wollen wir gleich beginnen?«

Ich nahm behutsam ihre Hände in meine. »Nein. Das zweite Anliegen liegt mir mehr am Herzen.«

Tyree stellte ihren leeren Becher ab.

»Lass uns noch mal anstoßen und mit gekreuzten Händen reden.«

Sie nahm einen tiefen Schluck, stellte ihren Becher ab und zögernd kreuzte sie ihre Hände und fasste meine.

»Gebu«, sagte ich. Tyree verstand das Wort der Rune nicht und sah mich fragend an. »Gebu, Tyree, ist eine Rune. Sie bedeutet Nehmen und Geben.« Sie erschrak und wollte sich lösen, doch ich hielt sie fest. »Du brauchst dich nicht zu fürchten. Es ist gut, wenn Mann und Frau so miteinander reden können.«

»Was willst du von mir, Eric?«

»Du bist eine schöne Frau, Tyree, und du hast einem Mann das Herz gebrochen.«

»Nein. Nein, Eric. Es tut mir leid. Aus meinem ganzen Herzen, glaube mir. Aber ich liebe dich nicht. Nicht, wie eine Frau ihren Mann lieben sollte. Was du für mich, für uns getan hast, für Ole, Asny und den komischen Breac und für die beiden Jungs, die dich verehren, dafür danke ich dir und werde es nie vergessen. Auch werde ich dir helfen, wo ich kann. Ich werde deinen Namen hochhalten und dich verteidigen, wie es in meiner Macht steht. Aber verlange nicht von mir, dass ich das Bett mit dir teilen muss. Aus meinem ganzen Herzen bitte ich dich darum.«

Vor Überraschung blieben mir die Worte weg. Tyree, auch verunsichert, wusste nicht mehr, was sie sagen sollte. Unbeholfen versuchte sie, unsere Becher erneut zu füllen.

Sofort klärte ich sie auf: »Du musst mich falsch verstanden haben, Tyree. Es geht nicht um mich. Ich habe die schwere Aufgabe für einen anderen übernommen. Er ist mein Freund und es liegt mir viel daran, ihm zu helfen. Darum frage ich dich nun in seinem Auftrag.«

Tyree sah mich ganz erstaunt an. »Für einen anderen?« Da konnte sie sich ein Schmunzeln nicht mehr verkneifen. »Ist er groß, breitschultrig, sehr kräftig und hat er rote Haare und einen roten Bart?«

»Wie kommst du darauf?«

Sie zuckte mit ihren Schultern und lachte. »Ich habe die verstohlenen Blicke des Riesen schon bemerkt. Er hält es kaum noch aus und wartet auf eine Antwort. Habe ich recht? Komm Eric, sag es mir.«

Ich nickte.

»Dann spannen wir ihn noch etwas auf die Folter«, sagte sie schnippisch, setzte sich ganz nahe an mich und legte ihren Kopf an meine Schulter. »Es tut mir leid, was ich dir unterstellt habe, Eric. Aber im ersten Moment hatte ich das Gefühl, du wolltest etwas von mir. Aber was mich erstaunt, ist, dass so ein stattlicher Mann nicht den Mut aufbringt, um selbst zu fragen«, flüsterte sie in mein Ohr.

Ich legte meinen rechten Arm um ihre Schulter und flüsterte zurück: »Bei uns ist es Brauch, dass der Vater des Freienden mit den Eltern der Auserwählten spricht und die ersten Bande knüpft. Sind keine Eltern mehr am Leben oder zu weit entfernt, wie jetzt, dann übernimmt diese Aufgabe ein Freund, in diesem Falle bin ich es.«

Tyree nickte. »Du brauchst nicht zu ihm zu sehen, aber ihm fallen fast die Augen aus dem Kopf.«

»Wie lange willst du ihn noch schmoren lassen und was für eine Antwort soll ich ihm überbringen?«

»Jetzt. Gleich wird das erledigt.« Sie winkte Hugh zu. Er stand auf und kam mit hochrotem Kopf zu uns. »Komm, Hugh, setz dich neben mich. Bitte. Steh nicht so vor mir.« Er

setzte sich neben sie und wollte etwas sagen, aber Tyree legte ihren Zeigefinger auf seine Lippen. »Jetzt rede ich ... und du, mein starker Bär, schweigst. Ja, ich will.« Er wollte etwas zu ihr sagen, aber sie sah ihn streng an. »Hast du mich verstanden?«

Hugh sah hilfesuchend zu mir. Ich zuckte nur mit den Schultern.

»Tyree…«

»Du hast meine Antwort gehört.«

»Hugh, aufwachen. Du hast gehört, was sie gesagt hatte.«

»Ich habe ja gesagt.« Sie küsste ihn. Hugh strahlte vor Glück und nahm seine Tyree so fest in seine Arme, dass sie protestierte und nach Luft rang. »Du bringst mich vor der Hochzeit um, Hugh.«

Die beiden Verliebten standen auf und wollten gehen, aber dann drehte sich Hugh um. »Ich danke dir, mein Freund.«

Tyree zwinkerte mir zu. »Morgen fangen wir an. Dann bringe ich dir meine Sprache bei.«

»Und ich bringe dir meine bei.« Ich winkte ihnen nach. Nun waren Gloi und ich wieder alleine unter der Blache zuvorderst im Schiff.

Einar kam etwas später zu seinem täglichen Krankenbesuch. »Wie ich von den beiden gehört habe, bist du nun noch unter die Kuppler gegangen.« Er löste meinen straff anliegenden Verband. Es tat gut, den Druck loszuwerden und die frische Luft an meinem Arm zu spüren.

»Man tut, was man kann, Einar. Glückliche Leute um sich zu haben, tut wirklich gut und ist das Schönste, was ich mir vorstellen kann.«

»Deine Gedanken gefallen mir, Eric, und ich glaube, dass du das in deiner Zukunft auch verwirklichen wirst.« Er wickelte die letzten Bänder ab und wir sahen auf den Arm. »Es gefällt mir, Eric. Die Wunde ist schon weit zusammengewachsen. Siehst du? Vom Ellenbogen bis Mitte Unterarm war sie bis auf den Knochen und tiefer gewesen und nun … sieht

eher wie ein tiefer Schnitt aus. Am Handgelenk ist sie geschlossen und leuchtet rosa und frisch.« Er hatte recht. Die Wunde sah schön aus und sie heilte sehr schnell. »Ich will sie noch mal verbinden, nicht dass sie sich noch mal entzündet.«

Ich stimmte zu.

»Morgen erreichen wir Aalborg. Dann schauen wir, wie es dir geht. Wenn du dich gut fühlst, kommst du mit Njall und mir mit. Ich will dich jemandem vorstellen.«

»Wer ist es?«

»Er ist auf eine Art ein sehr gefährlicher Mann und auf der andere Seite einer, von dem man sehr viel erfahren kann. Er kann einem viele Türen öffnen oder ins Verderben stürzen, je nach dem. Und es ist besser, ihn auf Distanz zu halten.«

»Das klingt aber nicht sehr vertrauenswürdig, was du so über ihn erzählst. Was macht er?«

»Was er macht? Er ist ein Füllhorn von Informationen und zugleich ein Schwein. Immer auf seinem Vorteil bedacht. Er gibt sich als Händler aus. Er verkauft alles. Pelze, Gewürze, Waffen und Sklaven. Aber meistens verkauft er Geschichten.«

»Geschichten? Was meinst du damit?«

»Man könnte ihn auch als Spion bezeichnen. Seine Augen sehen alles und seine Ohren hören alles und dies verkauft er gerne an Leute, die genug im Geldbeutel haben. Verstehst du nun, was ich damit sagen will?«

Ich nickte und wollte doch von ihm wissen, was er von ihm wollte.

»Wir sind schon zu lange weg und England verändert sich von Monat zu Monat neu. So wie ich ihn kenne, ist er sicher ein paar Male dort gewesen und weiß genau, wie es dort steht. Also kaufe ich Geschichten.«

»Und du bist dir sicher, dass er in Aalborg anzutreffen ist?«

»Um diese Zeit ist er immer dort, verkriecht sich in seinem Haus und wartet auf den Frühling. Er hasst das kalte Wetter. Auch vermeidet er es, in einem anderen Land zu überwintern. Er kehrt immer rechtzeitig zurück.«

»Darf ich dich noch etwas fragen Einar?«

»Nur zu, Eric. Was kann ich dir noch erzählen?«

»Du hast eben gesagt, England verändert sich von Monat zu Monat. Wie kann ich das verstehen?«

»Wie soll ich dir das verständlich erklären? Hmmm, ich gehe etwas zurück und erzähle dir, was ich von meinem Schwiegervater erfahren habe. Am Anfang wurde England von vielen keltischen Königen regiert. Dann kamen die Römer, ein Volk aus dem Süden, wo immer die Sonne scheint und es warm ist. Sie hatten eine große Macht, waren sehr gut organisiert und militärisch perfekt ausgebildet. Die Römer brachen die Kraft und die Macht jedes keltischen Stammes und übernahmen die Herrschaft für viele Jahre über das ganze Land. Jahre später segelten unsere südlichen Nachbarn, die Sachsen, Jüten und Angeln über das Meer auf die Insel. Sie gewannen in Schlachten immer mehr Gebiete. Landstriche, in denen sie sich weit ausbreiteten, siedelten und sich mit der bestehenden Bevölkerung mischten. Sie waren die neuen Herren, aber auch sie konnten den Norden nicht erobern. Das heißt, alles nördlicher des großen Walls.«

»Entschuldige, dass ich dich unterbreche. Was für einen Wall? Was ist das? Was meinst du damit?«

»Ich muss mich entschuldigen. Du kannst den Wall nicht kennen. Aber das wird sich bald ändern. Die Römer bauten ihn. Eine große Mauer, die quer durch das ganze Land führt … oder was noch davon steht. Eine dichte, stabile Mauer, alles aus Steinen errichtet, und über das ganze Land mit Türmen und Militärlagern versehen. Diese Mauer sollte vor den Überfällen der nördlichen Stämme der Pikten schützen. Ihr Land vor Raubzügen und Plünderungen und Verheerung schützen. Jahre später kamen wir. Dänen, Norweger, Schiff auf Schiff landeten. Auch sie fanden Gefallen an diesem Land. Siedlungen wurden errichtet und in den folgenden Jahren eroberten sie immer mehr Gebiete, auch sie nahmen sich Frauen der Einwohner und mischten sich. Doch Frieden

183

herrscht nicht. Immer wieder flammen Kämpfe auf. Nord-männer gegen die Angelsachsen und umgekehrt. Blutige Kriege um das Land und die Macht. Wir im Norden haben es besser. Auch bei uns werden Schlachten zwischen den Clans geschlagen und immer geht es um mehr Landbesitz oder um Intrigen und Liebe. Abgestoßene Freiende, die es nicht be-greifen, dass ihre Auserwählte einen anderen bevorzugt. Nun hast du eine grobe Ahnung, was dort geschieht. Also dann verstehst du, was zwei Jahre bedeuten. Zu lange, um zu wis-sen, was uns erwartet. Darum will ich ihn besuchen und für ein paar Goldmünzen Informationen kaufen.«

»Ich verstehe dich nun, Einar. Ich werde sehen, dass ich morgen mit euch mit kann. Einen solchen Mann will ich auf jeden Fall kennenlernen.«

»Aber pass immer auf, wie er dich fragt. Eine Frage wendet er gerne in eine Gegenfrage um. Schon weiß er mehr von dir, bevor du eine Antwort gegeben hat. Lass mich deshalb reden, Eric.«

Ich stimmte zu.

Als ich wieder alleine unter meiner Decke lag, dachte ich über diesen Händler nach. Was für ein Mann war das? Ein Mann, der mit Informationen handelt. Wie sah er aus? Mir gingen viele Fragen durch den Kopf, während sich unser Schiff dem Ziel näherte.

Wir erreichten Aalborg, als die Sonne am höchsten stand. Wulfgar legte vorsichtig und behutsam an. Ingwar und Njall vertäuten vorn und hinten unser Schiff. Zwei Wachen kamen an unser Boot.

Einar stand am Vordersteven und grüßte sie: »Ich bin Einar Sturloson und das sind meine Männer. Wir sind auf der Durchreise und machen hier Halt, um frische Vorräte, Wasser und Met zu kaufen.«

»Wie lange wollt ihr bleiben und wo wollt ihr hin?«

»Meine Männer wollen die Vorräte kaufen, wie ich sagte. Und sie wollen eine Gaststube besuchen und ein paar Becher

Met trinken. Ich will zu Ansgar Erkelson, wenn er in seinem Haus ist.«

»Ihr kennt den Herrn Erkelson?«, fragte der eine und der andere sagte: »Was wollt Ihr von ihm?«

Einar sah beide an, dann fragte er gefährlich ruhig. »Was geht euch das an? Ich kenne ihn vom anderen Ende des Meeres. Wenn ihr mir nicht glaubt, dann geht zu ihm und fragt ihn.«

»Entschuldigt, Herr. Aber es ist unsere Pflicht, Fremde zu fragen, was sie in unserer Stadt zu suchen haben.«

»Das verstehe ich. Wir bleiben nicht lange. Wir wollen das gute Wetter noch nutzen und zurück nach England segeln, bevor die Winterstürme einsetzen.«

»Dann seid Ihr aber spät dran, Herr. Ihr solltet euch beeilen, der Herbst ist schon weit fortgeschritten.«

»Das wissen wir auch, darum wollen wir nur so lange bleiben, wie wir brauchen. Morgen früh wollen wir wieder weiter.«

Die beiden Wachen gaben sich damit zufrieden und wollten gehen.

»Wohnt Ansgar Erkelson immer noch am selben Ort wie früher?«

»Ich weiß nicht, wann Ihr das letzte Mal hier wart, aber er wohnt am Ende dieser Straße.« Er zeigte mit seinem Speer in die angegebene Richtung. »Ihr könnt das Haus nicht verfehlen. Es ist rot gestrichen.«

»Aber früher wohnte er einmal in der Mitte der Stadt in einem kleinen Haus. Ein schmuckloses unbedeutendes Haus.«

»Dann wart Ihr wahrlich schon lange nicht mehr hier. Da seht Ihr's. Seine Geschäfte laufen gut.«

Zusammen mit Njall gingen wir drei zu Ansgars Haus. Es war ein kurzer Weg und von Weitem sahen wir schon das rot gestrichene Haus. Einar klopfte an die Tür, ohne Erfolg. Es geschah nichts. Er klopfte erneut, aber kräftiger.

Endlich öffnete ein groß gewachsener, kräftiger Mann. »Was kann ich für euch tun?«

»Melde deinem Herrn, Einar Sturloson ist hier und würde sich über ein gepflegtes Gespräch mit ihm freuen.«

Er nickte stumm und schloss die Tür wieder. Wir drei warteten vor der Tür wie Bettler. Ich wurde ungeduldig und atmete tief durch. Einar und Njall sahen mich an.

»Nur Geduld, junger Eric. Er kommt schon.«

Ich fuchtelte ungeduldig mit dem gesunden Arm in der Luft herum. Es dauerte aber wirklich nicht lange, als die Tür wieder entriegelt wurde; der kräftige Mann bat uns herein. Wir traten ein. Der fensterlose Vorraum wurde nur mit einer Kerze erhellt, die kleine Flamme gab ein düsteres Licht ab.

Aus einem Hinterraum rief eine Stimme: »Was für ein hoher Besuch und das in meinem Haus. Kommt herein! Ins warme Innere und tretet ins helle Licht, dass wir uns richtig in die Augen sehen können.«

Wir taten, was die Stimme uns bat. Ein kleiner Mann stand vor uns. Er trug eine pludrige rote Hose, die Beinenden steckten in weichen Lederstiefeln. Seinen Oberkörper war mit einem glänzenden weißen Hemd bedeckt. Darüber trug er eine Jacke ohne Ärmel, die um den Hals mit Fell bestückt war. Der dicke rote Stoff war mit einem Goldfaden reich bestickt. Auf seinem Kopf trug er eine Mütze, die am unteren Rand mit Fell besetzt war. Trotz seiner Körpergröße war er eine stattliche Erscheinung. Er hielt seine Arme ausgebreitet in die Luft. »Einar Sturloson und sein alter Wegbegleiter Njall! Seid gegrüßt in meinem Haus.«

Die beiden begrüßten ihn.

»Wer ist euer junger Wegbegleiter hier?« Er musterte mich genau. Er erkannte sofort, dass ich noch jung war. Aber meine Narbe über meiner Wange und Auge verunsicherten ihn. »Wie mir scheint, ein neues Gesicht, das ich vorher noch nie bei euch gesehen habe.«

Einar wollte mich vorstellen, doch ich kam ihm zuvor: »Mein Name ist Eric Hallvardson. Es freut mich, Herr.«

Er sah mich interessiert an und ich merkte, wie er versuchte, mich einzuschätzen. Er verbeugte sich ebenfalls. »Es freut mich ebenso.« Er blickte zu Einar und Njall. »Ihr habt mir einen höflichen jungen Mann in mein Haus gebracht. Und wenn er mit euch reist, kann ich ihm sicher vertrauen.«

»Das kannst du, Ansgar. Für ihn bürgen wir.«

»Dann lasst uns an den Tisch setzen, essen und trinken und Geschichten erzählen.« Ansgar bot uns an, einem langen Tisch Platz zu nehmen. Er klatschte in seine Hände und kurz darauf betrat aus einem Hinterraum eine gut aussehende junge Frau den Raum.

»Ja Herr?«

»Elia, mein Täubchen bring uns Met, Brot, Käse und schneide vom getrockneten Fleisch ein Stück ab. Und mach schnell, unsere Gäste haben Hunger.«

Elia verbeugte sich und zog sich zurück.

»Ist sie nicht eine Schönheit?« Er strahlte über alle Backen. Wir pflichteten ihm höflich bei.

»Habe sie in diesem Sommer in Nowgorod einem Händler abgekauft. Angeblich soll sie die Tochter eines Steppenfürsten sein.«

»Einem Sklavenhändler?«

»Wenn ihr den Händler so nennen wollt. Ja.«

»Deine Geschäfte müssen gut gelaufen sein in den letzten Jahren, wie mir scheint. Neues Haus, edle Kleider. Du scheinst richtig wohlhabend geworden sein.« Einar schmunzelte.

Ansgar wackelte mit dem Kopf, fuchtelte mit seinen Händen in der Luft und fügte hinzu: »Ja, es geht mir nicht schlecht. Könnte aber besser laufen.«

»Ja, diese Worte höre ich von jedem Händler. Aber wenn ich dich so ansehe, mit deinem glänzenden Hemd. Ist sicher ein edler Stoff. Ich denke, dass es dir gut geht.«

Ansgar fand keine Worte und versuchte abzulenken: »Nun erzählt mir, was euch zu mir treibt. Dann noch zu so später Jahreszeit.«

Elia kam zurück. Sie trug ein großes Tablett vor sich, das sie vorsichtig auf den Tisch abstellte. Sie verteilte Metkrüge und große Teller, auf denen Brot, Fleisch und Käse lag. Ihr schönes Gesicht hatte Ähnlichkeit mit denen der Steppenreiter, gegen die wir gekämpft hatten. Ihre Haut war leicht bräunlich, nicht wie bei unseren hellhäutigen Frauen. Elia hatte was an sich, das einen anzog – vor allem, wenn sie einem in die Augen sah. Es fiel mir schwer, meinen Blick von ihr fernzuhalten, was Ansgar schnell bemerkte. Als Elia den Raum verlassen hatte, spürte ich Ansgars Blick. Ich sah zu ihm.

Seine Augen sahen mich giftig an. »Eric, sie gehört mir. Hast du verstanden? Und wenn dich die Lust packt, dann geh in die nächste Spelunke und versuch dort dein Glück.«

Ich erwiderte seinen Blick und stand auf. »Ansgar, ich möchte mich bei Euch entschuldigen. Ich wollte Euch und Eure Gastfreundschaft nicht missbrauchen, aber sie ist die erste Frau mit einer solchen Haut und solchen Augen, die ich gesehen habe. Es liegt mir fern, Euch zu beleidigen oder zu hintergehen. Wenn Ihr Wehrgeld für meine Unverschämtheit wollt, dann bezahle ich den Betrag.«

Ansgar sah mich mit offenem Mund an. Ich hatte ihn mit meiner Reaktion sichtlich überrascht. »Du bist sehr höflich, Eric Hallvardson, das hätte ich dir nicht zugetraut. Ich nehme deine Entschuldigung ohne Geld an, da ich mir vorstellen kann, dass du solch eine Frau wie Elia noch nie in deinem Leben gesehen hast und sie dich in den Bann zieht.« Er gab mir mit einer Handbewegung ein Zeichen, das ich mich wieder setzen sollte. Einar sah mich durchdringend an. Ich schwieg und ließ ihm das Wort.

»Wann warst du das letzte Mal in England, Ansgar?«, fragte Einar.

»Das war im Frühsommer, vor der Mittsommerwende. Warum willst du das wissen?«

»Es nimmt mich nur wunder, was dort alles geschah«, meinte Einar.

»Wie ich gesagt habe, war ich im Frühling dort, aber die Geschäfte liefen nicht gut. Herrschte eine angespannte Stimmung dort. Darum habe ich mich entschlossen, zuerst nach Konstantinopel zu segeln. Später folgten wir dem großen Fluss und erreichten Nowgorod.« Er sah uns an, ob wir etwas sagen wollten.

Doch wir taten nichts dergleichen und aßen weiter. Seine Augen wanderten zwischen uns hin und her. Er räusperte sich erneut, um die Aufmerksamkeit wiederzuerlangen.

Einar lehnte sich zurück und trank seinen Becher aus. »Ansgar, du bewirtest wie ein König.«

Er schmunzelte verlegen, wollte erneut was sagen.

Aber Njall musste rülpsen. »Ein sehr guter Met und das Fleisch. Ein wahrer Traum.« Er nickte und bedankte sich.

»Erzählt doch, von wo seid ihr gekommen.«

Njall rülpste erneut. »Wir kommen von der Gauteninsel.«

Ansgar hörte aufmerksam zu. »Und was hat euch dorthin geführt?«

»Ein guter Auftrag.«

Ansgar lauschte erneut gespannt und sah jeden von uns immer wieder an. Einar machte einen gelangweilten Eindruck.

Njall erzählte weiter: »Wir halfen Jarl Svensohn bei einem Problem und verdienten ein paar Goldstücke.«

Ansgar schaute uns verblüfft an. »Ihr seid ja ungemein gesprächig, ihr drei«, sagte er dann etwas gereizt, weil er keine nützlichen Informationen erhielt.

Einar wollte ihn nicht noch mehr erzürnen und erzählte ihm die ganze Geschichte – bis auf die von Svensohns Sohn.

Ansgars Laune besserte sich merklich. Er überlegte und kratzte sich am Kopf. »Der Name sagt mir was. Ich bin mir nicht sicher, aber ich glaube, ich habe ihn, das heißt, seinen

Sohn in Konstantinopel kurz gesehen. Er hat dort geheiratet und, wie ich erfahren habe, sogar den Glauben gewechselt?«

»Ja, kann sein. Er legte an, während wir lossegelten«, sagte Njall.

»Sie sah südländisch aus mit pechschwarzen Haaren, was ich noch schnell sehen konnte. Was ist mit dem neuen Glauben, den der junge Jarl Harald angenommen haben soll?«, fragte ich unschuldig.

»Also kennt ihr ihn doch«, sagte Ansgar. »Wieso weißt du, Eric, wie der Sohn des alten Jarls heißt?«

Ich ließ mich nicht erschrecken und nahm ein schönes Stückchen Fleisch in den Mund. Ich winkte ab und schluckte das Essen herunter. »Ganz einfach, Ansgar. Während wir uns bereitmachten, riefen alle freudig den Namen des jungen Jarls.«

»Ja, das stimmt«, bestätigte Njall.

Ansgar gab sich zufrieden. »Aber nun erzählt mir, warum ihr ausgerechnet mich aufsuchtet.«

»Du weißt immer, was in England geschieht.« Einar schob ihm einen kleinen dicken Lederbeutel zu. »Für dich. Für das gute Essen und den bezaubernden Anblick deiner Gespielin.«

Ansgar schmunzelte, und seine Finger, die flink den Beutel geöffnet hatten, spielten mit den Münzen. Seine gierigen Augen strahlten. »Du bist großzügig wie kein Zweiter, Einar Sturloson. Mögen die Götter immer an deiner Seite stehen.«

Einar dankte höflich und fragte ihn noch mal. »Aber wie ich dich kenne, auch wenn du nicht lange dort gewesen warst, weißt du sicher viel zu berichten.« Einar hob den Becher in seine Richtung.

»Ich weiß nichts aus sicherer Quelle. Wirklich nicht.« Ansgar erhob auch seinen Becher. »Aber es entstehen neue Verbindungen zwischen Dänen und Norwegern. Auch mischen einige Grafen der Angelsachsen mit, die dem König abtrünnig geworden sind. Das Versprechen nach Gold und Macht hat sie verleitet, die Seiten zu wechseln. Auch wurde

mir erzählt, dass der englische König Ethelred bei einem Treffen eine tödliche Wunde erhalten habe.«

Ich sah ihn an.

»Ja, junger Eric. Es gibt Treffen auf dem Schlachtfeld, die gehen gut aus und andere nicht.«

»Ich weiß, was Ihr damit sagen wollt. Ich habe schon mehrmals auf blutigen Felder gestanden, trotz meines Alters.« Ich sah ihn an, sodass er mein ganzes Gesicht sehen konnte.

»Entschuldige. Ich hätte meine Worte besser wählen sollen.«

Ich winkte ab. »Ich kenne den Geruch von Schweiß und Blut und habe schon einigen Männern das Jenseits gezeigt. Also stellt mich nicht wie einen tölpelhaften Frischling hin.«

Njall lehnte sich lachend zurück. Ich hieb erbost meine Hand auf den Tisch, sodass die Teller hüpften. Elia, die das Geschirr abräumen wollte, erschrak und machte ein paar Schritte zurück.

Ich stand auf, senkte meinen Kopf. »Schöne Frau, entschuldigt. Ich wollte Euch nicht erschrecken. Das war nicht meine Absicht. Wir werden uns sicher noch einmal in meinem Leben sehen, das spüre ich.« Dann sagte ich zu Ansgar: »Aber entschuldigt, ich muss zu unserem Schiff zurück. Wir wollen morgen ablegen.«

Ansgar sah mich mit großen Augen an und wusste nicht, was er sagen sollte. Ich drehte mich um und verließ den Raum. Ansgars Helfer oder Leibwächter öffnete mir die Tür und ließ mich in die frische Nachtluft.

Ich war froh, diesen schleimigen Menschen nicht mehr sehen zu müssen, obwohl ich wusste, wie hilfreich solche Männer waren, wenn es um Informationen ging. Gemütlich schlenderte ich der Straße entlang und ließ mich hinreißen, den Stimmen der Nacht zu lauschen. Dem Gelächter und dem Kreischen der Frauen in den Spelunken, dem Gejaule der Hunde, die jeden Betrunkenen ankläfften, der an ihnen vorbei torkelte. Schmunzelnd erreichte ich nach kurzem Weg

unser Schiff und kletterte an Bord.

Ingwar hatte Wache gehalten. »Einar und Njall, wo sind sie?«

»Sind noch bei diesem Ansgar. Mir gefällt er nicht. Ein Schleimer, wenn du mich fragst.«

Ingwar schmunzelte und nickte. »Ich habe ihn nur einmal gesehen und das hat mir gereicht. Er versucht, aus allem und jedem seinen Profit zu ziehen.«

»Genau, das habe ich ebenfalls gespürt.«

Gemeinsam hielten wir Wache und plauderten.

»Nun wird es endlich Zeit, nach Hause zu kommen. Ich sehne mich danach. Ruhe und Frieden. Ohne Waffen durch die Wälder zu schlendern oder zu jagen.« Seine Worte klangen wehmütig.

»So wie du es gesagt hast, sehnst du dich wirklich nach deiner neuen Heimat.«

Er nickte stumm. Er spannte seine Hand um den Speer und war gedanklich schon weit weg. »Es wird auch dir gefallen. Es sind wunderbare Menschen, die dort leben. Sie streben nicht nach Reichtum. Sie wollen nur in Frieden leben. Nicht wie hier, wo alle nach Gold streben.« Ingwar erzählte mir mit solcher Inbrunst von seiner neuen Heimat, wie er sie sah und empfand, dass ich selbst immer gespannter auf das Land wurde. Seine Erzählungen waren wunderschön. Wie er die Wälder beschrieb, die Bäche, die mit ihrem klaren Wasser hindurchflossen. Das Wild, das ungestört seinen Weg durch das Dickicht suchte und sich sogar bis nahe an die Siedlung wagte. Die Leute, wie sie mit der Natur lebten und sie schätzten. Die Druiden, die den Leuten halfen, die Natur zu nutzen und ihnen zur Seite standen, wenn sie krank waren – oder berieten, wenn es zum Krieg kam.

Er erzählte mir von Einars Schwiegervater und was für eine Macht er bei den Leuten besaß. Von ihrem heiligen Hain. Er erzählte mir, wie sie, die Wölfe des Nordens, aufgenommen worden waren, trotz des Unverständnisses der

Nachbarclans. Aber dank der Bemühungen von Einars Schwiegervater und der Zurückhaltung schafften sie es immer mehr, Vertrauen zu gewinnen. Sie bewiesen, dass es auch Nordländer gab, die nicht nur plündern wollten. Ingwar bat mich inbrünstig, das Erreichte nicht zu zerstören. Ich versicherte es ihm und schwor auf mein Blut. Er war erfreut und sichtlich erleichtert.

Ich fragte mich, was ihn so bewegte. »Ingwar, glaubst du mir nicht?«

»Doch. Aber dieses Paradies liegt mir wirklich am Herzen, Eric, und ich ... wir wollen es nicht zerstört sehen.«

Ich sah ihn ernst an. Ich zog mein scharfes kleines Messer heraus, mit dem ich mich immer rasierte. Mit einem schnellen Schnitt öffnete ich die frische Narbe über meinem Handgelenk.

»Was machst du da, Eric?«

»Mit meinem frischen Blut schreib ich dir mein Gelöbnis auf die Planken, dass ich deinem Land keinen Schaden zufügen werde.« Ich tauchte die Messerspitze ins Blut und schrieb meinen Schwur auf die Innenseite der obersten Planke. Ingwar sah mir zu. Als ich fertig war, sah er mich an und las, was ich geschrieben hatte.

Ingwar verneigte sich vor mir. »Du bist wahrlich zu einem Anführer geboren. Dein Blut beweist es. Ich glaube dir, ohne an dir jemals mehr zu zweifeln.«

Einars und Njalls Schritte auf dem Holzsteg rissen uns aus dem Gespräch; sie kamen zu uns an Bord.

»Und habt ihr noch was erfahren?«

Einar und Njall schmunzelten. »Am meisten hast du ihn verwirrt.«

»Ich?«

Einar nickte. »Dein plötzlicher Aufbruch hat ihn aus dem Konzept gebracht. Für ihn bist du wie ein Schatten. Schnell gesehen, kaum wahrgenommen und schon wieder fort.«

»Er wollte mehr von dir erfahren. Aber wir ließen ihn im Dunkeln. Was er nicht so gut fand.«

»Er wird auf jeden Fall versuchen, mehr über dich zu erfahren, bald oder in Zukunft«, sagte Einar.

»Hat er noch was erzählt, was du wissen wolltest?«

Einar schüttelte den Kopf. »Das Einzige, was er noch erzählte, war, dass nach Ethelreds Tod – wenn es stimmte – dieses Land bald in unserer Hand liegt. Aber das wird die Zukunft uns zeigen.«

Die beiden suchten ihre Schlafplätze auf und legten sich hin. Ich blieb noch bei Ingwar und machte mir Gedanken, was in der Zukunft noch alles passieren würde.

Skeld löste Ingwar ab.

»Eric, kannst du nicht schlafen?«

Ich schüttelte den Kopf, sagte aber nichts. Wilde Gedanken beschäftigten mich. Skeld wurde von Halfdan abgelöst, danach er von Ole und so weiter. Langsam dämmerte es. Konturen der Häuser und der anliegenden Schiffe wurden langsam sichtbar. Ich begab mich zu Einar, bückte mich zu ihm hinunter und weckte ihn.

»Einar, wach auf.«

»Was ist Eric?« Er wollte sofort aufstehen, doch ich beruhigte ihn.

»Es ist nichts geschehen. Werde erst richtig wach.«

Dann suchte ich Skeld und weckte auch ihn.

»Kannst du Frühstück machen?« Er rieb sich die Augen und sah sich um, aber er nickte.

»Mitten in der Nacht. Was ist geschehen?«

»Nichts oder noch nichts.«

»Was ist, Eric. Hast du überhaupt geschlafen? So wie du aussiehst, glaube ich nicht. Dich bewegt was. Komm, erzähl es mir.« Wir gingen etwas nach hinten.

»Du hast recht, Einar. Ich fand die ganze Nacht keinen Schlaf. Es ist ein Drang, von hier wegzukommen. Warum, das weiß ich nicht. Einfach nur fort.«

Einar sah auf die Stadt. »Hattest du wieder Träume oder Eingebungen?«

»Nein. Aber es ist ein komisches Gefühl in mir. Es sagt: So schnell wie möglich weg.«

Einar brummte: »Aber ich hatte Träume.« Welche – das sagte er mir nicht. Er machte eine Pause, als wollte er seine Gedanken ordnen. »Ich wecke alle – und du und Skjold, ihr löst die Leinen, dass wir wegkommen. Los, mach schon, was ich dir gesagt habe.« Er klang nervös.

So schnell es ging, unterwies ich Skjold und kletterte aus unserem Schiff und ging die etwa fünf Meter auf dem Steg zurück, wo das Halteseil unseres Schiffs vertäut war. Ich löste es und wickelte es um meinen Arm. Skjold stand am Vordersteven und hielt seine Augen offen. Dann rannte ich ans Heck und löste auch dort das Tau. Mit einem Satz sprang ich an Bord. Ich fasste ein Ruder, Skeld tat das gleiche weiter vorn. Zusammen schafften wir es, unser schweres Schiff vom Steg abzustoßen. Langsam trieb es weg.

Ich sah mich nach Wulfgar um, der sich aber noch aus seiner Decke rollte. Kurz entschlossen übernahm ich das Steuerruder. Ole und Skeld gab ich ein Zeichen, dass sie auf der Backbordseite rudern sollten, um so das Boot zu wenden. Schnell schoben sie die Ruder durch die Ruderlöcher und legten sich ins Zeug. Immer mehr kamen dazu und halfen. So brachten wir unser Schiff zu einer Wende und vom Steg weg. Nun schaute unser Vordersteven wieder in Richtung Hafenausfahrt. Alle waren nun auf den Beinen und jeder ging seiner Arbeit nach, ohne ein Wort zu sprechen. Ich rief nach Gloi. Er kam angeflogen und setzte sich wie immer auf meine Schulter. »Flieg, Gloi, und sieh dich um und dann komm zurück und erzähle es mir!«

Er spannte seine Flügel aus und hob ab. Ich stand noch immer am Steuerruder, obwohl mein Arm schmerzte. Trotzdem gelang es mir, das Schiff immer näher an die Hafenausfahrt zu steuern. Nach Einars Anweisungen tauchten die

Ruder sanft ins Wasser. Unter langsamer Fahrt entfernten wir uns immer mehr vom Land. Gloi kam zurück und setzte sich wieder zu mir. Er wisperte und gab mir zu verstehen, dass sich viele Leute von der Stadt zum Hafen bewegten.

Skjold, der in der Zwischenzeit vom Vordersteven zu mir gewechselt war, sagte leise: »Was haben zu solch früher Stunde so viele Menschen am Steg verloren?«

»Gloi hat mir auch erzählt, es befänden sich auch viele Soldaten bei ihnen.«

Einar stellte sich neben Skjold. »Gloi hat recht. Ich sehe Speere. Aber wir sind schon zu weit weg.«

In der Zwischenzeit hatten wir das Hafenende passiert und kamen aufs offene Meer.

»Glaubst du, dieser Ansgar hat was damit zu tun, Einar?«

»Ist gut möglich. Vielleicht hatte er geglaubt, nach dem vollen Beutel sei bei uns noch viel mehr zu holen oder er wollte uns weiter aushorchen. Vielleicht hatte er den Obersten der Stadt aufgewiegelt und ihm reiche Beute versprochen. Bei ihm weiß man nie. Wie ich dir gesagt habe, er ist ein gefährlicher Mann. Und man ist besser beraten, solche Männer auf Distanz zu halten.«

»Das hätte ich von ihm nicht gedacht.«

»Ich habe nicht gesagt, dass es so ist, Eric. Aber was ich wirklich meine, ist dies: Pass immer auf, wem du was erzählst. Schnell ist etwas ausgesprochen, was später nur schwer zurückgenommen werden kann. Geschichten verbreiten sich in solchen Mäuler in Windeseile und kommen schneller zurück, als du glaubst.«

»Wie geht es mit deinem Arm, Eric?« Wulfgar war wach geworden.

»Wäre um ein baldige Ablösung froh.«

»Er hat das Schiff um die anderen Boote und aus dem Hafen gesteuert und nicht du«, sagte Einar.

Wulfgar, der nach der Zurechtweisung zu sich gefunden hatte, entschuldigte sich. »Komm, Eric. Ich übernehme nun.

Ich danke dir für deine Hilfe. Du hast richtig gehandelt und deine Arbeit gut gemacht. Lass mich nun das Steuer übernehmen.«

Ich war froh und übergab gerne. Mein Arm brannte. Als ich mich setzte, presste ich automatisch meine rechte Hand auf den Unterarm. »Was bewegt dich, Wulfgar?«

»Auch ich hatte Träume.« Er rief den anderen zu, nun das Segel zu setzten. »Immer die gleichen Träume, wie ich schon bei den Gauten hatte. Immer die gleichen, jede Nacht.« Kein Wunder, dass er missmutig war. Immer von seinem Tod zu träumen, würde auch mich nicht fröhlich stimmen. Doch bedeuteten seine Träume wirklich seinen Tod oder hatten sie eine andere Bedeutung?

Die Stimmung an Bord war dennoch fröhlich und ausgelassen.

Ich setzte mich neben Njall und Einar, fragte: »Was wollt ihr mit Ole und mit unserem so nützlichen Breac machen. Der sich wie eine Ratte immer verkriecht und nur sichtbar wird, wenn es ums Essen geht?«

Die beiden sahen sich an.

»So viel ich weiß, wollen die beiden Jungs und ihre Schwester mit uns kommen«, sagte ich.

Njall lachte. »Das hätte mich auch verwundert, wenn sie zurückgewollt hätten. Sie haben ja niemanden mehr, der auf sie wartet.«

Einar stieß ihn an. »Du solltest keine Witze über ihr Schicksal machen.«

»Das stimmt, was du sagst. Aber sieh doch auf unsere Leute, einschließlich mir. Vielen erging es gleich. Aber Eric muss ich zustimmen. Breac ist wirklich kein Nutzen, nur eine Last.«

»Ole, glaube ich, würde auch gerne bei uns bleiben. Er hat sich mehr als gut eingelebt. Er hielt deine Fahne aufrecht im Kampf, wohl er angegriffen wurde«, sagte ich. Njall nickte zustimmend.

Einar sah uns durchdringend an. »Ich spreche mit den beiden. Lasst mich jetzt allein.«

Njall ging zu Björn und Skeld. Ich begab mich zu Hugh und Tyree, die wie Turteltauben nebeneinandersaßen. Beide waren erfreut, als ich um meine erste Sprachübung bat. Sie versuchten, mir die ersten Wörter und kleinen Sätze beizubringen.

Aus meinem Augenwinkel sah ich, wie sich Ole zu Einar setzte. Verstehen konnte ich nichts, aber ich sah, wie er immer wieder mit seinem Kopf schüttelte und mit seinen Armen gestikulierte. Dann bemerkte ich nur, wie er aufstehen wollte, aber von Einar gehalten wurde. Er setzte sich erneut und sie sprachen weiter. Erst dann stand er auf und lachte. Er reichte Einar seine Hand. Er sah glücklich aus, unser kleiner breitschultriger Ole. Etwas später winkte Einar Breac zu sich. Doch dieses Gespräch dauerte nicht lange. Breac stand auf und verkroch sich wieder an seinen Platz. Einar saß noch immer auf seiner Ruderbank und trank.

Ich dagegen hatte Mühe, die neuen Wörter zu lernen. Immer wieder sprach ich sie aus und versuchte, mir sie zu merken. Die Stunden vergingen.

Einar setzte sich mit einem Krug Met neben mich. »Wie ich sehe, lernst du fleißig. Gefällt mir. Du wirst die Sprache brauchen, glaube mir.«

»Ich weiß. Lernen ist gut. Ich probiere es, mit bestem Willen. Aber allein die Unterschiede zwischen Hughs und Tyrees Sprache. Es ist schwer. Schwer für mich.«

»Ohhh ja, Eric, und es wird noch schlimmer. Warte, bis wir dort sind. Aber es ist schon gut, wenn du Worte zur Begrüßung kannst. Das reicht fürs Erste. Nun, lass mich deinen Arm sehen.«

Ich zeigte ihm die Wunde. »Er ist gut. Die Wunde ist verheilt, wenn auch nur mit einer feinen Haut bedeckt. Mein Problem heute am Ruder bestand nur deshalb, weil meine Muskeln durch das Ruhigliegen geschrumpft sind und ich

noch eine starke Spannung auf der frischen Narbe verspüre.«

»Du brauchst dich nicht zu entschuldigen. Ich weiß, was du geleistet hast. Aber was ich dir eigentlich sagen wollte, ist, was ich beschlossen habe.«

Ich sah ihn gespannt an. Kaum hatte Einar es ausgesprochen, spürte ich einen Druck an meinem Oberschenkel. Einar zeigte auf meinen Oberschenkel. »Der Kleine will es auch wissen.«

Gloi war ganz nahe gerückt und hörte zu. Wir beide mussten lachen. Ich hob Gloi vorsichtig hoch und setzte ihn auf mein Bein. »So verstehst du alles besser.«

»Ich sagte zu Ole, dass wir ihn nach Hause bringen würden oder an einen Ort, den er wünschte. Er lehnte stets vehement ab. Er wollte von alldem nichts wissen und hören. Egal, was ich ihm anbot. Immer war seine Antwort Nein. Er bot sich sogar als Leibeigener an. Ich musste lachen und sagte ihm, ein Leibeigener, der meine Fahne in der Schlacht hält? Nein. Nun verneinte ich und erklärte ihm, dass wir keine Sklaven haben und auch keine dulden. Dass alle frei leben. Aber dass jeder seine Konsequenzen selbst tragen muss. Er war mit allem einverstanden und will an unserer Seite bleiben, koste es, was es wolle. Ich habe an dich gedacht und ihm dann mein Einverständnis gegeben.« Er machte eine Pause und trank, ich auch.

Als er unsere Becher erneut füllte, sagte ich: »Ich habe ein gutes Gefühl bei Ole. Er wird seinen neuen Weg beschreiten.«

Einar stimmte mir zu. »Bei Breac war es kein Problem. Er war erleichtert, als ich ihm anbot, ihn in Jorvik abzusetzen. Er meinte selbst, unsere Gesellschaft sei nicht seine Welt, aber er sei uns dankbar für das, was wir für ihn getan haben, seine Befreiung und den Platz, den wir ihm auf unserem Schiff anboten. Er meinte noch, dass er, wenn er einmal zur Ruhe gekommen sei, sicher ein Heldenlied über uns komponieren würde.«

»Hört, hört!«

»Angeblich sah er unseren Kampf im Verborgenen und habe sich alles gut eingeprägt, und er werde es noch zu Papier bringen, bevor er die ersten Details vergisst. Auf unser erstes Heldenlied, lieber Eric.«

»Im Ernst, Einar, das hätte ich ihm nicht zugetraut. Wenn ich das erste Mal das Lied höre, dann glaube ich ihm. Aber es macht mich doch etwas stolz.«

»Nicht nur dich, auch mich, und ich hoffe, ich höre es auch einmal. So, Eric, nun geh ich zu Wulfgar, unserem missmutigen Steuermann, und sage ihm den neuen Kurs.« Er stand auf und wollte gehen.

»Warte!«

»Diese Träume, die er immer hat. Ständig von seinem Tod zu träumen. Du musst Verständnis haben. Uns würde das auch belasten.«

Einar sah mich an. Dann nickte er. »Ja, das stimmt. Das würde auch mich belasten.« Er ging zu ihm.

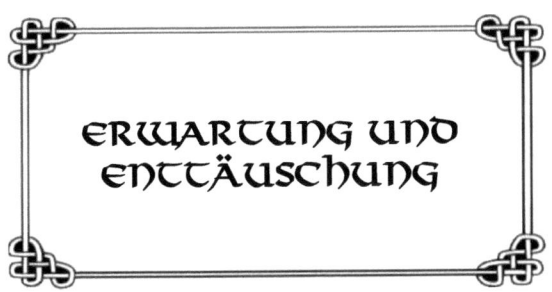

ERWARTUNG UND ENTTÄUSCHUNG

Nun, bei der folgenden langen Überfahrt, saß ich stundenlang mit Tyree und Hugh zusammen, lauschte ihren Worten und lernte ihre Sprache. Ich musste offen zugeben, dass sich beide Sprachen schön anhörten. Klangvoll und melodiös wurden die Worte ausgesprochen. Irgendwie gingen sie in mich über, es fiel mir immer leichter, ihre Worte zu lernen, Sätze zu bilden und sie wieder auszusprechen – nicht wie am Anfang, als ich sie zum ersten Mal hörte und aussprechen musste.

Gloi zeigte kein großes Interesse an meiner Überei und wollte mir auch nicht stundenlang zuhören. Er zog es vor, den Himmel abzusuchen und seine Runden zu fliegen. Oder er spielte mit Skefill, der ihm alles Mögliche zuwarf.

Unser Schiff tanzte auf den hohen Wellen und Wulfgar befahl ihm mit dem Ruder die Richtung. Es war das erste Mal, dass ich übers große Meer segeln konnte. So lange hatte ich noch nie kein Land mehr gesehen. Auf allen Seiten nur schäumende See. Bis jetzt hatten wir mit dem Wetter sehr viel Glück. Es zogen nur harmlose Wolken über uns hinweg; sie verdunkelten manchmal die Sonne. Sie hatte zwar auch nicht mehr viel Kraft, um die nassen Kleider zu trocknen, dafür regnete es nicht. Doch es war unangenehm kälter geworden. Die Nächte schon bissig, in denen rückten wir enger zusammen, die Decken um unsere Schultern versuchten wir, die Wärme zu halten. Aber die nassen Kleider waren dabei auch nicht sehr hilfreich. Wir versuchten, uns mit Geschichten und

Sagen bei Laune zu halten und die Kälte zu verbannen. Wulfgar stand meistens am Steuer und ließ sich nur von Einar ablösen. Mir winkte er immer ab und sagte: »Werde zuerst gesund, dann wenn dein Arm wieder intakt ist, lass ich dich wieder ans Ruder und ich will keinen Widerspruch hören.«

Es waren schon diverse Tage unserer Seereise vergangen, als Gloi über uns hinwegflog und wie wild krächzte. Er zog einen Bogen und kehrte zurück. Er setzte sich neben mich und gurgelte mir zu. Ich sah ihn an, dann stand ich auf und begab mich zum Vordersteven und sah hinaus. Wilde Gischt peitschte mir entgegen. In kurzer Zeit war ich klatschnass. Mein Haar hing mir in Strähnen am Kopf und das Salzwasser brannte in meinem Auge. Ich konnte aber nichts erkennen. Nur eine Nebelwand – oder war es die Gischt – ausgehend von Wellen, die sich am Land brachen? Doch dann sah ich erste Konturen von Land. Ich rief es den anderen zu und alle sahen erleichtert, wie sich Land aus dem Nebel bildete.

»Wo, glaubst du, sind wir hier?«, fragte Einar Wulfgar. Er sah sich um und zuckte schwach mit den Schultern.

»Bei dieser günstigen Überfahrt sollten wir Jorvik nicht groß verfehlt haben.« Er lachte. Das Land begann langsam Formen anzunehmen.

»Da, die Landzunge und dahinter liegt der Fluss Humber. Wie ich es gespürt habe«, rief Wulfgar Einar zu. Der winkte ab.

»Ist schon gut. Wir sind noch nicht dort.« Aber Wulfgar schien recht zu behalten und er lachte.

»Da, da vorne. Siehst du, Einar.« Er lachte erneut.

»Ich hatte recht. Ich bin noch immer dein Steuermann.« Einar hob seinen Arm und gab ihm so zu verstehen, dass er gewonnen hatte. Langsam zog unser Schiff um die Landzunge und bog in die Mündung des Flusses Humber landeinwärts. Die Strömung war stark und trotz des Segels mussten wir die Ruder zu Hilfe nehmen. Wir tauchten gleichmäßig die Ruder-

blätter ins Wasser und zogen so unser Boot weiter ans Land. Einar gab Wulfgar ein Zeichen.

»Die Sandbank dort rechts«, rief er ihm zu und zeigte in die Richtung. Wulfgar nickte, drehte das Ruderblatt und hielt auf die Kiesbank zu. Kurze Zeit später knirschte unser Kiel auf den feinen Steinen. Skeld warf den Anker, der sich auch gleich tief in den Kies bohrte und so unser Schiff stabilisierte. Nun war es Zeit für Breac. Er stand mit seinem Beutel bereit, um auszusteigen und seinen Weg zu gehen. Ich schwang mich an einem Seil von Bord und zog es straff, so dass Breac besser herunterklettern konnte. Ich hörte, wie Einar ihm den Weg zu Fuß erklärte.

»Immer dem Flusslauf weiter hinauf. Dann am Ende musst du dich nordwärts halten. Dann triffst du auf die Stadt Jorvik. Suche das Wirtshaus ›Drei Hörner Odins‹ auf und sage dem Wirt einen Gruß von mir. Er kann dir weiterhelfen.« Er bedankte sich und unbeholfen ließ er sich am Seil herunter. Er war froh, als er endlich festen Boden unter den Füßen hatte und keine schwankenden Schiffsplanken mehr. Er bedankte sich auch bei mir mit einem Handschlag und wollte gehen, als ich ihn an der Schulter festhielt. Ich zog einen kleinen Beutel unter meiner Jacke hervor.

»Wie willst du dir was zu essen kaufen, Breac?« Mit erstaunten Augen sah er mich an, wusste aber keine Antwort. Vielleicht überraschte ich ihn, weil ich in seiner Sprache versuchte zu reden. Ich überreichte ihm den Beutel.

»Es sollten genug Hacksilber und Münzen darin sein, um dich über Wasser zu halten.« Zuerst wollte er den Beutel nicht annehmen, doch ich steckte ihn in seine Hose, ohne zu fragen.

»Von Einar, Njall und mir. Viel Glück auf deinem Weg, Breac, und versuche, nicht wieder in die Hände von Sklavenhändlern zu geraten.« Dann ließ ich ihn los. Stotternd kamen seine Worte über seine Lippen.

»Ihr erweist mir so viel Ehre? Ich, der ich nie geholfen habe. Ich habe schon verstanden, was ihr über mich gesprochen hattet. Du weißt, ich bin nur ein Barde. Ich hatte das Handwerk des Schwertes nie gelernt und ich kann es nicht. Ihr dagegen liebt und lebt mit dem Schwert, als wären es eure Frauen. Auch die Gefangenschaft hatte ich noch nie erlebt. Ich war es gewohnt, in Hallen zu singen. Vor hohen Leuten, die Balladen und Liebeslieder hören wollten. Eure Schlachtlieder und Sagen sind mir fremd. Aber ich werde sie lernen. Ich stehe in eurer Schuld.«

Ich nickte ihm zu und schmunzelte wohlwollend. »Dann schau, dass du einen Herrn findest, der des Schreibens und Singens würdig ist.« Breac reichte mir noch mal seine Hand.

»Ich stehe sehr tief in eurer Schuld. Ich hoffe, ich kann sie eines Tages tilgen.«

»Wir werden sehen, Breac. Vielleicht findet Odin einen Weg für dich. Einen, der deinen Künsten gerecht wird.« Er verneigte sich. Dann wandte er sich ab und ging. Ich riss den Anker aus dem Kies und kletterte am Seil hoch. Als ich mich noch mal nach Breac umdrehte, sah ich nur noch eine kleine Person am Strand stehen, die uns noch zuwinkte.

Die Strömung war hier sehr stark und sie brachte unser Schiff schnell in die offene See zurück. »Ob wir jemals wieder etwas von ihm hören werden?«, fragte ich Einar. Er zog jedoch nur seine Achseln hoch.

»Was war im Beutel, den du ihm gegeben hast, Eric?« Ich sah Einar an.

»In dem kleinen Beutel befanden sich ein paar Stücke Hacksilber und ein paar Kupfermünzen. Ich habe ihm gesagt, es wäre von uns drei.« Einar sah mich mit großen Augen an.

»Hast du das gehört, Njall.«

Njall drehte sich um und schüttelte den Kopf. Er kam zu uns zurück.

»Nein, tut mir leid. Um was geht es?«

»Unser Eric hat Breac einen Beutel mit Kupfermünzen und Hacksilber zugesteckt und gesagt, es stamme von uns dreien.«

»Hast du getan und gesagt? Warst du nicht derjenige, der ihn von Bord haben wollte? Oder täusche ich mich jetzt?«, sagte er mit einem Lächeln auf seinen Lippen.

»Ja. Dazu stehe ich auch. Das habe ich gesagt und würde es wieder sagen. Er passte nicht zu uns. Aber mittellos, ohne etwas in der Tasche … nein, das habe ich nicht über mein Herz gebracht. Ich habe mir vorgestellt, wie es mir ergehen würde. Wenn er geschickt ist, kann er sich Kleider, etwas zu essen und eine Unterkunft leisten. Ich gab es gerne aus meinem Beutel.«

»Du bist wirklich ein großzügiger Mann«, sagte Einar und Njall nickte ihm zu und legte seine Hand auf meine Schulter und meinte ernst: »Hoffentlich verlierst du diese Großzügigkeit nie. Du säst deine Saat, aber auf die Ernte musst du noch lange warten. Ich hoffe, dass es deinem Namen gerecht wird und du später geehrt wirst als guter Mann.« Einar schloss sich Njalls Worten an.

»Eine wirklich noble Tat. Ich hoffe, Breac sieht es auch so.«

Unsere Reise führte uns an der Küste entlang weiter mit nördlichem Kurs. Endlich, nach vielen Tagen, stand ich wieder einmal am Steuer. Doch im Hintergrund wusste ich immer Wulfgar oder Einar, um schnell einzugreifen, wenn ich Probleme bekam, wenn die Kraft meines Armes nachließ.

Je weiter wir nach Norden segelten, desto mehr verdichteten sich die Wolken. Dicke schwere Regenwolken hingen am Himmel und warteten nur darauf, ihre Ladung loszuwerden. Ich sah immer wieder sorgenvoll in den Himmel. Der Wind gewann immer mehr an Stärke, ebenso wie die Wellen, die immer höher stiegen.

Einar zeigte auf die Küste.

»Sieh, Eric. Am Ende dieses Fjords liegt Newcastle. Eine alte Römerstadt und dahinter erstreckt sich der große Wall, oder was noch von ihm übrig ist.«

»Ja, von diesem Wall hatte ich auch schon gehört.«

»Ohhh ja, Eric. Es ist ein gewaltiges Bauwerk. Ein imposantes Bollwerk, das sich von hier durch das ganze Land zieht. Irgendwann musst du es gesehen haben. Eine gewaltige dicke Mauer von hier bis zur Irischen See. Bestückt mit Wachtürmen und kleinen Festungen, die den Soldaten Unterkunft boten. Ein Wall, nur gebaut, um den Pikten und den Skoten Einhalt zu gebieten. Nur gebaut, um ihre Ländereien zu schützen.«

Es wurde immer dunkler.

»Unsere Heimat begrüßt uns auf keine freundliche Weise, wie mir scheint.« Er sah mit mir in den Himmel. Dann zeigte er auf ein paar kleine Inseln, die vor uns lagen.

»Hinter den Inseln liegt Lindisfarne, Eric.«

»Was heißt das?«, wollte ich wissen.

»Das ist eine Insel, auf der noch Überreste eines großen Klosters stehen. Aber es ist schon seit über hundert Jahren verlassen. Seit es von Nordmännern überfallen und ausgeplündert wurde.«

Ich nickte ihm zu, dass ich es verstanden hatte. Als wir an der Insel vorbeisegelten, sah ich zu ihr hinüber, aber ich konnte nichts erkennen. Der Wind peitschte unser Segel und riss unser Boot nach vorne. Die Wellen stiegen nun schon gefährlich hoch und manch eine brach über uns hinweg. Ich kam mir vor wie auf einer Berg- und Talfahrt. Unser Schiff erklomm einen Wellenberg, um dann auf der anderen Seite ins Tal zu stürzen. Und wieder bohrte sich unser Vordersteven in die nächste Welle und schickte erneut eine Flut Salzwasser über uns. In diesen Wellen war es schwer, unser Schiff unter Kontrolle zu halten und für mich sowieso, noch geschwächt – und dann der erste Sturm.

Ich rief nach Wulfgar. Meine Kräfte ließen langsam nach. Er hatte meine Rufe gehört und winkte mir zu. Wulfgar trat an meine Seite und übernahm das Ruder. In der Zwischenzeit hatte er sich einen Umhang übergeworfen, an dem das Wasser abperlte.

»Habe ich mehrmals mit Walfischfett eingerieben. Solch einen Umhang würde ich dir in Zukunft auch empfehlen«, rief er in mein Ohr und lachte. Ich sah ihn an und machte mit meiner Nase eine abfällige Geste.

»Riecht aber nicht erbaulich, Wulfgar«, schrie ich zurück. Er stank wie ein Fisch, der schon seit Tagen tot am Strand lag. Er lachte nur. Der Sturm begann nun richtig, seine Kraft zu entfalten.

Einar rief zu Wulfgar: »Wäre besser, wenn wir eine Bucht finden würden. Der Sturm gefällt mir ganz und gar nicht.«

Wulfgar schrie zurück.

»So wie ich mich noch erinnern kann, liegt weiter vorn eine kleine Bucht. Da wären wir vor dem Sturm in Sicherheit. Das heißt, wenn ich unser Schiff hineinbringe. Oder etwas weiter vorne liegt ein großer Sandstrand, dort können wir jedenfalls landen.«

Wir kämpften weiter mit dem Sturm. Alle mussten mit Tellern, Töpfen, oder was auch immer sie fanden, Wasser aus dem Schiff schippen. Es glich einer Sisyphos-Arbeit. Das wenige, das wir dem Meer zurückgaben, wurde verdoppelt und mit der nächsten Welle hineingespült. Wir schippten um unser Leben, um nicht noch am Schluss unterzugehen. Da rief endlich Wulfgar die erlösenden Worte. Aber der Wind verriss seine Worte richtiggehend, sodass nur die sie hören konnten, die in seiner Nähe standen.

»Haltet durch. Da vorne ist sie.«

»Willst du es wirklich wagen? Bei diesem Seegang?«

»Wir müssen es versuchen, Einar, sonst saufen wir ab«, schrie Wulfgar zurück. Einar schüttelte den Kopf.

»Ist zu riskant, Wulfgar. Ich will nicht hier Schiffbruch erleiden. Wir wissen nicht, wie sie uns empfangen werden.«

So riss Wulfgar das Steuerruder noch mal herum und steuerte unser Boot um die kleine Landzunge herum und hielt dann auf den Sandstrand zu. Die See war so stürmisch, dass eine feine Landung unmöglich war. Unkontrolliert und wild warfen uns die Wellen auf den Sandstrand. Das Boot kippte auf die Seite, als die Wellen es freigaben und ließ uns nach Halt suchen. Einar fluchte wild. So schnell es ging, kletterten wir aus dem Schiff und schlugen Pflöcke weiter oben am Strand in den Boden, an denen wir dicke Seile banden, die wir zur Sicherung unseres Schiffes vertäuten. Sie wurden mit dem Schiff verbunden an Vordersteven und Ruderlöchern, und der Anker wurde tief in den Boden geschlagen. Nasse Zeltplanen wurden heruntergeworfen, die wir auch weiter oben aufstellten.

Nach Stunden mit Wind und Regen bezogen wir unsere Zelte, alle total erschöpft und so müde, dass niemand daran dachte, Wachen aufzustellen. Wir verschwanden in unseren Zelten und schliefen auch gleich ein.

Am folgenden Tag hatte sich der Sturm gelegt, es regnete aber wie aus Kübeln. Auch wurde es mit dem Regen immer kälter und in den nassen Kleidern begannen wir an zu frieren.

»Wir haben kein Stück Holz, das nur einigermaßen trocken ist, Einar. Ich kann kein Feuer anmachen.« Einar sah Skeld an.

»Vielleicht besser so. So erregen wir weniger Aufmerksamkeit. Geh mit Ole und versuch etwas zu finden! Aber seid vorsichtig. Und seht zu, dass ihr nicht gesehen werdet.« Einar wandte sich zu uns.

»Wir versuchen, unser Schiff weiter Richtung Meer zu ziehen. Tyree und Asny, ihr klettert ins Schiff und versucht, so viel Wasser wie möglich zu schöpfen. Nass sind wir schon. Also nässer können wir nicht werden. Einfach so schnell wie möglich von hier weg. Ich kenne hier keine Menschenseele.«

Erst jetzt wurde uns bewusst, wie weit der Sturm unser Schiff auf den Strand geworfen hatte. Das Schiff ragte ganz aus dem Wasser.

»Das gibt ein Stück harte Arbeit«, sagte ich und kratzte mich am Kopf.

»Der Sturm hat uns einen schönen Streich gespielt, verflucht noch mal«, schimpfte Njall.

»Die Flucherei nützt nichts. Das Boot muss so schnell wie möglich wieder schwimmen. Die Zeit rennt uns davon. Die Stürme werden nur heftiger und die Temperaturen sinken weiter«, trieb uns Einar an.

»Die Schieflage des Schiffes macht es uns nur noch schwerer. Es wäre besser, einen Graben zu erstellen und das Schiff zu kippen. Die Reibungsfläche wäre geringer«, meinte Wulfgar.

»Lasst es uns so probieren, wie es jetzt liegt«, entgegnete Einar. Seile wurden in die Ruderlöcher gezogen. Jeder von uns fasste ein Ende und auf Kommando von Asny zogen wir an.

Doch wir kamen keinen Meter vorwärts. Erschöpft fielen wir auf die Knie.

»Lasst den Wolf in euch los«, schrie Einar.

Wir verwandelten uns und zogen in einem neuen Anlauf. Das Schiff bewegte sich etwas, aber zu wenig.

»Es bringt so nichts«, schnaufte Hugh.

»Noch zu viel Wasser im Boot«, meinte keuchend Einar.

»Wie ich dir gesagt habe, Einar. Wir müssen das Boot aufstellen. So haben wir weniger Reibungsfläche. Aber zuerst sollten wir das Boot entleeren. Helfen wir zuerst den Frauen. Die anderen graben einen Kanal längs des Kiels. Dann können wir das Schiff aufstellen«, schlug Wulfgar vor. Einar sah seinen Steuermann an, dann stimmte er ihm zu.

»Dann machen wir es so. Du, Eric, schonst deinen Arm und hilfst den Frauen.« Wieder trieb uns Einar an. Ich kletterte an Bord und fasste einen Kübel und half den Frauen.

Kübel um Kübel schippten wir aus. Ich war selbst überrascht, wie viel Wasser wir abbekommen hatten. Die anderen schaufelten den Sand entlang des Kiels zur Seite. Es wurde Mittag und unsere leeren Bäuche quälten uns. Wir machten eine kleine Pause. Einar verteilte an jeden von uns ein Stück feuchtes Brot, an dem wir lustlos herumkauten. Ich sah dem Regen zu, der unaufhörlich auf uns fiel und von unseren Haaren und Kleidern tropfte. Ole und Skeld stießen wieder zu uns, jeder trug ein Bündel Holz auf seinem Rücken.

»Auch nicht besonders trocken«, meinte Ole.

»Habt ihr jemanden gesehen?«, fragte Njall.

»Wir ja, aber ob sie uns bemerkt haben? Ich glaube nicht«, sagte Ole. »Sie ritten jedenfalls ruhig und entspannt auf ihren Pferden an uns vorbei. Auf einer Distanz von circa fünfhundert Metern.«

Einar sagte nur knapp: »Das soll nichts heißen. Vielleicht haben sie uns schon gestern gesehen und verhalten sich ruhig.« Er stand auf und ging wortlos zu unserem Schiff zurück. Wir schauten uns an und folgten ihm. Der Regen hatte noch immer nicht aufgehört, er war nicht mehr so heftig, aber ohne Pause. Asny und Tyree kletterten wieder ins Schiff und schippten weiter. Die Männer schaufelten ohne Pause an dem Graben.

Es musste späterer Nachmittag gewesen sein, als wir fertig waren. Ole war dazu bestimmt, die Bucht im Auge zu behalten. Wir warfen den Frauen die Seile hoch, die sie in den Ruderlöchern auf der obenliegenden Schiffsseite verknüpften. Wieder als Wolfsmenschen zogen wir nun an den Seilen. Es funktionierte. Langsam stellte sich das Schiff auf und fiel in den Graben, den wir ausgehoben hatten. Das Boot stand.

»Versuchen wir's noch mal«, rief uns Njall zu. Schnell wurden die Seile auf beiden Seiten angebunden. Die Frauen hievten noch immer volle Kessel aus dem Schiffsinneren.

Einar rief Ole zu: »Hilf uns, schieb am Vordersteven!« Doch Einar sah wie wir seinen fassungslosen Blick auf uns.

Er stand am Strand und starrte uns an.

»Ole, wach auf, es ist kein Traum, sie können ihre Gestalt wandeln. Hilf ihnen nun!« Asny warf einen Topf nach ihm, der ihn knapp verfehlte. Doch Ole stand wie eine Statue aus Stein gehauen da.

»Ole, mach schon«, rief Asny erneut. Aber es nützte nichts. Er blieb stehen und sah uns noch immer ungläubig an. Ich ging zu ihm, fasste ihn an seinen kräftigen Schultern und schüttelte ihn.

»Ole! Ole, du träumst nicht. Wir sind real. Wir sind noch dieselben, mit denen du Tage zuvor gelacht hast.« Er starrte mich nur an. Da schlug ich ihn auf die Wange.

»Komm endlich. Hilf uns!«, schrie ich ihn an. Er erwachte und sah mich an.

»Ihr seid Gestaltwandler?«, stotterte er.

»Ich erkläre dir das später. Nun hilf uns endlich«, herrschte ich ihn an.

»Wieso könnt ihr noch sprechen?«, fragte er noch wie in einem Traum.

Ich schrie ihn erneut an. »Später. Komm nun!« Ich gab ihm einen Stoß. Ole fiel nach hinten in den Sand. Erst jetzt fand er ganz zu sich zurück und stand auf. Der sonst schon kleine Ole stand nun vor mir. Er musste sich vorgekommen sein wie ein kleiner Junge. Er reichte mir bis auf meine Bauchhöhe und musste seinen Kopf in den Nacken legen, um mir in die Augen zusehen.

»Bist du es wirklich. Du, Eric?«

Ich sah ihn nur an. »Ja ich bin es.« Ole ging an den Steven und sah sich nach mir immer wieder um. Ich fasste das Seil und wartete auf das Kommando.

Aber Asny rief uns zu: »Seht! Dort auf den Klippen.«

Vor mir stand Njall, und ich hörte, wie er leise vor sich hin sprach. »Nein. Ich bitte euch, all ihr Götter, erhört mich. Nicht auch noch das.« Er warf sein Seil hin und ging auf die

andere Seite des Schiffes, wo Einar stand. Auch wir legten die Seile nieder.

Halfdan rief zu Asny hinauf: »Wirf unsere Waffen herunter.«

»Warte noch. Nicht so hastig. Sie haben noch keine Anstalten gemacht, um uns anzugreifen. Lass uns zuerst hören, was sie von uns wollen«, sagte ich zu Halfdan.

»Greifen sie an, sind sie in Kürze hier, und wir haben keine Zeit mehr, unsere Schwerter zu gürten, noch sie zu ziehen. Ich werde nicht ohne mein Schwert in der Hand sterben.«

Ich versuchte, ihn zu beruhigen, als Njall zurückkam und zu uns sagte: »Wenn Tyree das Zeichen gibt, zieht, was ihr könnt.«

Tyree rief: »Los, zieht!« Gemeinsam stemmten wir unsere Beine in den Sand und zogen. Vor mir wie auch hinter mir hörte ich schweres Schnaufen und Stöhnen. Aber es gelang, wir schafften es, unser Boot bis an die Wasserkante zu ziehen. Der Hintersteven lag im Wasser. Aber unsere Kraft ließ nach.

»Sie kommen«, hörten wir Asny rufen. Alle ließen ihre Seile los und fassten die Schwerter, die Asny uns zuwarf. Einar und Njall traten ihnen als Erste entgegen. Unbewaffnet und als Menschen. Es kamen sicher zwanzig Reiter von den Klippen herunter und in der zweiten Welle sicher noch mal so viele. Aber sie kamen ohne Hast. Sie ritten entspannt, aber vorsichtig auf uns zu. Die letzte Reihe blieb aber am Rand der Klippe stehen. Die erste Reihe folgte ihrem Anführer circa zehn Meter hinter ihm. Alle trugen dunkelgrüne Hosen. Manche saßen mit nacktem Oberkörper auf ihren Pferden. Fast jeder hatte Zeichnungen auf seiner Haut, wie Hugh und unser verstorbener Bruder Ronan. Aber alle trugen Schilde mit verschiedenen Farben und Ornamenten. Jeder hatte ein Schwert an seiner Seite hängend und einen Speer in der Hand. Einige hatten sich einen Umhang umgeworfen, der sie vor dem Regen etwas schützte, aber ihre Arme frei ließ. Ihr Anführer war hauptsächlich in Weiß gekleidet.

Neben mir flüsterte Hugh: »Ihr Heerführer ist ein Druide. Das ist sehr selten.«

Einar und Njall gingen auf ihn zu. Sie trafen sich in der Mitte zwischen uns. Der Druide hob die Hand.

»Mein Name ist Luag. Ich bin König hier und will wissen, was hier Nordmänner zu suchen haben. Meine Späher haben mir berichtet, es seien Nordmänner an unserer Küste gelandet. So wie ich jetzt selbst gesehen habe, stimmt es. Aber was ich auch gesehen habe, ihr kommt nicht um zu rauben und zu töten. Außer ein paar Ästen, und das sehe ich nicht als Raub an, sondern eher zu eurem Nutzen. Die zwei hatten es gesammelt.« Er zeigte auf Ole und Skeld.

»Meine Götter haben euer Kommen vorhergesagt. Wir erwarteten euch schon seit Tagen. Sie hatten recht. Aber ihr kommt nicht wie eure Landsleute aus eurem eisigen Land. Ich habe euch von den Klippen aus beobachtet. Auch habe ich gesehen, dass ihr Gestaltwandler seid, was mich verwunderte. Ich habe von euch gehört, aber nur aus Überlieferungen. Gesehen habe ich noch nie einen. Was hat euch hierher verschlagen und was suchen Gestaltwandler in unserem Land?«

Einar sprach in ihrer Sprache.

»Wir haben gegen euer Volk keine bösen Absichten. Der Sturm wurde zu heftig und wir mussten hier notgedrungen an Land. Doch die hohen Wellen haben unser Schiff zu weit auf den Strand geworfen. Wir kommen nicht los.«

»Wo wollt ihr hin?«

»Wir sind auf dem Weg zu meinem Schwiegervater Lachlann und unseren Familien, die dort leben. Wir waren zwei Jahre fort und wollen nun so schnell es geht nach Hause.« Er stutzte und sah uns verwundert an.

»Welcher Lachlann?«

»Wenn du die roten Klippen von Arbroath siehst, dann, am Ende des Fjords, fließt der Fluss Tay in ihn. Dem Flusslauf folgend kommst du zu unserem Dorf.«

»Dies liegt aber noch weit im Norden. Ich war erst einmal so weit in den Norden gekommen. Wir hatten eine Zusammenkunft der Druiden, und ich weiß, wer dein Schwiegervater ist. Ich glaube ihn auch gesehen und gehört zu haben. Er ist ein großer Mann und sein Wort hat Macht bei den Stämmen.«

Einar nickte.

»Mein Name ist Einar Sturloson.« Er wollte weiterreden, doch der Druide hob seine Hand.

»Einar Sturloson, sagst du, ist dein Name?«

»Ja, Herr.«

»Sogar diesen Namen habe ich schon ein paar Mal gehört. Der Nordmann, der unter uns leben darf. Dann muss der Mann neben dir Njall der Ire sein.« Njall verneigte sich.

»Ja, der bin ich.«

»Eure Namen werden wohlwollend herumgesprochen.«

In der ganzen Zeit kreiste Gloi über uns. Manchmal stürzte er aus der Höhe und flog tief über den Köpfen der Krieger hinweg, dass manch einer zu ihm aufsah. Er krächzte wild und laut. Auch der Druide wurde auf ihn aufmerksam und sah sich nach ihm um. Ich rief Gloi in Gedanken und beruhigte ihn. Endlich kam er auf mich zugeflogen und landete auf meinem Arm und kletterte auf meine Schulter, wobei er sich plusterte und zur Schau stellte. Erstauntes Gemurmel ging durch die Reihen der Krieger.

Auch der Druide sah sich nach mir um und er wollte von Einar wissen. »Wer ist der Mann, der Umgang mit einem Vogel aus dem Totenreich hat?«

»Es ist Eric Hallvardson, Herr. Ein Mann unserer Mannschaft und Gemeinschaft. Ein Mann, der auch unbeirrt an die alten Götter und ihre Gesetze glaubt.« Der Druide sah mich ernst und durchdringend an.

Nach einiger Zeit wandte er sich wieder an Einar und Njall. »Ich glaube euch, dass ihr uns nichts antun werdet, obwohl einige von euch ihre Schwerter umgegürtet haben und viele

214

meiner Krieger euch lieber tot auf dem Strand liegend sehen würden. Aber eure Namen sind für mich Garantie genug.«

Einar entschuldigte sich und meinte. »Das ist aus reiner Vorsicht, Herr.«

Er nickte Einar zu und wollte von ihm wissen. »Wenn wir euch helfen, euer Schiff ins Meer zu ziehen. Verlasst ihr uns dann?«

»Ja, Herr. Umgehend.«

»Gut, dann soll es so geschehen.« Er wandte sich zu seinen Kriegern.

»Helft ihnen!« Ein knapper Befehl. Männer stiegen von ihren Pferden und fassten mit uns die Seile. Die zweite Reihe blieb auf ihren Pferden sitzen, ihre Speere fest in der Hand. Alle waren bereit, als Tyree erneut das Kommando gab. Nun hatten wir zwanzig Männer mehr, die ihre Beine in den Sand stemmten und zogen. Langsam näherte sich unser Boot dem Meer. Wir mussten eine Pause einlegen. Auf Befehl des Druiden kamen noch zehn Männer mehr dazu. Wir versuchten es noch einmal. Nun gelang der Kraftakt. Wir schoben, schnauften und stöhnten, aber wir brachten das Schiff zurück in die Wellen. Asny und Tyree warfen uns Seile entgegen, die wir auffingen und an Land an Pflöcke banden, die wir hineingeschlagen hatten. Ich umarmte die beiden, die an meinem Seil gezogen hatten.

»Ich danke euch beiden für eure Hilfe«, stammelte ich in ihrer Sprache. Sie verstanden, was ich ihnen sagen wollte und freuten sich mit mir. Da hatten es Hugh und Tyree einfacher. Auch sie bedankten sich bei allen, die geholfen hatten.

Der Druide sagte zu Hugh: »Du hast und sprichst den Dialekt vom Norden.« Hugh bejahte und erzählte ihm, dass er aus demselben Dorf stammte, von dem Njall und Einar erzählten. Dass Tyree, seine zukünftige Frau, eine Skotin sei. Er unterhielt sich noch eine Weile mit Hugh, doch zwischendurch sah er mich immer wieder an. Dann ritt er ein paar Schritte nach vorn.

»Es ist schon spät am Nachmittag. Die Helligkeit lässt bald nach und der Regen hat noch immer nicht aufgehört. Wir sind alle bis auf die Haut nass und die Temperatur fällt noch. In der Nacht zu segeln ist schwer, obwohl ich weiß, dass es für euch Nordmänner kein Problem ist. Aber diesen Abend sollt ihr bei uns verbringen. Wärme und warmes Essen genießen und erholt, mit trockenen Kleidern morgen heimreisen.«

Einar sah Njall an, der nickte. »Euer Angebot ist so großzügig, dass wir es gerne annehmen. Wir hatten heute nur ein Stück feuchtes Brot. Aber morgen werden wir euch verlassen.«

»Dann lasst uns in unser Dorf gehen. Um euer Schiff braucht ihr euch nicht zu sorgen. Meine Leute werden hier aufpassen.«

Die Zelte ließen wir für die Männer stehen, die hier Wache hielten. Wir zogen mit den anderen, folgten ihnen ins Landesinnere. Der Regen schien nicht nachzulassen. Unaufhörlich fielen die großen Tropfen vom Himmel. In der Ferne sah man richtig dichte Regenvorhänge über das Land ziehen. Es schien hier trostlos zu sein.

Wir erreichten ihr Dorf. Uns wurde ein Haus angeboten, in dem wir übernachten konnten. Im Inneren war es warm und gemütlich. Hier konnten wir unsere Decken ausbreiten. Ein Bote klopfte etwas später an die Tür und fragte, ob er uns in einer Stunde abholen dürfe. Njall sagte ihm zu.

Die Stunde verging sehr schnell. Er geleitete uns in ein Haus, das mitten im Dorf stand. Es war rund gebaut. Als wir eintraten, hatte ich das Gefühl, das ganze Dorf war anwesend, alle wollten uns sehen. Sie saßen auf Bänken an den Wänden. Für uns wurde extra ein Tisch bereitgestellt in der Mitte des Raums, zu beiden Seiten Bänke, auf die wir uns setzen konnten. Mir gefiel es nicht und ich rutschte nervös auf der Bank herum. Mir war nicht wohl. Leute in meinem Rücken. Das Gefühl zu haben, jederzeit und schnell ein Messer in den Rücken zubekommen. Njall bemerkte es.

»Du brauchst keine Sorgen zu haben. Hier kannst du betrunken von der Bank fallen. Das Einzige, was du hast, ist am Morgen danach einen großen Kopf.«

»Hier gilt das Wort eines Freundes. Genieße die Wärme und das Essen.« Er schlug mir seine Hand auf die Schulter. Ich sah ihn an.

»Wenn du meinst.«

Er nickte mir zu und sagte: »Bei uns gilt: Ein Freund ist ein Freund. Sonst lägen wir am Strand, tot und schon kalt und wir würden in der Halle Odins sitzen.«

Da wurden wir aus unserem Gespräch gerissen. Der Druide rief laut und klar. »Lasst uns unsere Gäste richtig bewirten und feiern.« Seine Leute jubelten.

Er kam an unseren Tisch, sah uns alle an und sagte zu Einar: »Wie ich sehe, sitzt der Rabenmann an eurer Seite, Einar. Ich würde gerne mehr über ihn erfahren.« Einar drehte seinen Kopf zu mir.

»Ja, mein Herr.« Ich stand auf.

»Ihr kennt meinen Namen schon und für alle die hier anwesend sind: Mein Name ist Eric Hallvardson.« Dann fing ich an, ihm meine Geschichte zu erzählen. Wie ich Einar, Njall und die anderen kennengelernt hatte. Wie die Götter mir Gloi schenkten. Wie ich erkennen konnte, schauten sich die Anwesenden an und Gemurmel machte sich bemerkbar. Das Oberhaupt sagte lange Zeit nichts, schaute mich nur an. Dann stand er erneut auf. Alle blickten zu ihm und es wurde still im Raum.

»Ihr müsst ein sehr bedeutender Mann sein oder noch werden. Ein solches Geschenk zu bekommen, ist für Sterbliche eine besondere Ehre und eine Ausnahme. Ich selbst gehöre der Bruderschaft der Druiden an, wie Einars Schwiegervater auch, wir suchen den Weg zu unseren Göttern. Aber noch nie habe ich einen Mann kennengelernt, der ein solches Geschenk bekommen hatte. Darum sage ich dir, Eric Hallvardson: Behüte den Vogel wie dein Leben. Sorge

für ihn. Er ist die Verbindung zwischen den Welten. Ein Sprachrohr der Götter.«

Als das Essen aufgetragen wurde, stand er auf, verließ das Haus und kehrte an diesem Abend auch nicht mehr zurück. Ich sah ihm noch nach, als er ging.

Es tat gut, mal nicht auf dem schwankenden Schiff zu essen. Nicht ständig mit kaltem Wasser bespritzt zu werden und zu frieren. Wieder Wärme zu spüren, die Körpern und Knochen wohltat. Vor allem blühten unsere Frauen auf. Tyree saß mit Asny bei anderen Frauen. Sie lachten herzhaft und man sah gut, dass sie sich wohlfühlten.

Am Morgen erwachte ich früh. Ich war die Wärme nicht mehr gewöhnt. Leise stand ich auf, zog mich an und verließ das Haus, öffnete und schloss behutsam die Tür wieder hinter mir, um niemanden zu wecken. Es regnete noch immer und ein kalter Wind blies um und zwischen den Häusern hindurch. Ich zog meine Jacke enger um mich. Ich kannte den Geschmack dieser Luft. Es roch nach Winter. Schnee und Kälte. Ich sah mich um. Nur Hunde streiften zwischen den Häusern umher und drehten ihre Köpfe nach mir um. Aber ich schien sie nicht sonderlich zu interessieren. Sie gingen weiter ihren Weg. Ein wohlbekanntes Krack-Krack hinter mir empfing mich. Ich drehte mich um. Gloi saß auf dem Dach.

»Gloi«, rief ich vor Freude. Er sah mich an.

»Schön, dich zu sehen. Komm, lass uns etwas frische Luft genießen und ein paar Schritte machen.« Er schoss wie ein Pfeil herunter und landete auf meinem ausgestreckten Arm. Ich hob ihn auf meine Augenhöhe hoch.

»Lass dich kraulen und verwöhnen.« Ich kraulte ihm fein seinen Bauch.

»Schön, dich an meiner Seite zu haben. Wir zwei Nordländer in einem fremden Land. Was wird uns hier erwarten?« Gloi sah mich an.

»Sieh, was ich für dich habe.« Ich kramte in meiner Jacke und zog ein Stück trockenes Fleisch hervor und nahm es

zwischen meine Lippen. Vorsichtig fasste sein starker Schnabel das Stück und zog es von meinen Lippen. Als er es verschlungen hatte, kam er nahe an meinen Kopf. Ich sah in sein Auge. Es sah aus, als brenne eine Kerze hinter einer geschwärzten Lampenscheibe. Wir sahen uns an.

»Du hast recht. Wir werden uns überraschen lassen, was uns die Zukunft hier gewährt.« Er gurgelte Worte. Erstaunt sah ich ihn an.

»Wenn du willst«, sagte ich zu ihm. Ich streifte Jacken und Hemdsärmel nach oben und zeigte Gloi meine Narbe. Er kletterte an meinem Arm hinunter und sah sie genau an. Auch er sah sofort die kleine, offene Stelle unterhalb meines Ellenbogengelenkes. Gloi drehte seinen Kopf zu mir, plusterte sich, krächzte und flog fort. Ich sah ihm noch nach und fragte mich, was er zu erledigen hatte.

Da bemerkte ich den Druiden. Er stand regungslos an einer Hausecke. Das kleine Vordach schützte ihn nicht sonderlich. Der Regen und das Wasser, das vom Dach floss, übergossen ihn. Doch er machte keinen Wank. Er schenkte ihm kein Interesse, obwohl seine Kleidung triefend nass war. Als er erkannte, dass ich ihn gesehen hatte, kam er auf mich zu.

»Jetzt, wo ich es mit eigenen Augen gesehen habe, hege ich keinen Zweifel mehr an dir. Ich werde dich Eric der Rabenmann nennen, in unserer Sprache heißt das ›Tiarna an Raven‹.« Ich sah ihn erstaunt an.

»Wie lange steht ihr schon hier?«, fragte ich. Er sah mich zuerst nur durchdringend an.

»Ich ging gestern Abend in meinen Hain und fragte die Götter. Aber sie haben mir nur von Nordmännern, Veränderungen und Raben erzählt. Ich muss gestehen, ich hatte danach noch mehr Fragen. Darum habe ich mich entschlossen, nach dir zu sehen und mir ein Bild über dich zu machen. Aber nun haben sich für mich schon viele Fragen geklärt. Komm, lass uns noch ein paar Schritte gehen und reden.«

Es war ein gutes Gespräch und ich fand Gefallen an ihm. Es war ein weitdenkender Mann. Ohne Hast suchte er nach Antworten, bevor er seine Urteile fällte. Zusammen gingen wir über die flachen Weiden und sprachen über allerlei. Luag war schon von klein auf wegen seiner Gabe zu den Druiden gebracht worden, die ihn aufnahmen und ihn in die Geheimnisse einweihten. Er war noch nicht lange zurück, als ein langwieriger Krieg begann. Ein Fürst aus dem Teil unterhalb des Walls, ein Angelsachse fiel immer wieder in ihr Land ein. Verwüstete das Land, stahl das Vieh. Verschleppte alle, die er verkaufen konnte. Die anderen wurden getötet. Erst am Schluss konnten sie sich behaupten. Doch ihr König starb in der letzten Schlacht und so wurde er von der Gemeinschaft zum Clan-Oberhaupt gewählt. So hatte sein Wort doppelt so viel Macht. Als Oberhaupt und Druide.

Als wir auf dem Rückweg waren, kam Gloi angeflogen. In seinem Schnabel hatte er frisches Moos. Er übergab es mir, als er auf meinem Arm saß. Ich verstand ihn und versicherte ihm, dass ich es gleich erledigen werde.

Luag sah uns an. »Du verstehst, was er sagt.« Er sah uns mit großen Augen an.

»Ja. Ich sehe es an euren Augen an. Ihr sprecht über den Geist.« Sein nachdenklicher Blick änderte sich auch nicht, als ich ihm zunickte.

»Ja. Wir verstehen uns ohne Worte.« Ich erzählte ihm, was Gloi wollte. Luag, der Mühe hatte, dies alles in so kurzer Zeit zu verstehen, handelte. Er sah mich an, dann zog er mir meinen Ärmel hoch. Unter Glois Beobachtung legte ich das frische Moos auf die offene Stelle. Luag riss sich ein Stück Stoffstreifen von seinem Gewand und legte den Streifen als Verband um meinen Unterarm. Gloi zeigte sich zufrieden und schwang sich wieder in die Lüfte und entschwand im Regen. Wir gingen weiter, aber ich spürte seine Anwesenheit. Er kreiste immer in Nähe um uns.

Als wir das Dorf erreicht hatten, rief Luag allen zu und schob mich etwas nach vorn. »Tiarna an Raven.«

Alle, die es hörten, verneigten sich vor mir. Mit Luag zusammen gingen wir ins Haus, wo für uns das Morgenessen bereitgestellt war. Alle aus meiner Gemeinschaft schauten mich an, sie saßen schon an dem Tisch, als ich mit Luag eintrat. Doch es wurden mir keine Fragen gestellt, als ich mich neben sie setzte, nur fragende Blicke.

Als alle satt waren, wurden wir vom ganzen Dorf zu unserem Schiff geleitet, wobei Luag immer neben mir ging. Wir redeten noch bis zum Strand miteinander. Er hörte mir aufmerksam zu, als ich ihm von meiner Heimat erzählte. Er stellte Fragen, die ich ihm gerne beantwortete. Es schien mir, als würde er wissbegierig alles aufsaugen. Er zügelte sein Pferd und hielt an.

»Hören werde ich garantiert etwas von dir. Das weiß ich nun. Mir sind nun einige Eingebungen viel klarer bewusst. Aber abgesehen von ihnen … ich würde mich freuen, dich wieder einmal als Gast bei uns zu haben. Mit dir nächtelang zu reden und zu feiern«, sagte er zutiefst aus seinem Inneren. Ich ging die wenigen Schritte zu ihm zurück. Fasste das Zaumzeug seines Pferdes und erwiderte »Ich bedanke mich bei dir jetzt schon für deine Gastfreundschaft und hoffe, dass das nächste Wiedersehen so schnell als möglich stattfindet. Auch mir liegt viel an unseren Gesprächen. Sie tun gut und ich sehe die Welt aus einer anderen Sicht.« Ich verneigte mich tief vor ihm und reichte ihm meine Hand zum Abschied.

Einer nach dem anderen bestieg unser Schiff. Jeder wusste, was er zu tun hatte. Ich stand noch immer auf dem Strand und half noch den Frauen beim Hinaufklettern. Gloi flog zu mir und setzte sich auf meine Schulter. Zuletzt bestieg ich das Schiff. Als ich drinnen war, sah ich wieder auf den Strand. Luags Krieger stemmten sich gegen unser Schiff und schoben es ganz ins Meer zurück. Ich winkte ihnen zu und am liebsten

wäre ich noch viele Tage hier geblieben, um mit Luag zu reden und zu wandern. Aber die Zeit, um unser Ziel noch rechtzeitig zu erreichen, lief uns wie Sand zwischen den Fingern davon.

Luag winkte zurück. »Tiarna an Raven, bis bald!«

Nach ein paar Ruderschlägen setzten wir unser Segel. Es regnete noch immer wie aus Kübeln und so fühlte ich mich auch.

Wehmütig sah ich zurück, als Einar hinter mir sprach. »Du hast uns einen großen Dienst erwiesen.« Ich drehte mich nach ihm um.

»Was meinst du damit?«

»Wie ich es gesagt habe, Eric. Ohne deine und Glois Hilfe.« Er machte eine Pause und sah zu den anderen. »Auch sie sind meiner Meinung. Es ist dein Verdienst. Du hast ihren Anführer, diesen Luag, in deinen Bann gezogen. Er war von euch zwei fasziniert, oder hast du geglaubt, das Treffen am Morgen war ein Zufall? Ich stand weit abseits und habe es gesehen.« Ich sah ihn an und meinte.

»Er konnte nicht wissen, dass ich so früh erwachte und aufstehen würde.«

Einar lachte. »Ich glaube außer dem Essen und der Wärme hast du nicht viel bemerkt.«

»Nein. Aber du könntest recht haben«, meinte ich spöttisch. Einar gab mir einen Stoß und schlug seine Hand an die Stirn.

»Hast du die bewaffneten Männer im Schatten nicht gesehen? Warum verließ Luag vor dem Essen das Fest?« Ich zuckte mit meinen Schultern.

»Eric.« Er sah mich an. Dann winkte er ab.

»Ja. Ist mir schon klar. Du kennst die Verhältnisse hier nicht. Also, lass es mich dir erklären. In diesem Land sind wir Nordmänner verhasster als alle anderen. Sie würden hier lieber mit den Angelsachsen einen Vertrag schließen als mit einem von uns.«

»Aber Njall, Hugh und Tyree, sie sind von hier und keine Nordleute.«

Einar nickte. »Aber sie sind mit uns zusammen, also gehören sie nicht mehr zu ihnen und sind nun Nordmänner oder Nordfrauen. Das heißt, sie sind Verräter an ihrem Volk. Männer und Frauen. Vogelfreie, ohne Recht.« Ich verstand es nicht und schüttelte meinen Kopf.

»Es ist so, Eric. In diesem Land haben wir es schwer.«

»Hast nicht du mir erzählt, es sei hier ein Paradies?«, fragte ich. Er schmunzelte mir zu.

»Ja, das habe ich wahrlich gesagt und dazu stehe ich.«

»Was machen wir, wenn dein Schwiegervater stirbt, oder schon gestorben ist?« Er sah mich erschrocken an.

»Was erzählst du, Eric. Rufe nicht Lokis Namen.«

»Nein, das ist nicht meine Absicht, aber wie lange, hast du gesagt, wart ihr nicht mehr hier? Zwei Jahre, wenn ich mich nicht irre. Wie viele Männer bringst du zurück?«

Einar sah mich an.

»Deine Worte verletzen mehr als jedes Schwert, das mich je getroffen hat.«

»Das war nicht meine Absicht, Einar. Es liegt mir fern, dich zu verletzen oder zu beleidigen.«

»Das weiß ich. Aber du hast in mir einen Gedanken entzündet, der mich nun verunsichert.« Er drehte sich zu Wulfgar um.

»Wo bleibt der Wind? Wir machen kaum Fahrt.« Wulfgar sah ihn verwundert an.

»Da kann ich nichts dafür, Einar. Aber bei diesem Tempo sollten wir gegen Abend zu Hause ankommen.«

»Sonst legen wir uns in die Ruder«, rief er ihm gereizt zurück. Einar wurde immer nervöser. Die folgenden Stunden mussten für ihn eine Riesen-Folter gewesen sein. Er ging ungeduldig auf dem Schiff hin und her. Außer dem unaufhörlichen Regen war die See ruhig. Es herrschte ein leichter Seegang. Die Küste zog schnell an uns vorüber. Es musste später

Nachmittag gewesen sein, als Einar an den Horizont zeigte und rief.

»Die roten Klippen. Endlich.« Er atmete tief durch.

»Unsere Reise findet ein Ende.« Er lachte. Auch Njall und Hugh, der seine Tyree in seinem Arm hielt, schauten gespannt aufs Land. Hugh erklärte Tyree die Landschaft und was sich dahinter im Landesinneren befand. Auch Ole schien sichtlich gespannt auf seine neue Heimat und sah sich auf beiden Seiten um.

Der Fjord wurde enger, dann öffnete er sich wieder und an seinem Ende floss ein breiter Fluss in ihn. Wulfgar hielt darauf zu und wir segelten den Fluss gegen seine Strömung hinauf. Ruder wurden bereit gemacht. Später wurde das Segel gehisst und die Ruder tauchten ins Wasser. Im Gleichzug zogen wir das Schiff den Fluss hinauf. Auf beiden Seiten erstreckten sich große Wälder und Wiesen. Wir hatten noch nicht lange gerudert, als Hugh berittene Krieger am Ufer erblickte. Sie trugen Speere und schauten zu uns. Hugh winkte ihnen zu und rief.

»Brüder, wir sind zurück. Nach zwei Jahren. Reitet ins Dorf und meldet die Ankunft Einars mit seinen Männern.«

Drei ritten im Galopp zurück, während zwei uns langsam folgten und uns beobachteten.

»Kennen uns diese Idioten nicht mehr«, rief er Einar zu. »Vielleicht handelt es sich um junge Krieger, die uns nicht kennen, weil sie noch zu klein waren, als wir gingen.« Hugh winkte weiter, während wir ruderten. Je weiter wir uns unserm Ziel näherten, desto mehr Krieger trafen ein. Da erkannte Hugh einen alten Freund.

»Dughall.« Er winkte wild, dass der Angesprochene aufmerksam wurde.

»Dughall, ich bin es, Hugh. Wir sind zusammen aufgewachsen. Erinnerst du dich nicht?« Er zeigte sich, indem er am Vordersteven auf die Reling stand und winkte. Sein roter Bart und sein Haar wehten im Wind. Da erkannte Dughall

ihn und rief zurück.

»Hugh, jetzt erkenne ich dich. Wir hatten schon fast keine Hoffnung mehr, dass ihr jemals zurückkommt. Nun erkenne ich auch Njall, Wulfgar und Einar.« Einar winkte ihm zu und verneigte sich. Njall rief ihm etwas zu, was ich aber nicht verstehen konnte. Auf einen Schlag waren alle Reiter verschwunden. Von Weitem und ganz leise war ein Gong, Gong zu hören.

»Sie haben uns zuerst wahrscheinlich nicht erkannt«, sagte Skeld. Je näher wir kamen, war auf einmal das Gong-Geräusch verschwunden.

»Das Alarmzeichen des Dorfes ist verstummt«, meinte Skjold, der auf der anderen Seite des Schiffes ruderte. Dann endlich war es so weit. Vor uns lag der Anlegesteg. Es regnete noch immer wie aus Kübeln. Wulfgar legte mit viel Vorsicht unser Schiff an den Steg. Taue wurden uns zugeworfen, mit denen wir unser Boot vertäuen konnten. Als ich mein Ruder einzog, sah ich auf das Dorf. Alle, ich glaube, alle aus dem Dorf, standen am Steg oder in unmittelbarer Nähe. Sie riefen und jubelten uns zu. Einar und Njall waren die Ersten, die auf den Steg sprangen. Ich sah, wie ein Mädchen und ein Junge auf Einar einstürmten und ihn herzlich umarmten. Dazu kamen eine Frau und ein alter Mann, die ihn ebenfalls umarmten. Njall fiel seiner Frau in die Arme. Auf Wulfgar folgten Hugh und Tyree, die als Nächste ausstiegen, dann folgten Skeld, Skjold und die anderen. Am Schluss gingen Ole, Asny und unsere Jungs. Ich war der Letzte, der das Schiff verließ. Wir schüttelten unzählige Hände und viele klopften auf unsere Schultern. Ich sah in ihre Augen, und in allen sah ich Freude, alle lachten von ganzem Herzen. Auch ich hatte nun das Gefühl, zu Hause zu sein.

Wir zogen mit allen in ein sehr großes Haus. Es stand in der Mitte der Siedlung. Im Inneren war es gemütlich warm, was in Kürze unsere Kleider zum Dampfen brachte. Etwas später wurden uns Schalen gereicht, in denen eine warme,

nach Honig riechende Flüssigkeit befand. Ich roch daran. Von hinten grollte eine tiefe Stimme.

»Unser Wintermet, wenn du so willst. Warm und gibt dir wieder Kraft.« Es war Einar, der lachend weiterging. Ich sah ihm nach. Er setzte sich neben seinen Schwiegervater zu seiner rechten Seite. Neben ihm sah ich seine Frau sitzen. Auf der linken Seite saß Einars Schwiegermutter. Wir wurden willkommen geheißen. Von allen Seiten jubelt man uns entgegen. So gelöst und zufrieden hatte ich Einar schon lange nicht mehr gesehen. Nein, noch nie. Nicht einmal bei uns. In unserem Dorf, wo er sich wohlfühlte, wie ich meinte. Aber hier … es war eine andere Welt. Ich freute mich für ihn. Auch sah ich ihm gerne zu, wie er immer wieder aus ganzem Herzen lachte. Als hätte er alles vergessen. Wie er sich liebevoll um seine beiden Kinder kümmerte, die ihn voll in Besitz nahmen. Seine kleine Tochter hing an ihm wie eine Klette. Njall saß eng umschlungen mit seiner Frau zusammen am Tisch.

Doch nicht alle waren fröhlich und ausgelassen. Einige Frauen trauerten um ihre verlorenen Männer. Es schmerzte mich, in ihre tränenden Augen zu sehen. Ich konnte mich gut in sie hineinversetzen. Ihren Schmerz fühlen und wie sich alles in einem zusammenzog. Einen geliebten Menschen zu verlieren, musste das Schlimmste sein. Wenn man aus lauter Verzweiflung über den Verlust das Gefühl bekam, dass sich das Herz zusammenzog und man kaum mehr Luft bekam. Irgendwie erging es mir auch ein bisschen so. Hild lebte zwar noch, als ich sie verließ. Doch das Gefühl blieb, die Liebe erlöscht, wie sehr man auch darum kämpfte. Es tat unsäglich weh. Halfdan und Björn, die neben mir saßen, rissen mich wieder aus meinen Gedanken.

»Wo bist du, Eric? Komm zurück zu uns und trink mit uns.« Ich sah sie an und lachte. Wir füllten Becher um Becher. Prosteten uns zu. Tranken auf eine glückliche Heimreise. Wir tranken auf die Götter. Wir tranken auf alles. Schöne Frauen, Schiffe, unsere Waffen und auf vieles mehr. Ich wusste nicht

mehr, mit wie vielen ich angestoßen hatte und auf was ich mit ihnen getrunken hatte. Auch wusste ich nicht mehr, wer mich mitgenommen hatte. Auf jeden Fall erwachte ich in einem Bett. Ich warf die Decke zur Seite und setzte mich auf die Bettkante. Ich musste meinen Kopf auf meine Hände stützen. Es pochte in meinen Schläfen. Bei jedem Pulsschlag hämmerte es in meinem Kopf wie wild.

Björn erschien im Türrahmen.

»Na, Eric. Von den Toten wieder auferstanden?« Er lachte.

»Tu mir einen Gefallen. Lach nicht so laut«, sagte ich leise zu ihm. Was ihn noch mehr zum Lachen brachte. Ich wollte etwas nach ihm werfen, fand aber nichts in meiner Nähe. Auf dem Schemel neben mir lagen nur meine Kleider. Nun bemerkte ich auch, dass ich nackt war.

»Wer hat mich ausgezogen?«

»Also, ehrlich. Es war Niamh.«

»Und wer ist Niamh?« Björn stand noch immer im Türrahmen und war mit der Reinigung seiner Fingernägel mit der Spitze seines Messers beschäftigt.

»Meine Gespielin«, sagte er trocken, ohne mich anzusehen. Ich schoss hoch. Mein Schädel hämmerte wild und es wurde mir etwas schwindlig. Mit Mühe blieb ich stehen und sagte vorwurfsvoll.

»Was sagst du da? Und du hast es ihr erlaubt?«

»Sie bestand darauf, Eric. Sie meinte, angezogen gehe man nicht ins Bett.« Er zuckte mit den Schultern. Ich sah ihn nur an. Niamh kam dazu und sah mich an.

»Guten Morgen, Eric«, hauchte sie, während sie mich immer noch musterte. »Ich bin Niamh.«

Ich versuchte, mich zu bedecken. Aber sie lachte nur.

»Das brauchst du nicht, Eric. Ich habe dich schon gestern Abend so gesehen.« Sie sah mich amüsiert an. Zeigte auf meine Hände, die ich vor mein Glied hielt.

»Da stand er noch und sah mich erwartungsvoll an. Nicht wie jetzt. Gestern wolltest du mich noch unbedingt neben dir

liegen haben. Du wolltest mit mir schlafen und was ihr Männer so alles versprecht. Zum Glück warst du zu betrunken, sonst hätte ich noch Björn zu Hilfe rufen müssen.«

Es war mir peinlich und dann noch im Haus meines Freundes, als Gast. Björn schmunzelte nur vor sich hin und schaute auf seine Fingernägel.

»Na los, mein Schwerenöter. Zieh dich an, dann essen wir.«

Stumm saß ich an ihrem Tisch und versuchte mühsam, einige Bissen zu essen. Es fiel mir schwer, den Brei zu essen. Ich würgte einige Bissen herunter und war froh, als mich Björn zum Aufbruch aufforderte. Niamh stand am Türrahmen und winkte uns nach. Unser Ziel war unser Schiff. Auf dem Weg dorthin entschuldigte ich mich bei Björn. Es war mir nirgends recht. Er blieb stehen und lachte.

»Vergiss es, Eric. So wie du besoffen warst. Wäre mir vielleicht auch passiert. Dann ist noch zu sagen. Niamh ist nicht meine Frau. Zu dieser Zeit, ja, aber nicht fürs Leben.« Er machte ein paar Schritte auf mich zu und blieb dann erneut stehen.

»Also wir könnten es auch zusammen mit ihr treiben. Würde mich nicht stören und so, wie sie dich angesehen hatte, glaube ich, sie hätte nichts dagegen und wäre sicher nicht abgeneigt.« Björn ging an mir vorbei, während ich ihm ohne Worte nachsah. Ich konnte mich fassen. »Was hast du jetzt gesagt?«

Er kam zu mir zurück. Als er mein Gesicht sah, musste er wieder lachen. Er schlug mir auf die Schulter.

»Ich habe da eine Idee. Wenn wir zurück sind, werde ich sie fragen, ob sie das auch will.« Ich musste ihn so überrascht und blöde angesehen haben, dass er sich vor lauter Lachen kaum noch erholen konnte. Das wiederholte sich jedes Mal, wenn er mich ansah. Er sah wahrscheinlich immer mein Gesicht vor sich – bis wir unsere Freunde erreicht hatten.

»Ihr habt schon gute Stimmung, wie ich sehe«, sagte Skeld.

»So wie ich Erics Gesicht sehe, glaube ich, Björn hat mit ihm Späße getrieben«, schmunzelte Halfdan. Einar, Njall und alle anderen mussten noch einen drauflegen und amüsierten sich auch herzlich über mein Gesicht.

»Es ist schon schlimm genug, wenn man einen über den Durst getrunken hat. Aber dann, am anderen Tag noch ständig Späße über einen zu hören, das grenzt schon an Folter«, feixte Njall.

»Ja, ja, ist schon gut. Treibt nur eure Späße mit mir.« Mein Schädel brummte noch immer und am liebsten hätte ich mich stundenlang übergeben. Ich versuchte, den Witzen keine Bedeutung beizumessen.

Wir begannen das Schiff zu entladen. Jeder holte noch den Rest seines Gepäcks heraus, das wir weiter oben stapelten. Unsere Beute hatten wir schon gestern in Einars Haus ins Trockene gebracht. Als nichts mehr im Boot war, begannen wir, Baumstämme in kurzen Abständen nebeneinander an die Uferböschung zu legen. Als alles bereit war, kehrten Wulfgar, Ingwar und ich auf unser Schiff zurück. Wir lösten die Takelage und rollten die Seile auf. Das Segel wurde zusammengelegt und am Schluss demontierten wir den Mast.

Am Nachmittag kamen uns noch Männer aus dem Dorf zu Hilfe. Sie halfen uns, das Schiff aus dem Wasser zu ziehen. Seitlich am Rumpf wurden Stützen angebracht, die das Schiff stabilisierten, sodass es auf seinem Kiel stand. Die härteste Arbeit war getan.

Nun ging es darum, am Boot Reinigungs- und Reparaturarbeiten vorzunehmen. Am darauffolgenden Tag regnete es noch immer, und Einar entschied, die große Plane, die zum Abdecken des Bootes gedacht war, als Zelt über das Schiff zu spannen. Holzstangen wurden an beiden Enden des Schiffes ins Erdreich getrieben und mit Seilen gesichert. Sie hatten die Form eines X. Auf beiden X wurde ein langer Baumstamm gelegt und die Plane darüber gezogen. An den Enden der Plane wurden Seile angebracht, die wir an Holzpflöcken fest-

banden, sodass das Zelt auch starken Wind aushielt. Nun fanden wir unter dem Zeltdach Schutz vor dem Regen und blieben trocken. Danach machte die Arbeit wieder Freude. Mit Kratzeisen schabten die einen den Rumpf ab und befreiten die Planken von Moos, Algen und Muscheln. Wir hievten alle Ballaststeine aus dem Rumpf des Bootes und warfen sie in den Sand, wo wir sie später wuschen und von Unrat und Moos reinigten.

Mir gefielen diese Tage der Ruhe und des Friedens. Keine Wache stehen zu müssen. Keine Angst haben zu müssen, angegriffen zu werden. Diesen Frieden spürten alle. Es herrschte ausgelassene Stimmung. Geschichten wurden erzählt, wobei manch einer seine Arbeit niederlegte und zuhörte, um dann mit den anderen zu lachen oder die Geschichte noch zu ergänzen. Keiner hatte Eile, jeder ließ sich bei der Arbeit Zeit. Es galt mehr, dass alle zusammen waren, zu lachen und zu trinken. Unsere Gemeinschaft zu vertiefen, wobei Ole und unsere Jungs voll dazu gehörten.

Wulfgar und Ole suchten jede Planke innen wie außen ab und markierten alle Stellen, die nach einer Reparatur verlangten. Wir saßen unter der Plane, wuschen die Ballaststeine, die wir danach aufstapelten. Andere kontrollierten die Seile der Takelage und rieben sie danach mit Wal-Fett ein. Am Schluss wurde das Segel im Fluss gewaschen und zum Trocknen aufgehängt. Nun war alles wieder sauber und einsatzbereit. An den Planken musste nicht viel repariert werden, was Wulfgar und Ole übernahmen, wie sie sagten.

An diesem frühen Vorabend wurden wir von Einar in sein bescheidenes Haus eingeladen. Einars Frau Morag ließ uns rein, nahm ihren Sohn Fionn und ihre Tochter Sine bei den Händen und sagte. »Unser Haus gehört nun euch. Der Bootsgemeinschaft meines Mannes.« Sie ging. Die meisten waren schon anwesend. Am Schluss kamen noch Wulfgar und Ole. Njall saß neben Einar. Vor ihnen stand eine große Truhe. Beide sahen uns an, als Njall begann.

»Schön, euch alle zu sehen. Heute ist der Tag gekommen, um unsere Ausbeute zu teilen.« Dann öffnete er den Deckel der Truhe. Nun stand auch Einar auf.

»Asny, Vali und Skefill«, rief er. Die drei traten vor. Einar sah zu Ole und Tyree.

»Kommt ihr auch dazu. Ihr seid die, die am kürzesten in unserer Gemeinschaft sind. Was nicht heißen soll, dass ihr weniger geleistet habt. Wir alle haben euch ins Herz geschlossen und ihr habt manchmal eure Hilfsbereitschaft und Treue mehr als bewiesen. Darum seid nicht böse, wenn euer Anteil kleiner ausfällt. Aber so ist das Gesetz unserer Gemeinschaft.« Er fasste in die Truhe und übergab jeder und jedem seinen Beutel.

»Es ist nicht so viel und doch mehr als genug, um aus der Gemeinschaft auszutreten und uns zu verlassen.« Alle bedankten sich für die Hilfe, die wir ihnen gegeben hatten und versicherten uns, bei uns zu bleiben. Dann war ich an der Reihe. Auch mir wurde ein Beutel übergeben. Auch ich bedankte mich und ging zurück zu meinen Freunden, die nun einer nach dem anderen von Einar und Njall ihren Anteil überreicht bekamen. Njall setzte sich wieder, während Einar stehen blieb und uns alle ansah.

»Sven und Ronan haben keine Familie hinterlassen. Darum haben Njall und ich beschlossen, ihren Anteil auf die anderen aufzuteilen, ihn den Familien unserer Freunde geben, die nun in fremder Erde liegen. Ich hoffe, ihr seid damit einverstanden.« Wir bejahten es mit lautem Aij. Beide nickten.

»Wir danken euch«, sagte Einar.

»Verzeiht meine Frage. Aber reicht der Anteil für die hinterbliebenen Familien?«, fragte ich.

Njall sah mich an.

»Nein. Aber es hilft ihnen ein wenig. Es reicht zum Überleben. Sie sind ein Teil dieser Gemeinschaft. Ihre Kinder wachsen hier in Geborgenheit auf. Alle achten aufeinander.

Darum geht es ihnen gut.« Einar sah mich verwundert an. Ich ging zu beiden hin und legte ihnen meinen Beutel hin.

»Wenn es so ist. Werde ich auf meinen Anteil verzichten und es den Hinterbliebenen schenken.«

»Du bist tatsächlich ein großzügiger Mann, aber das kommt nicht in Frage. Du hast selbst gesehen, was wir an Schätzen von den Steppenreitern erbeutet hatten.« Ich stimmte dem zu.

»Einen Teil gaben wir den Goden. Den anderen Teil verstauten wir in unserem Schiff. Diesen Teil teilten wir. Einen Teil haltet ihr in euren Händen. Der andere Teil ist für das Dorf bestimmt. Damit kann Saatgut und vieles mehr gekauft werden, was allen dient und das Überleben sichert. Und dieses Jahr können sie den Anteil gut gebrauchen, denn es war ein schlechtes Jahr. Die Ernte gab nicht viel her, wie mein Schwiegervater mir erzählte. Also müssen wir bei anderen Clanstämmen kaufen. Das Gleiche gilt für Fleisch, also Rinder und Hühner. Erz, um Waffen und anderes zu schmieden. Hier musste noch niemand Hunger oder Durst leiden. Darum nimm dir deinen Anteil ruhig zurück. Es ist und bleibt dein Anteil.« Ich gab mich damit zufrieden und nahm meinen Beutel zurück.

»Gehen wir nun zum Essen und lasst uns richtig feiern. Wir haben Grund dazu. Unser Schiff ist sauber und die wenigen Arbeiten erledigen Wulfgar und Ole«, sagte Njall. Einar schloss den Deckel seiner Truhe.

»Gehen wir zu unseren Leuten und genießen den Abend«, meinte auch Einar.

Für mich begann nun ein neuer spannender Abschnitt meines Lebens. Ich kam mir vor wie zu Hause, wo ich geboren und in Frieden aufwuchs. Tage, an denen ich meinen Gedanken nachgehen konnte. Vor meinem Auge erschienen Muster, die ich gerne auf Holz bannen wollte. Aber ohne das richtige Werkzeug. Ich hatte keine Messer, mit denen ich meine Muster schnitzen konnte.

Ich vergaß meine Fantasien und schloss mich Tyree und Hugh an. Wir machten Wanderungen durch ihr Gebiet. Es war wunderbar, hier zu sein. Hügel, Wälder, in denen das Wild prächtig vertreten war. Es wäre für jeden Jäger ein Paradies gewesen. Ich kraulte Glois Bauch. »Vielleicht findest du hier ein Weibchen.« Hugh und Tyree lachten.

»Dann hast du ja bald mehr als nur einen Vogel.« Ich musste auch lachen.

»Ja, ihr habt recht. Dann kroakt es von allen Ecken.«

Auch in den nächsten Tagen streifte ich mit Gloi in den Wäldern herum. Aber die Schnitzereien gingen mir nicht aus dem Kopf. Eines Morgens suchte ich den Dorfschmied auf. Ich wollte nicht mehr warten. Ich musste zusehen, wie ich meine Träume und Fantasien umsetzen konnte.

Der Dorfschmied hieß Ceard. Er sah mich ein wenig verwundert an, als ich ihn fragte, ob ich mit ihm seine Schmiede benutzen dürfte. Nach langem Zögern und erst als ich ihm sagte, was ich machen wollte, willigte er ein. Vor allem war er gespannt, wie die Werkzeuge aussahen, die ich mir schmieden wollte. Ich zeichnete sie ihm auf, aber er konnte sich kein richtiges Bild davon machen. Er zog mich zu einem Haufen. Darauf lag alles Mögliche an Abfall, Rohlinge und sonstige Reste, die er noch nicht eingeschmolzen hatte, die ich verwenden durfte. Es lagen einige Flacheisen darin, die ich für gut befand und herauszog. Mit denen ging ich zur Esse und legte sie mit seinem Einverständnis in die Glut. Ich wartete, bis sie weiß glühend waren. Mit einem Hammer, den mir Ceard borgte, brachte ich das Eisen in die Form, die ich wollte. Ceard sah mir interessiert zu und bestaunte die Schnitzwerkzeuge, die ich schuf. Er nahm sie in die Hand und sah sie auf allen Seiten an.

»Einige sehen absurd aus, Eric. Dieser in einem Halbbogen, und dieser.« Er hob ihn hoch.

»Die Klinge ist in einem Winkel angebracht. Solche Messer habe ich noch nie gesehen. Mit denen kannst du etwas er-

schaffen?«, fragte er. Ich zog ein Holzstück aus dem Feuer, löschte die Flammen an der Spitze. Mit rauchender Spitze hielt ich den Holzstab senkrecht in die Höhe.

»Schau, Ceard.« Ich zeichnete mit dem Holzstück Linien auf einen Trägerpfeiler, der das Vordach über der Esse vor Regen schützte. Dann zeigte ich ihm, wie man die Messer einsetzen würde. Nun verstand er ihren Gebrauch. Er sah sie sich an und meinte.

»Die Linien gefallen mir. Würdest du sie schnitzen, Eric. Für mich und als Gegenleistung für den Gebrauch der Esse?« Ich musste lachen und verneigte mich vor ihm.

»Aber sicher. Was willst du für ein Muster haben?« Er nannte mir seine Wünsche. Ich versuchte seine Ideen auf den Pfeiler zu übertragen. Leute, die an uns vorbeigingen, schauten uns an. Einige blieben stehen und mischten sich ein und gaben ihre Ideen preis. Einige wollten nur wissen, was wir vorhatten, um dann weiterzugehen.

Nun hatte ich Ceard richtig auf meiner Seite. Er wollte, dass ich gleich beginne. Während er schmiedete, sah er immer, was ich machte. Er stellte sich auch zu Verfügung, meine letzten Messer herzustellen. Ich setzte mich an den Wetzstein und schliff die schon fertigen Messer. Behutsam zog ich sie über den nassen Stein, bis sie so scharf waren, dass sie schon beim Berühren ins Fleisch schnitten.

»Morgen früh beginne ich«, sagte ich ihm. Ceard war darüber sichtlich erfreut.

Am Morgen ging ich zu seiner Schmiede. Alle lagen noch im Schlaf. Ich setzte mich vor einen Pfeiler. Eigentlich war es die Schuld von Björn und Niahm. Ihr Stöhnen trieb mich aus dem Bett. Sie beide raubten mir den Schlaf. Gloi saß auf dem Dach der Schmiede und erwartete mich. Er begrüßte mich und hüpfte zu mir herunter. Ich setzte mich auf den Amboss.

»Na, mein Freund, gefällt es dir?«, fragte ich ihn. Er hüpfte um den Pfeiler und sah sich ihn genau an. Wie ich erkennen konnte, gefiel es ihm.

»Gut, dann lass mich beginnen.« Ich legte die Messer bereit, als ein großer Hund angelaufen kam, um zu sehen, was ich hier machte. Er erblickte Gloi. Für ihn schien Gloi eine Bedrohung darzustellen. Er fletschte seine Zähne und kam näher. Gloi maß ihm keine große Bedeutung bei und blieb stehen. Ich beobachtete beide, um schnell eingreifen zu können, wenn es nötig wurde. Aber ich hatte die Situation falsch eingeschätzt. Der Hund griff sofort an. Gloi musste damit gerechnet haben. Er flog hoch, machte in der Luft eine leichte Drehung. Der Hund riss seinen Kopf hoch und versuchte nach ihm zu schnappen. Doch Glois Schnabel schlug schon zu. Der Hund jaulte auf und rollte sich zur Seite. Heulend vor Schmerz rannte er in Windeseile fort, als wäre Gram, der Höllenhund, hinter ihm her.

Von diesem Tage an wurde Gloi von keinem Hund mehr belästigt. Alle machten einen Riesen-Bogen um ihn, wenn sie ihn sahen. Der große Hund, der nun mit einem Auge durch sein Leben gehen musste, hielt einen Abstand, sicher fünfzig Meter, von ihm entfernt.

Mein Werk wuchs von Stunde zu Stunde, und je mehr die Leute sahen, desto größer wurde ihr Interesse. Sie blieben stehen, bewunderten den Pfeiler und gratulierten mir zu meiner Kunstfertigkeit. Sie kamen auch regelmäßig zu Besuch und wollten den neuesten Stand sehen. Auch Ceards Stolz wuchs. Seine schmucklose Schmiede wurde zu einem Wallfahrtsort. Halfdan und Björn saßen häufig bei mir, spielten Hnefatafel, sahen mir zu und gaben ihren Kommentar ab.

Nach drei Tagen war der erste Pfeiler fertig. Ceard stand vor ihm und bewunderte ihn, als Einar und Njall vorbeikamen.

»Unser Eric kann's nicht lassen«, lachte Njall. Einar sah sich alles genau an.

»Ich muss gestehen … der Pfeiler gefällt mir. Würde mir auch gefallen. So wie Snorres Hauseingang, das würde mir

vorschweben. Eine Türeinfassung von dir geschnitzt.« Ich musste lachen.

»Was amüsiert dich so?«, wollte er wissen.

»Nichts. Ist schon gut. Aber es ist erstaunlich. Kaum habe ich angefangen, kommen alle und wollen auch etwas geschnitzt bekommen. Aber ich muss dir sagen. Zuerst beende ich diese Arbeit. Dann muss ich zum Fischer, der seinen Tisch verziert haben will. Dann, lieber Einar, komme ich zu dir und wir besprechen deinen Wunsch.«

»So wie ich das sehe, wird unser Eric keinen ruhigen Winter haben«, meinte Njall. Einar sah Njall an und nickte schmunzelnd.

»Dann kommt er auch nicht auf dumme Gedanken«, flüsterte Einar Njall zu.

»Ich finde, das geht euch nichts an. Aber ihr glaubt gar nicht, was einem so durch den Kopf geht, wenn man so allein an der Arbeit sitzt. Von den schönen Frauen hier und den männlichen Trieben. Wenn ich so eure Pfeilbogen sehe … geht ihr auf die Jagd? Das heißt, ihr seid sicher für vier Stunden weg. Njall, deine Frau würde mir für diese Zeit sicher eine gute Gespielin sein.« Er sog scharf Luft ein, ballte seine Faust.

»Oh, Eric, unterstehe dich«, sagte er ernst, musste aber doch schmunzeln. Lachend winkte ich ihnen zu, als sie gingen, und widmete mich dem zweiten Pfeiler.

In den letzten Tagen fielen die Temperaturen merklich. Es wurde unangenehm kalt. Vom Hochland blies ein eisiger Wind, der durch jede Kleidung drang. Ich stand mit Ceard vor den fertigen Pfeilern.

»Sind wunderschön anzusehen, Eric. Sie gefallen mir. Das hätte ich dir nicht zugetraut. Einem Nordmann. Von euch wissen wir nur, dass ihr dem Gesetz des Schwertes traut und Blut und Tod hinter euch lasst. Aber diese Arbeit zeugt von Feingefühl.« Seine Finger fuhren über die Linien und seine Augen strahlten. Ein heftiger Windstoß ließ uns frösteln, dann

fielen die ersten feinen Schneeflocken vom Himmel. Ceard sah in den wolkenverhangenen Himmel.

»Ich glaube, deine Außenarbeiten kannst du in den nächsten Wochen vergessen.«

»Ich kenne eure Winter nicht, aber wenn sie so sind wie in meinem Land, gebe ich dir recht.«

Da kam mir eine Idee.

»Wie ich weiß, ist das nur deine Schmiede. Dein Zuhause liegt weiter unten. Habe ich recht?« Ceard sah mich fragend an.

»Ja, das stimmt, Eric. Warum fragst du?«

»Was ist in dem Haus?«

»Eigentlich nichts mehr. Bevor ich geheiratet habe, lebte ich hier. Aber mit Familie bietet es zu wenig Platz.« Ich nickte ihm zu.

»Hättest du etwas dagegen, wenn ich hier einziehen würde?« Er sah mich an, zuckte unschlüssig mit den Schultern.

»Warum nicht. Wenn ich nicht hier bin, steht das Haus leer. Von mir aus. Ich habe nichts dagegen. Du müsstest nur das Holz …« Er machte eine Pause.

»Sieh selbst.« Ceard öffnete die Tür und trat ein. Ich folgte ihm ins Innere. Auf dem Bett lagen Decken und Allerlei. Holzscheite waren im ganzen Haus gestapelt. In der Mitte war eine Feuerstelle, die aber schon lange nicht mehr benutzt worden war. Ceard sammelte seine persönlichen Sachen zusammen und überließ mir sein altes Haus.

Ich fing sofort an, das Holz außen am Haus neu zu stapeln, Bett, Tisch und Boden zu reinigen. Draußen wurde es langsam dunkel, als ich mich bei Björn ausquartierte. Er war nicht begeistert und bedauerte es. Er gab sich aber damit zufrieden, dass ich ihm Unterkunft anbot, wenn er von Niamh Ruhe brauchte.

Als ich zurück in meinem neuen Zuhause war, setzte ich mich aufs Bett. Es war kalt hier. Ich holte mir ein paar Holz-

scheite und zündete sie an. Langsam wurde es wärmer. Die Flammen vertrieben die Kälte.

Die nächsten Tage vergingen und ich fühlte mich immer besser. Mein neues Heim. Auch Ceard freute sich. Seine Esse war jedes Mal schon entfacht, wenn er kam. Er konnte sogleich mit seiner Arbeit beginnen. Ich ging meiner Arbeit beim Fischer nach und erfüllte ihm seine Träume.

In der Zwischenzeit war es so kalt geworden, dass der Schnee liegen blieb. Doch die Menge und die Temperatur standen in keinem Verhältnis zu denen in meiner Heimat. Auch die Nächte waren wärmer.

Eines Nachts lag ich in meinem Bett und hörte wieder Einars und Njalls Worte in meinen Ohren. Das Knistern des Feuers brachten mir ihre Worte wieder zurück. Ich hörte wieder, wie sie das Land beschrieben und ich musste zugeben, sie hatten recht. Es waren freundliche und hilfsbereite Leute. Sie liebten Gespräche und lachten viel. Geld spielte bei ihnen keine große Rolle. Jeder gab, was er konnte, und unterstützte somit alle anderen. Aber ihre Freiheit war ihr höchstes Gut, und sie waren sofort bereit, es zu verteidigen, bis auf ihr Blut. In diesem Punkt gab es zwischen unseren Völkern keinen Unterschied. Ich sah weiter in die Flammen, die solche Wärme spendeten, bis mir mein Auge zufiel. Am Morgen erwachte ich durch freudige Jubelrufe. Ceard klopfte an meine Tür.

»Steh auf, Eric. Unser Herr ist zurück.« Ich zog meine Hosen an und trat mit nacktem Oberkörper aus dem Haus.

»Wer ist gekommen?«, fragte ich.

»Unser Herr. Zieh dich fertig an, dann gehen wir.« Er sah mich belustigt an und fing an zu schmunzeln.

»Was findest du so lustig?«

»Du bist ja nackt.« Er sah auf meinen Oberkörper. Ich sah an mir herunter.

»Also nicht ganz. Ich trage Hosen.« Ceard lachte und schüttelte seinen Kopf.

»Doch, lieber Eric. Du bist nackt. Kennt ihr in eurem Land keine Farbe auf der Haut?« Er meinte Tätowierungen.

»Es gibt Männer, gelegentlich auch Frauen, die bemalt sind. Aber sie kommen meistens zurück, aus fernen Ländern und bringen ihre Frauen mit. Aber wir kennen es so nicht wie bei euch.« Er nickte mir zu. Während ich mir drinnen einen Pullover überstreifte, rief ich ihm zu: »Aber es würde mich auch interessieren.«

»Ist gut. Aber später. Komm nun. Gehen wir ins große Haus und hören, was für Neuigkeiten es gibt.«

Mit den Dorfbewohnern zogen wir Richtung Haus. Alle johlten, als er an uns vorbeiritt. Ihr Herr. Nun erkannte ich ihn. Einars Schwiegervater. Ich erinnerte mich. Seit wir angekommen waren und nach seiner Begrüßung hatte ich ihn nicht mehr gesehen, auch an den Abenden nicht, an denen die meisten zusammensaßen.

Ich fasste Ceard an der Schulter.

»Wie heißt er? Wie spricht man ihn an?« Er drehte sich zu mir um.

»Er will nicht mit König angesprochen werde. Er ist ein Druide. Sprich ihn einfach mit seinem Namen, an.«

Mir fiel sofort Luag ein, der wahrscheinlich genau den gleichen Stellenwert bei seinem Clan innehatte.

»Und der ist?«, fragte ich und versuchte ihm zu folgen. Er sah sich nach mir um.

»Sein Name lautet Lachlann, Eric.«

Wir zwängten uns mit allen anderen durch die Tür. Lachlann wurde von sechs seiner Leibwache begleitet. Die Leute standen um ihn und bejubelten seine Rückkehr. Dann suchten sich alle einen Sitzplatz oder standen an den Wänden. Das Haus war brechend voll und alle warteten gespannt, bis ihr Anführer zu sprechen begann. Als alle anwesend waren, stand er auf. Er sah müde und von den Strapazen der Reise gezeichnet aus.

»Hört, was ich erfahren habe. Ich habe mich mit meinen Brüdern und Stammesoberhäuptern im Süden getroffen. Sie haben mir viel erzählt. Es werden große Veränderungen erwartet. Man weiß noch nicht, wie sich die Nordmänner verhalten und wie es um die Herrschaft unter den Grafen und anderen Adligen steht. Wie sie sich verhalten werden. Stehen sie zu ihrem neu gewählten Großkönig oder verbrüdern sie sich mit den Nordmännern? Viele Adlige sind gierig nach mehr Land und Reichtum. Sie scheuen sich, dem Großkönig noch mehr Steuern zu zahlen, während ihnen die Herren aus dem eisigen Land anderes versprechen. Unsere Clans sind übereingekommen, unsere Kräfte nicht mit den alten Fehden zu schwächen. Sie wollen abwarten, was geschieht. Aber alle sind bereit, Widerstand zu leisten. Alle Fehden und Feindschaften werden begraben und bei Auseinandersetzungen schweigen die Waffen. Es wird später darüber entschieden. Wie weit das zutrifft, kann ich euch nicht sagen. Aber ich zähle auf ihr Versprechen. Wir haben auch beschlossen, alle zusammenzuhalten. Wenn ein Clan Hilfe benötigt, werden Meldeläufer ausgesandt, die alle anderen alarmieren. Diese Boten werden eine Schärpe quer über dem Oberkörper tragen. Eine rote Schärpe. Das sind die Abmachungen. Mehr kann ich euch zu diesem Zeitpunkt nicht sagen.«

Langsam verließen die Ersten das Haus und bald waren alle wieder mit Arbeiten beschäftig. Auch in den nächsten Tagen sah man Lachlann kaum. Und wenn, dann sah man ihn häufig in Begleitung von Einar, tief in Gesprächen vertieft.

Eines Morgens, ich stand an der Esse und war dabei ein neues Messer zu schmieden – während mir Ceard zusah, wie ich das glühende Eisen hämmerte und bog –, kam Gloi angeflogen und setzte sich auf einen Holzstapel neben mich. Er legte seinen Kopf zur Seite ganz auf seinen Körper und sah mich an.

»War kalt die letzte Nacht« sagte ich. Er sah mich nur an. Da kam mir eine Idee.

Zu Ceard sagte ich: »Ich brauche die Esse momentan nicht. Mach du weiter.«

Ich ging in mein neues kleines Haus und begann ein Loch unterhalb des Daches zu schneiden. So groß, dass Gloi hineinschlüpfen konnte. Außen wie innen brachte ich ein kleines Brett an, sodass er besser landen und hineinschlüpfen konnte. Gloi schaute interessiert zu, was da geschah. Ich forderte ihn auf, es auszuprobieren, was er auch tat.

»Ist doch eine gute Idee von mir. So kannst du, wenn du willst, rein und raus.«

Im Inneren stellte ich eine Stange auf, mit einem Querstück oben drauf montiert. So hatte er Gelegenheit, dem Wind und der Kälte zu entfliehen. Ceard schüttelte nur seinen Kopf.

»Und dies alles nur für deinen Vogel«, meinte er und ging.

Ein paar Tage später meldete ich mich bei Einar und seiner Frau Morag an. Wir setzten uns an den Tisch und besprachen ihre Wünsche. Wie sie sich ihre Türverkleidung vorstellten. Wir waren schon fast fertig, als Lachlann klopfte und eintrat. Seine Tochter und Einar begrüßten ihn freudig und baten ihn sich auch an den Tisch zu setzen.

»Darf ich dir Eric vorstellen, Lachlann. Er wird …« Sein Schwiegervater unterbrach Einar. Er sah mich nur kurz an, um mich dann zu ignorieren.

»Ich weiß, wer er ist. Im Süden nennen sie ihn Tiarna an Raven.« Er sah mich schnell an.

»Bevor ich es vergesse. Ich muss dich von Luag grüßen.« Dann schenkte er mir keinen Blick mehr, lachte nur kurz auf. Ich sah Einar fragend an, der mich auch unschlüssig und erstaunt ansah.

»Es dünkt mich, dass im Dorf ein unheimliches Fieber ausgebrochen ist. Überall sieht man schon seine Kunst und nun auch noch hier«, sagte Lachlann. Einar wollte ihn ablenken und schob ihm die Pläne zu.

»Ja, da sieh, was wir uns wünschen, um die Eingangstür zu verschönern.« Lachlann sah sie uninteressiert an und schob sie auf die Seite.

»Vater?«, sagte Morag verwundert. Ich konnte mich nicht zurückhalten und fragte ihn. »Entschuldigt, Herr. Habe ich euch in einer Form beleidigt oder euch sonst ein Leid zugefügt?«

Er winkte nur abschätzig ab.

»Herr, Lachlann, kannst du mir sagen, wieso du mich so verachtest?« Er sah mich wieder abschätzig an.

»Luags Grüße habe ich dir schon ausgerichtet.« Er musterte mich von Kopf bis Fuß. Dann sprach er weiter.

»Er hält viel von dir. Warum, weiß ich nicht. Bis jetzt habe ich noch keine großen Taten von dir gesehen, nur Schnitzereien.«

»Wie hätte ich mich in deinen Augen beweisen sollen?«, fragte ich ihn gereizt. Lachlann wollte was sagen, aber Einar mischte sich ein. »Eric hat sich mir schon mehr als einmal bewiesen und er ist mir ein treuer Freund geworden. Seine Loyalität steht nicht in Frage.« Seine Stimme donnerte.

Lachlann sah Einar nur an. Seine Augen leuchteten feurig, als Morag aufstand.

»Nun ist Schluss. Ich weiß nicht, was in dich gefahren ist. Du kennst Eric noch weniger als ich. Aber wenn mein Mann sagt, er ist sein Freund, dann nehme ich ihn ohne Fragen zu stellen auf. Ohne nachzufragen und zu zweifeln.« Lachlann sah seine Tochter an, stand auf und verließ wortlos das Haus. Einar fühlte sich nicht wohl und versuchte, sich für seinen Schwiegervater zu entschuldigen.

»Ist schon gut. Er hat was gegen mich. Was soll's.« Ich versuchte zu beschwichtigen und rollte die Vorlage zusammen. Morag winkte mit ihren Händen ab.

»Nein, Eric. Ich lasse das nicht auf uns sitzen. Wir sind nicht so. Schon gar nicht mein Vater.« Ich sah sie an und nickte.

»Ich werde nun gehen und ich werde sehen, dass ich deinem Vater nicht zu häufig über den Weg laufe.« Ich verabschiedete mich ebenfalls und verließ ihr Haus. Bevor ich in meine kleine Hütte zurückkehrte, besuchte ich noch den Dorfschreiner. Ich zeigte ihm die Maße der Bretter, die ich benötigte. Er versprach sie mir für den folgenden Tag. Als ich zurückgekehrt war, setzte ich mich auf den Bettrand. Gloi saß auf seiner kleinen Plattform im Inneren und sah auf mich hinunter. Ich musste zugeben, wenn ich zu diesem Zeitpunkt hätte tauschen können, wäre ich lieber bei Luag geblieben und säße an seinem Feuer.

Es klopfte an meiner Tür. Ich stand auf und öffnete. Ole und Hugh standen im Rahmen.

»Was ist geschehen?«, fragte Hugh.

»Wir haben es von Einar erfahren.« Ole sah mich nur an. Ich sah mich nach allen Seiten um.

»Kommt rein.« Ich seufzte.

»Wenn ich das wüsste.« Ich erzählte ihnen, was vorgefallen war. Hugh konnte es kaum glauben. Ole drückte sich unsicher herum. Hugh sah ihn an.

»Was hast du denn auf einmal. Erzähl es ihm.« Ole getraute sich kaum, es uns zu erzählen.

»Es geht mir ebenso wie Eric. Ich kann helfen, wo ich will. Es wird mir gedankt, aber ich finde keinen Anschluss. Was ich auch anstelle, sie grüßen mich, aber sie sehen mich noch lieber wieder gehen.« Hugh sah uns entsetzt an.

»Was ist nur in den zwei Jahren hier geschehen?«, sagte er mehr zu sich selbst.

»Bei mir ist es nicht so schlimm, außer die Abneigung von Lachlann.«

Trotzdem entschlossen wir, ins Haupthaus zu gehen und zu essen. Ole fühlte sich nicht sehr wohl und ich war auch nicht besonders in Feier-Stimmung, ich zog mich schon früh zurück.

Die nächsten Tage vergingen für mich sehr schnell, da ich mich intensiv mit Einars Auftrag beschäftigte. Ole, der in mir auch einen Leidensgefährten sah, leistete mir jeden Tag Gesellschaft. Wie auch Björn, Halfdan und Hugh.

Der Winter fing langsam an zu weichen und machte dem Frühling Platz. Der Winter schien mir nicht besonders hart gewesen zu sein, aber das konnte ich nicht richtig beurteilen. Es war mein erster Winter hier in diesem Land. Auch meine Arbeit an Morags und Einars Türeinfassung stand kurz vor dem Ende. Ich baute sie vor meiner Tür auf. Ceard und meine drei Freunde standen davor. Kritisch bestaunten sie mein Werk. Als ich alle Teile zusammengestellt hatte und mein Werk präsentierte, strahlten meine Freunde vor Bewunderung.

»Du bist wahrlich ein Künstler«, meinte Halfdan.

»Deine Fertigkeit möchte ich haben«, sagte Ole neidisch.

»Das können nur Eric und sein Ziehvater Ragnar. Nirgends sonst habe ich solch prächtige Arbeiten gesehen wie von ihnen«, erzählte Björn.

»Diese Arbeit müssen Morag und Einar sofort sehen. Ich hole sie«, sagte Hugh. In der Zwischenzeit erklärte ich Ole und Ceard die Bedeutung der einzelnen Motive, als Morag mit Hugh kam.

»Einar wird auch gleich kommen«, sagte Morag zu uns und ihre Augen wurden immer größer. Sie freute sich, was man ihr gut ansah. Sie umarmte mich.

»Wunderbar, Eric, dies wird auch Einar gefallen.«

Einar war auf dem Weg zu sehen. Lachlann ging neben ihm. Einar lachte schon, als er noch sicher zwanzig Meter davon entfernt war und rief: »Lass uns dein Werk bewundern.« Als er davorstand und es bestaunte und fein seine Hände darüber gleiten ließ, sah er mich an und ich glaubte, eine Träne gesehen zu haben. Schnell wischte er sie ab, legte seine Hände auf meine Schultern.

»So einen jungen Mann wie dich habe ich schon lange nicht mehr gesehen. Du schnitzt mit solcher Freude und Liebe bis ins kleinste Detail.«

»Nicht nur auf dem Holz sehen seine Arbeiten gut aus. Mir gefallen seine Arbeiten bei unseren Feinden ebenso gut.« Björn lachte. Hugh und Einar stimmten ihm zu.

Lachlann sagte kein Wort, auch schien ihn mein Werk nicht groß zu interessieren. Nach einer kurzen Zeit wandte er sich ab und verließ uns wortlos. Auch ich hatte an ihm kein Interesse und sah ihm nicht nach. Nur seine Tochter drehte sich um, wie mir später Ole erzählte.

Ich beendete die letzten Linien und stand kurz vor der Montage an Einars Haus. Ole und Ceard verstanden sich gut und halfen sich gegenseitig. Jeder konnte dem anderen etwas beibringen. Ich sah ihnen manchmal zu, wie sie über ihre Sprachschwierigkeiten doch immer wieder dasselbe Ziel hatten. Einar, Njall und Wulfgar halfen mir bei der Anbringung der Türverzierung.

»Viel schöner als bei Snorre«, meinte Njall, Wulfgar nickte zustimmend und sagte, während er in seinem Bart kratzte: »Die Linien sind auch feiner. Nicht so grob wie bei Snorre. Durch das wirken sie … etwas mystischer. Man erkennt Odin zuoberst nicht auf den ersten flüchtigen Blick. Man muss genau hinsehen. Mir gefällt aber besonders unser Bogen- und Wintergott Uller auf der linken unteren Seite. Wie er mit gespanntem Bogen durch die Linien anvisiert.« Njall und Einar bückten sich vor.

»Tatsächlich«, sagte Einar. Njall bückte sich weiter vor.

»Ja, genau. Ich glaube, ich muss mir einen Schemel nehmen und mich einen Tag davor setzten. Ich erkenne immer mehr.«

»Was für eine Arbeit, Eric. Ich weiß nicht, wie ich dir jemals dafür danken kann«, sagte Einar.

»Da hätte ich eine großartige Idee.« Alle sahen mich an.

»Stoßen wir an. Oder gibt es in Einars Haus keinen Met mehr?« Alle lachten. Er rief nach seiner Frau und dem Met.

Morag kam mit Bechern und einem Krug Met aus dem Haus und schenkte sie voll, überreichte sie uns und wir stießen an. Einar legte seinen Arm um seine Frau und sagte: »Ist es nicht wunderbar?«

»So was habe ich noch nie in meinem Leben gesehen. So viele Linien und man entdeckt überall was Neues.« Er stimmte ihr zu.

Dann wollte Einar von mir wissen. »Wie kommst du ausgerechnet auf Uller?« Ich zuckte mit den Schultern.

»Liegt wahrscheinlich daran, dass alle immer über uns sagen, wir kämmen aus dem Land des Eises. Ich liebe den Winter und ich ging mit Ketil am liebsten im Schnee auf die Jagd und er benutzte einen Bogen.« Wir standen in einer Reihe vor der Tür. Alle sahen mich an. Wieder zuckte ich mit den Schultern. Einar sah mich an. Er hob seinen Becher.

»Auf dich Eric und dein Werk.« Alle stießen an und leerten ihre Becher in einem Zug. Es blieb nicht bei einem Becher. Ich zeigte ihnen weitere Symbole und Figuren. Wulfgar schüttelte seinen Kopf und meinte lachend: »Diese Türeinfassung für unseren Bootsführer. Jeder König würde dir mehr als nur Silber und Gold dafür zahlen. Nicht wie er, der dich mit ein paar Bechern Met abspeist.« Ich musste lachen.

»Habe ich gerne gemacht und Einar hat mir mehr gegeben, als man mit Gold und Silber bezahlen kann.« Wulfgar nickte.

»Das kann ich verstehen.« Er akzeptierte meine Antwort.

Die folgenden Tage wurden immer heller, und wenn die Sonne einmal schien und ihre ersten warmen Sonnenstrahlen zu uns schickte, fingen der Schnee und das Eis schnell an zu schmelzen. Das Wasser füllte die Bäche. Gloi und ich machten ausgedehnte Spaziergänge oder Flüge in die Natur und genossen es, einmal aus dem Dorf zu kommen. Ich lauschte dem Zwitschern der Vögel, die aus warmen Ländern zurückgekommen waren. Verfolgte das Wandern des Wildes, wie es ungestört durch das Holz zog.

Als ich an einem Spätnachmittag zurückkehrte, rief mir Ceard entgegen: »Eric, schmücke dein Haus mit Birkenzweigen. Wir feiern Morgen das Fest Imbloc.«

»Was bedeutet das?«

»Das Jahr ist jung.« Er suchte nach den richtigen Worten, als Njall dazukam.

»Es ist ein Fest der Reinigung und des Neubeginns, wenn du so willst. Ich habe für dich aus Stroh ein vierstrahliges Kreuz geflochten.« Er hängte es ans Vordach, das das Holz und die Esse vor Regen und Schnee schützte. Es machte sich gut, so wie es hing. Ich bedankte mich bei Njall für das Geschenk.

Am anderen Tag ging ich mit Gloi und Ole schon sehr früh in den Wald und schnitt mir frische Birkenzweige ab. Als wir mit einem großen Bund in den Armen zurück waren, trafen wir auf Lachlann. Er sah uns mit zusammengekniffen Augen an und ging weiter.

Ole sagte leise zu mir: »Dieser alte Griesgram. Ich glaube, am liebsten hätte er, wenn wir nicht mehr hier wären.«

»Das ist gut möglich, Ole. Aber es kann auch sein, dass er länger braucht als viele andere.«

Ole zuckte mit den Schultern. Halfdan und Björn kamen und halfen uns die Zweige zu montieren. Etwas später traf auch Njall mit seiner Frau Hekla ein. Alle hatten einen Krug Met bei sich.

»Los, lasst uns feiern«, rief Björn. Halfdan, der unsere beiden Jungs im Schlepptau hatte, lachte und rief laut: »Nun kommt eine wunderbare Zeit.« Björn nickte ihm zu.

»Ja, das stimmt, Halfdan. Alles erwacht nun.« Er sah auf Halfdans Hose. Der merkte es, sah Björn an und sagte vorwurfsvoll: »Was willst du damit sagen.«

Björn muckste vor sich hin und meinte nur: »Wann suchst du endlich eine Frau, die du jeden Abend mit Freuden besteigst. Das mit Silke ist ja schon ewig her.« Halfdan sah seinen Freund ernst an. Dann lachte er, gab ihm einen heftigen Stoß:

»Ja, du hast recht. Es ist schon zu lange her. Aber nur für ein paar Minuten will ich keine Frau an meiner Seite, ich will eine, die ich von innen liebe.« Björn gab sich damit zufrieden und hörte auf zu sticheln. Wir sahen uns alle an, hoben unsere Becher und stießen an.

Vali sah uns an und meinte etwas verärgert: »Ich bin, wie ich glaube, auch alt genug, um einen Becher zu bekommen.« Njall verschluckte sich und musste husten und lachen. Uns erging es gleich. Auch Gloi, der auf einem nahen Holzstapel saß, drehte seinen Kopf und schaute Vali an.

»Was willst du damit sagen?«, fragte Björn und sah ihn erstaunt an.

»Ich werde elf und Skefill neun. Wir beide standen schon in einer Schlacht, obwohl wir noch jung sind. Aber auch wir verletzten und töteten Männer, die unsere Feinde waren.« Erneut sahen wir uns an.

Ole kratzte sich am Kopf und sagte. »Vali hat recht.«

»Ja, Ole. Was du sagst, stimmt«, sagte ich.

Halfdan meinte trocken: »Nein. Zu jung.« Aber Njall, der an ihrer Seite stand wie in der Schlacht bei den Gauten, meinte lachend: »Aber sicher habt ihr Anrecht darauf. Aber bedenkt. Es ist ein Rauschgetränk. Nicht zu viel davon.« Er reichte den beiden einen Becher und füllte sie. Er hob ihnen seinen Becher entgegen. »Seid willkommen im Bund der Krieger.«

Skefill, der als Erster einen Schluck nahm, fing an zu husten.

»Schmeckt gut nach Honig«, stottert er. Vali sah seinen Bruder an, wollte ihm nicht nachstehen und ihm beweisen, dass er der Ältere war. Er versuchte, nicht zu husten. Doch zur Hälfte musste er absetzen; er rang nach Luft. Aber er wollte sich keine Blöße geben und meinte heiser: »Ja, wie mein Bruder sagte. Ist fein mit Honig versetzt. Aber später fängt er an zu brennen. Im Hals.«

»Wenn du Halsweh hast, brennt dir dieses Getränk alles weg«, sagte Njall. Wir mussten alle mit vorgehaltener Hand lachen.

»Aber fürs Erste reicht es, glaube ich. Später schenke ich euch gerne noch mal nach.«

Hekla nahm ihre beiden Schützlinge zwischen sich. Sie nahmen ihre Schlafstätten bei den beiden.

»Ich gebe meinem Mann recht. Nicht dass ihr noch das Fest betrunken erlebt oder verschlaft.« Wir stimmten lachend zu. Björn rief: »Da seht!« Er zeigte auf die Spitze der Prozession, die auf uns zuhielt.

»Unser flammenroter Krieger läuft an der Spitze und trägt das vierstrahlige Kreuz. Los, schließen wir uns den Leuten an und ziehen mit ihnen. Kommt, reihen wir uns hinten ein.«

Tatsächlich, zuvorderst schritt unser Hugh und trug vor sich das komische Kreuz aus vier Strahlen, die je im Fünfundvierzig-Grad-Winkel zueinander standen. Er strahlte uns beim Vorbeigehen an. Mit Stolz hielt er das Kreuz vor sich. Wir warteten, bis wir uns einreihen konnten.

Da kam Lachlann und an seiner Seite lief Einar.

»Sieh nur, wie sie sein Haus geschmückt haben. Man könnte glauben, sie gehören zu uns und kennen unsere Bräuche.«

Lachlann lachte heiser. Einar sah zu uns, sagte aber keinen Ton. Ich sah ihn nur an. Ich war mir nicht sicher, ob meine Freunde seine Worte gehört hatten, obwohl ich an Njalls Gesicht zu sehen glaubte, dass er dasselbe gehört hatte. Aber auch er verzog keine Miene. Ich wusste, was ich vernommen hatte und mir war das Fest schon jetzt egal. Was bewog Lachlann nur zu seiner Ablehnung uns gegenüber? Seine Beweggründe hätte ich gerne gekannt.

Meine Freunde rissen mich aus meiner Grübelei. Wir schlossen uns den Leuten an und folgten ihnen zum Festplatz. Ich versuchte, Lachlann den ganzen Abend nicht zu beachten, und ertränkte meinen Frust im Met. Ich bekam noch mit, wie die Leute feierten, und sah unseren Jungs zu, wie sie sich langsam an den Met gewöhnten.

An einem klaren und wunderschönen sonnigen Frühlingstag, es war circa zwei Wochen nach dem Fest, machte ich einen Jagdausflug mit Hugh und Skefill, der unbedingt mitwollte. Wir zogen mit Pfeil und Bogen aus dem Dorf und gingen Richtung der bewaldeten Hügel.

»Weißt du, was einige Leute und besonders Lachlann gegen uns haben? Vor allem gegen Ole und mich?«, fragte ich Hugh. Er sah mich nicht an, ging einfach weiter. Skefill und ich blieben stehen.

»Hugh, ich habe dich was gefragt. Oder bist du nun auch gegen uns?« Er blieb abrupt stehen und setzte sich auf einen moosüberwachsenen Stein. Sein Blick war auf den Waldboden gerichtet; er schüttelte den Kopf.

»Ich weiß nicht, was in den zwei Jahren, in denen wir fort waren, geschehen ist. Auch ich verstehe es nicht. Nein, ich verstehe es wirklich nicht. Mir kam schon der Gedanke, dass Loki hier ein Ränkespiel trieb. Auch ich habe die schwelende Abneigung gespürt.« Er sah noch immer auf den Boden.

»Ihr habt mich ja am Fest gesehen. Für mich war das eine große Ehre, das Strahlenkreuz zu tragen. An diesem Abend stellte ich Lachlann meine Tyree vor und fragte ihn, ob er uns seinen Segen geben würde.« Hugh blickte weiter auf den Boden. Skefill und ich blickten uns fragend an. Der Kleine ging auf Hugh zu und legte ihm seine Hand auf die Schulter und fragte leise und schüchtern.

»Was hat er denn gesagt, Hugh?« Er hob seinen Kopf, fuhr mit seiner mächtigen Hand durch sein Haar und schmunzelte ihn an.

»Hugh, was hat er gesagt?«, fragte ich noch mal.

»Er sah mich nur mit seinen kalten Augen an. Dann schickte er Tyree fort. Ich wusste nicht, wie ich mich verhalten sollte und was ich sagen sollte. Lachlann meinte nur eiskalt: Nein, es lebten schon genug Fremde unter uns und dann noch eine Skotin. Er verwies auf euch. Er zählte eure Namen auf. Hekla, Björn, Halfdan, Ole, du, Eric. Er wollte nicht noch

mehr Andersgläubige hier. Einar, Njall, Skeld, Wulfgar und Ingwar waren schon immer hier, oder schon zu lange hier. Von ihnen sprach er nicht. Nur von euch.« Er sah uns an.

»Wenn er sein Jawort nicht gibt…« Er brauchte einen Moment. »Ohne sie. Nein, auf keinen Fall. Ich liebe sie zu sehr. Ich gebe sie nicht auf. Das unterschreibe ich mit meinem Blut.« Ich verstand ihn und Skefill versuchte, ihn zu trösten.

»Deine Entscheidung unterstütze ich. Ihr gehört zusammen«, sagte ich.

Hugh lachte.

»Wenn das so einfach wäre, Eric.« Er sah mich durchdringend an. Ich konnte ihm keine Antwort geben. Ich wusste nur, Hugh ohne seine Tyree … das würde ihn zerreißen, ihn spalten, ihn vielleicht zur Bosheit verleiten. Alles in mir sagte: Ihn zum Feind zu haben, einen so gewaltigen Krieger, das konnte nicht gut sein. Es gab nur eine Frage, wie lange man seiner Kraft widerstehen konnte. Der eigene Tod war sicher. Auf dieses Wagnis wollte ich mich nicht einlassen.

Skefill und ich setzten uns zu ihm und teilten das Brot und den Käse, die wir mitgenommen hatten. Unser Jagdglück blieb uns versagt und wir kehrten ohne Beute zurück. In mir schwelte ein Gedanken, als ich in meinem Bett lag: Hier sind wir nicht willkommen. Wir müssen weg. Mir kam die Idee, zu Luag zu reisen. Wenn wir dort auch nicht willkommen waren, wollte ich zurück. In mein Land. Bevor ich meine Pläne weitersagte, ließ ich meine Gedanken gedeihen und pflegte ich sie reiflich.

Es verstrichen Wochen, als ich an einem Spätnachmittag Skefill vorbeigehen sah. Er grüßte mich höflich und wollte weitergehen, aber ich rief ihn zurück. Stolz trug er seinen Bogen.

Er drehte sich um und kam zu mir zurück.

»Ja, ich weiß ich bin spät dran. Aber ich vertiefte mich ins Training.« Er hob seinen Bogen. Ich winkte ab.

»Glaube ich dir. Willst du mir helfen?«

»Ja, sicher. Was kann ich für dich tun?« Er stellte seinen Bogen an den Pfeiler und trat zu mir.

»Halte die Zange mit dem glühenden Eisen. Drücke einfach zu und höre mir zu, was ich dir jetzt sage. Hast du mich verstanden? Wenn du die Zange fasst, heißt das Ja.« Ich sah ihn an. Er nickte fein und fasste das Eisen und legte es auf den Amboss.

Leise fragte er mich: »Wie kann ich dir helfen, Eric?« Mit aller Kraft hielt er das Eisen in seinen Händen, während ich mit dem Hammer zuschlug.

»Geh nachher unverzüglich zu Halfdan, Björn, Hugh und Ole. Ich will sie heute Abend sehen. Hier. Bring Vali und deine Schwester mit. Hast du mich verstanden, Skefill?« Er nickte erneut.

»Los geh jetzt unverzüglich und mach schnell. Rufe nicht, sondern lass es aussehen, als wolltest du sie besuchen und dich nach ihrem Wohlbefinden erkundigen.«

Er flüsterte mir zu: »Das mache ich, und mein Bruder und Schwester werden hier erscheinen.« Er steckte das Eisen wieder in die Glut und ging wortlos. Ich wartete, zog das Eisen wieder aus der Glut und schmiedete weiter, als wäre nichts geschehen. Irgendwie hatte ich das Gefühl, dass Lachlanns Männer mich beobachteten.

Doch unser Treffen fiel nicht groß auf, da wir manche Stunden zusammensaßen. Einer nach dem anderen traf ein. Halfdan kam als Letzter mit einem Krug Met unter jedem seiner Arme. Er versuchte zu klopfen, dann rief er.

»Lasst mich rein. Ich habe keine Hand frei.« Vali öffnete ihm die Tür.

»Na endlich. Wurde auch Zeit. Sie sind schwer«, polterte er. Becher wurden verteilt und eingeschenkt.

»Was liegt an, Eric? Außer einem gemütlichen Zusammensein?«, fragte Björn. Hugh stand auf, hob seinen Becher.

»Lasst uns zuerst anstoßen. Auf unsere Gemeinschaft.« Halfdan sah ihn an.

»Weißt du mehr als wir?« Alle lachten. Das war für mich das Zeichen. Ich stand auf und sah alle an.

»Freunde, ich will euch etwas fragen.« Rhythmisches Klatschen und »Los, Los, Los!« waren zu hören. Ich hob meine Arme.

»Ist schon gut. Ich erzähle es euch.« Nun wurde es langsam ruhiger. Man hörte nur noch den Wind ums Haus blasen.

»Alle von euch wissen, dass Ole und ich nicht besonders beliebt sind hier. Warum wissen wir beide nicht und es sagt uns auch niemand etwas.« Ich machte eine kurze Pause, bevor ich weitersprach.

»In mir wuchs in den letzten Monaten der Gedanke, in den Süden zu ziehen und neu anzufangen.« Ich sah alle an. Mir wurden fragende Blicke zugesandt. Dann tauschten sie untereinander Blicke aus. Ihr Überraschtsein und ihre Unsicherheit konnte ich ihnen ansehen.

»Hört mich an. Es ist nur ein Gedanke von mir. Nur ein Gedanke. Aber ich wollte und muss wissen, was ihr darüber denkt.«

Halfdan war der Erste. »Eric, du weißt. Ihr wisst es. Ich habe hier keine Familie. Mich hält hier eigentlich nichts. Ich kam nur hierher zurück, weil unser Bootsführer und Njall hier leben.« Gespannt waren aller Blicke auf mich gerichtet.

»Los, Eric sprich mit uns«, forderte mich Björn auf. Die anderen jubelten und klatschten in die Hände und bald war nur noch das rhythmische Klatschen zu vernehmen.

Ole wagte sich als Nächster. »Ich bin dabei. Auch wenn es noch ein Jahr dauert.«

Vali, Skefill wie auch ihre Schwester Asny wollten mir folgen. Björn und Hugh saßen stumm auf ihren Schemeln und sahen sich an. Ich wollte die Stimmung heben. Schenkte allen Met nach.

»Wie gesagt. Es ist nur ein Gedanke von mir. Aber es ist meine Pflicht, euch das mitzuteilen. Nun lasst uns anstoßen.« Alle hoben ihre Becher und tranken.

Halfdan sah zu Björn und Hugh, als er sie ansprach. »Ihr habt dazu keine Meinung? Ihr, die ihr seine Taufonkel seid?« Björn sah ihn an.

»Doch alter Freund, habe ich.«

»Und die wäre?«, fragte er nach. Da bat Hugh um Ruhe.

»Ich muss euch etwas erzählen und lasst mich sprechen.« Wir sahen ihn gespannt an.

»Ihr kennt meine Liebe zu Tyree.« Wir nickten und Ole lachte verlegen. »Höre ich des Öfteren.«

Tyree gab ihm einen Stoß.

»Nach unserem Frühlingsfest ging ich zu Lachlann und bat ihn um seinen Segen und sein Jawort zu unserer Hochzeit.«

Tyree sah ihn mit großen Augen an und sagte. »Hast du? Du hast mir nichts davon gesagt und um meine Hand angehalten hast du auch nicht. Bist du dir sicher, dass ich dich überhaupt als Ehemann will?«

Hugh sah sie mit bittenden Augen an. »Tyree, bitte. Du weißt, dass ich dich liebe. Also lass mich es zu Ende erzählen.« Hugh nahm ihre Hände und sah sie an.

»Was du nicht weißt.« Er hielt inne. »Lachlann wollte nichts davon wissen. Er versagte mir seinen Segen und meinte nur kalt: Wir mischen uns nicht mit fremdem Blut. Dann fügte er noch kurz bei, bevor er aufstand, ich sehe seine kalten Augen noch vor mir, als er sagte: ›Und sicher nicht mit einer Skotin‹.«

Verblüffte und erschrockene Gesichter sahen die beiden an. Ungläubig sagte Halfdan: »Aber du stammst ja von hier. Das Gleiche hätte er auch bei Einar sagen können.«

Entrüstet wollte Tyree aufbegehren, aber Hugh sah sie ernst an.

»Für mich brach eine heile Welt zusammen. Ich konnte seine Ablehnung nicht verstehen. Auch habe ich die ablehnende Haltung gegen Eric und Ole gesehen. Auch in mir kam der Gedanke auf.« Er blickte auf den Boden. Es vergingen einige Minuten, bis er weiterredete.

»Ich hatte vor, Tyree zu fragen …« Wieder stockte er. »… mit ihr zu ihren Verwandten zu ziehen. Ich will sie auf keinen Fall verlieren.« Es war absolut ruhig. Niemand ließ ein Wort verlauten. Tyree fiel Hugh weinend um den Hals.

»Ich gehe mit dir, wohin du willst. Wo das auch sein soll«, flüsterte sie in sein Ohr.

Björn räusperte sich und rang nach Worten. Er legte seine Hand auf Hughs Schulter.

»Dann ist die Antwort wohl gefallen. Mit Eric und dir an meiner Seite.« Er sah zuerst Hugh an, dann uns alle.

»Ich folge euch, ohne zu fragen. Wohin es auch geht.« Hugh nickte ihm zu und meinte.

»Eric wird uns an den richtigen Ort führen.«

An diesem Abend wurde eine neue Gemeinschaft gegründet. Wir beschlossen, niemanden, auch nicht unseren Freunden, etwas zu sagen. Absolutes Schweigen musste herrschen vor allem bei Vali und Skefill – was wir ihnen einbläuten.

Die Tage wurden heller und es wurde immer wärmer. Einar rief uns zusammen. Das Eis auf dem Fluss war geschmolzen, auch der letzte Schnee auf den Schattenhängen. Die Zeit, unser Schiff wieder seetüchtig zu machen, war gekommen. Ballaststeine wurden wieder in den Kiel geladen. Takelage und Segel montiert und nach ein paar Tagen lag Wulfgars Stolz wieder im Wasser. Einar teilte uns mit, dass er nach dem Fest der Mittsommerwende nach Irland segeln wollte, um Handel zu treiben. Uns kam dieses Vorhaben recht, um hier für eine Zeit das Dorf zu verlassen. Ich machte mir Gedanken, was ich überhaupt wollte. Noch mal zurückzukehren, oder?

Ich schob die Gedanken auf die lange Bank. Doch an der Situation für uns änderte sich nichts. Wir wurden mal so eben akzeptiert. Man grüßte uns und einige, die den Mut besaßen, gaben mir kleine Arbeiten, die ich für sie schnitzen durfte. Das Fest Beltaine wurde gefeiert und etwas später das Mitt-

sommerfest – und noch immer waren wir ›die Nordmänner‹. Nur Ceard saß häufig bei uns und feierte mit uns.

Nun wurden die Reisevorbereitungen getroffen. Alle aus unserer Mannschaft machten sich langsam bereit. Jeder von uns packte seine Seekiste. Waffen wurden neu geschliffen und eingeölt und auf das Schiff gebracht. Met und Vorräte verstaut. Da geschah das, was schon alle vergessen hatten oder nicht mehr glauben wollten. Es war früher Abend und wir kamen gerade von unserem Schiff zurück, als Leute gehetzt Richtung Hauptgebäude eilten.

»Was haben die denn alle?«, fragte Skjold.

»Werden wir gleich erfahren«, grollte Einars Stimme hinter uns. Auch wir beeilten uns und folgten den Leuten ins große Haus. Skeld, der zuvorderst lief, wurde langsamer und drehte sich zu uns um.

»Wenn meine alten Augen mir keinen Streich gespielt haben. Ich glaube, ich habe Krieger gesehen mit einer roten Schärpe um.«

Einar und Njall sahen sich an. Wir begannen zu rennen und betraten das Haus. Im Inneren herrschte lautes Stimmengewirr. Wen man auch fragte, es wusste niemand eine klare Antwort. Einar war verschwunden und etwas später sah ich ihn an Lachlanns Seite. Skeld hatte richtig gesehen: ein Krieger, er musste vom Nachbarclan stammen. Er trug eine große rote Schärpe quer über seinem Oberkörper.

Lachlann stand auf einem Tisch und hob seine Arme und verlangte Ruhe. Doch die Aufregung unter den Leuten war zu groß. Da trat Einar neben seinen Schwiegervater. Seine tiefe Stimme, die durch den großen Raum hallte, zeigte Wirkung. Es wurde schnell ruhig und alle sahen zu Lachlann.

Der sah in die Runde und rief: »Krieg im Süden.« Blicke wurden ausgetauscht.

»Sie brachten die Botschaft.« Er zeigte auf die drei, die mit der roten Schärpe gekennzeichnet waren.

»Sie bringen die Aufforderung, um zu helfen. Morgen werden sie ihre Botschaft weiter ins Land bringen. Auch ich habe geschworen, wie ihr wisst, Hilfe zu leisten. Morgen werde ich bestimmen, wer unseren Clan repräsentiert. Lasst uns heute noch feiern und genießen.«

Die Anwesenden fingen wieder an zu diskutieren und verließen nur langsam das Haus. Es wurde mir ein Zeichen gesandt, dachte ich. Vor dem Haus wartete ich auf meine Brüder. Jeden, den ich sah, zog ich auf die Seite. Die Ersten waren Vali und sein Bruder. Hugh und Björn folgten. Halfdan und Ole verpasste ich oder sah sie nicht.

Zu Vali und Skefill sagte ich: »Sagt ihnen Bescheid, sie sollen vor dem Nachtessen sich bei mir treffen, ihr auch.« Beide nickten und verschwanden in der Menge. Ich begab mich in mein kleines Haus und wartete. Nacheinander traten alle ein und setzten sich, wo sie Platz fanden.

Als alle anwesend waren, begann ich. »Ich glaube, das war das Zeichen für unseren Neubeginn.«

»Krieg? Findest du?«, fragte Halfdan. Ich nickte. Erstaunt sahen mich alle an.

Björn zog unsicher seine Schultern hoch. »Also, dem Feind entgegenzutreten und ihn zu töten, macht mir eigentlich nichts aus. Aber in einen Krieg zu ziehen ohne Grund. Das sagt mir, wir werden bezahlt und lassen unser Leben für ein paar Goldmünzen.« Ich winkte ab.

»Hört mir zu. Mir geht es nicht um das Eintauchen unserer Schwerter in Fleisch und Blut. Ihr könnt mich einen Spinner nennen … aber als ich an diesem Regenmorgen mit Luag über die Felder und Wälder ging, empfand ich in mir ein warmes Gefühl. Ich glaube, es ist der richtige Platz. Warum? Fragt mich nicht!« Es war ruhig in meinem Haus, sie sahen mich nur an. Hugh blickte mich mit zusammengekniffenen Augen an. Björn rieb sich sein Kinn und Halfdan sah uns drei nachdenklich an.

Nur Skefill rief euphorisch: »Mein Bogen ist schnell gespannt. Ich folge dir.« Vali nickte und sagte Ja.

»Was meinst du, Tyree?« Sie sah von mir zu ihrem Gemahl Hugh.

»Ich würde dir folgen, aber nur mit ihm an meiner Seite.«

»Das verstehe ich. Ich will euch einfach sagen: Morgen wird Lachlann die Frage stellen, wer freiwillig gehen will. Ich werde mich melden und ich werde auch nicht mehr zurückkehren. Ihr kennt ja meinen Plan.«

Halfdan fragte mich vorsichtig. »Was willst du Einar und Njall sagen?«

»Die Wahrheit ist, Halfdan, dass ich mich morgen freiwillig melde, wenn Lachlann fragt. Und so wie ich ihn kennengelernt habe, wird er sofort Ja sagen.«

Ole wägte ab, bevor er antwortete. »Ohne dich hier? Nein Freunde, ich werde der Zweite sein, der sich meldet.« Vali lachte.

»Nun sind wir schon vier.« Hugh blickte zu seinen alten Freunden.

»Halfdan, du brauchst nicht abzuwägen. Tod oder Neuanfang. Und du, Björn? Lass Niamh hier, wo sie sich wohlfühlt. Du findest mehr als nur eine Frau im Süden.« Halfdan lachte heiser und stieß Björn an.

»Und wenn wir dort auf einem fremden Feld liegen und ausbluten, wird Eric uns gebührend bestatten. Aber bis dann findest du sicher genügend Frauen, die um dich trauern und weinen.«

Björn schüttelte seinen Kopf und verzog sein Gesicht zu einer Grimasse. »Das sagt ausgerechnet der Mann, der immer alles hinterfragt? Und glaube mir, der Tod kommt jedenfalls und besucht jeden von uns. Irgendwann. Das ist sicher.«

Halfdan stand auf, sah uns alle an. »Ich werde mich als fünfter Mann melden.« Hugh fasste eine Hand seiner Tyree, sah sie an. Sie nickte ihm zu. Dann stand er auf und sagte laut: »Ich werde der sechste Mann werden.«

Björn lachte. »Ohne mich? Vergesst es. Mit mir an eurer Seite lebt ihr länger. Also lasst es uns morgen vollbringen.«

So hatten alle ihre Meinung gesagt und ich muss ehrlich sagen: Es freute mich, dass alle mir vertrauten und mitkommen wollten.

Der Abend verging ohne große Begebenheiten. Es wurde wie immer gelacht und man genoss das Essen und das Zusammensein. Man verdrängte das Kommende. Ich hingegen konnte es nicht erwarten. Ich schlief unruhig. Warum, das wusste ich nicht. Lag es daran, dass ich träumte, Hugh komme doch nicht mit und die anderen würden deswegen auch wackeln. Ich wusste es nicht.

Als am Morgen die Ersten noch verschlafen durch das Dorf gingen, saß ich mit Gloi an meiner Seite auf einem Hocker und schaute ihnen zu, wie sie an uns vorbeieilten. Da tauchte Skefill auf. Er bemerkte uns zwei zuerst nicht und ging mit seinem gespannten Bogen an uns vorbei.

»Was machst du denn schon so früh.« Erschrocken blieb er stehen und grüßte uns.

»Oh, du bist auch schon wach, Eric. Ich konnte nicht mehr schlafen und dann habe ich mir gedacht, ich will meine Gedanken frisch ordnen und gehe etwas schießen.«

»Mach das, Junge, aber vergiss nicht zu erscheinen.«

Ein paar Stunden später trafen wir im Haus zusammen. Doch wir vermieden es zusammenzusitzen. Jeder von uns saß an einem anderen Tisch oder stand in einer Ecke. Es füllte sich schnell und einige mussten sogar im Stehen ihr Mahl einnehmen. Es herrschte gespannte Stimmung; alle warteten irgendwie fiebrig auf die Auslosung.

Es war wie eine Entspannung, als Lachlann eintraf. Alle Blicke waren auf ihn gerichtet. Einar saß neben ihm und ich spürte seinen Blick auf mir. Ich entgegnete ihn nicht. Als sein Schwiegervater mit dem Essen fertig war, stand er auf und fragte in die Runde.

»Ihr wisst alle, was ich versprochen habe.« Er sah nach allen Seiten.

»Ich habe den Clans im Süden meine Unterstützung angeboten und unsere Hilfe. Ich muss nun von euch wissen: Wer wird sich freiwillig melden und unseren Tribut erfüllen.« Wieder sah er auf alle Seiten und sein Blick schweifte auch über uns. Da stand ich auf.

»Mein Herr Lachlann, ich werde der Erste sein.« Er sah mich mit seinen kalten Augen an.

»Du, Eric Rabenmann?« Ich nickte. Es verging keine Minute, bis Halfdan aufstand. Er rief mit deutlicher lauter Stimme. »Ich bin der zweite Mann.« Aus verschiedenen Ecken kamen Björns und Skefill Worte. »Ich bin der dritte Mann.« – »Ich der vierte.« Vali ließ auch nicht lange auf sich warten. »Ich werde mich auch anschließen und werde der fünfte Mann.« Ole rief von weit hinten. »Ich werde den sechsten Mann stellen.«

Am Schluss stand Hugh auf. »Auch ich werde mit meiner Axt und Tyree mein Dorf verlassen. Dazu hast du mich gezwungen. Darum werde ich der siebente Mann sein.«

Rundherum entstand ein Stimmengewirr. Blicke wurden ausgetauscht. Man sah zu Lachlann. Auch Einar sah seinen Schwiegervater verstört an. Aber er reagierte nicht. Hughs Augen sahen ihn böse an.

»Weil du nicht dein Jawort gegeben hast, bin ich gezwungen, meine Gemeinschaft zu verlassen.« Lachlann sah ihn erschrocken an. Auch Njall sah zu den beiden. Doch Lachlann blieb wie ein Felsen sitzen. Auch meinte ich, ein verstohlenes Lächeln über seine Lippen huschen zu sehen. Er stand auf und sah uns sieben an.

»Gut. Ich nehme euer Angebot an. Vier Gestaltwandler. Ihr habt die Kraft von vierzig Männern oder mehr. Eine größere Streitmacht können wir nicht aufbieten.« Er sah sich um.

»So soll es sein. Unsere Truppen sind bestimmt.« Einar wollte noch was sagen, aber Lachlann stand auf und verließ mit den Boten das Haus. Auch dankte er uns nicht.

Es war genau das, was ich erwartet hatte. Ich schmunzelte in mich hinein. So wurde er uns wieder los, ohne Mühe. Njalls und Einars Blicke wanderten zu allen und ihre Blicke sprachen Bände. Unverständnis gemischt mit Ungläubigkeit traf uns. Auch als ich ging, spürte ich Ceards Blicke auf mir. Er war auch der Erste, der an meine Tür klopfte. Ich ließ ihn ein. Er stand ungläubig vor mir.

»Willst du wirklich dieses kleine Haus und die Esse verlassen?«

»Für den Frieden. Ja, das werde ich. So kannst du ohne Angst zu haben hier weiter leben. Ohne Angst zu haben in der Nacht schlafen und deine Kindern aufwachsen sehen.«

»Und wenn du stirbst?«

»Dann will es Odin so.« Ich sah zu ihm hoch. Er sah mich an.

»Das heißt, du wirst niemals zurückkommen und das Haus wird wieder leer stehen.«

Ich nickte nur.

»Wie es aussieht, hast du schon fast alles gepackt. Es sieht aus, als hättest du nie hier gelebt.« Ohne Worte sah ich ihn an. Seufzend verließ er das Häuschen.

Ein paar Minuten später klopfte es wieder an der Tür. Ich rief ja und sah, wie Einar eintrat.

»Den dicken Pullover brauchst du nicht einzupacken. Es ist Sommer.« Ich schmunzelte.

»Aber es wird wieder Winter und vielleicht brauche ich ihn dann. Wenn ich noch lebe. Sonst soll er einen anderen wärmen.« Einar sah mich an.

»Ich war vorher bei Hugh und habe mit ihm gesprochen.«

»Und was hat er gesagt?« Einar sah auf den Boden und rang nach Worten.

»Er wollte mit dir einen neuen Ort suchen, wo ihr leben könnt.« Was meinen Schwiegervater betrifft ... ich weiß nicht, was er hat. Er verwirrt auch mich.

»Ich kann dir auch keine Antwort geben, Einar.«

»Was ihn so verbittern ließ. Ich weiß es nicht. Vor zwei Jahren war er nicht so. Er war ein weitdenkender, weiser Mann. Gutmütig und großzügig. Ich verstehe es nicht, was er gegen euch hat und vor allem gegen Hugh und Tyree. Ich habe noch versucht, mit ihm zu sprechen. Aber er wies mich ab.«

»Du brauchst dich nicht zu entschuldigen, Einar. Aber wie ich es sehe, brechen wir auseinander. Was aber nicht heißen soll, dass wir uns niemals mehr sehen werden.«

Einar nickte.

»Das stimmt, was du sagst. Ich muss dir auch gestehen, ich habe von unserer Trennung geträumt. Eines Nachts wurde er mir dieser Traum geschickt. Ich wollte ihn nicht wahrhaben. Aber die Begebenheiten der letzten Tage … mir kam der Traum wieder in den Sinn und langsam fing ich an, ihn zu glauben.« Wir saßen uns eine Zeitlang stumm gegenüber.

»Dann lass uns einen Becher oder zwei auf unsere Freundschaft trinken. Ich habe noch einen Krug Met hier«, sagte ich. Einar stieß an und leerte ihn in einem Schluck. Er wischte den Schaum aus seinem Schnurrbart.

»Ist besser, wenn wir ihn wegschlucken, sonst kommt Gloi noch auf die gleiche Idee, und wir wissen beide, wie das ausgeht.« Sein heiseres, tiefes Lachen hallte in der Hütte. Gloi, der auf seiner Stange saß, schaute auf uns herunter.

Als Einar aufstand und den letzten Schluck nahm, legte er seine Hand auf meine Schulter. »Wir werden euch hinunter segeln. Eric. Wir treffen uns morgen.«

Am darauf folgenden Tag packte ich den Rest meines Gepäcks und machte mich zu unserem Schiff auf. Ceard stand schon am Steg.

»Eric, für die kurze Zeit, die wir uns kennen, tut es mir leid, dich schon wieder zu verabschieden. Ich werde jeden Tag, wenn ich zu meiner Arbeit gehe und das leere Haus sehe, an dich denken. Zum Abschied möchte ich dir ein Messer schenken. Es ist nicht perfekt, aber es soll dich an mich und

an uns erinnern. Du musst wissen, es sind nicht alle gegen euch.« Ich legte meine Hand auf seine Schulter, nahm sein Geschenk entgegen und steckte es in meinen Gürtel. Ich umarmte ihn.

»Ich weiß und an dich werde ich gerne zurückdenken.« Dann warf ich mein Gepäck an Bord und bestieg das Schiff. Wie ich es erkennen konnte, waren alle schon an Bord. Auch Tyree und Asny. Die Leinen wurden gelöst und langsam trieb unser Schiff in die Strömung des Flusses. Noch einmal winkte ich Ceard kurz zu.

Lachlann sah ich zuvorderst auf dem Steg stehen. Aber ich schenkte ihm keine Beachtung. Gloi flog zu mir und setzte sich auf meine Schulter. Als wir die Mitte des Flusses erreicht hatten, drehte Wulfgar das Schiff und das Segel konnte aufgezogen werden. Langsam und träge fuhren wir der See entgegen.

Ende des zweiten Bandes …

NACHWORT

Ein Buch über diese Zeit zu schreiben ist schwierig, da sehr wenige Überlieferungen vorhanden sind – oder erst nach vielen Jahren von Mönchen niedergeschrieben wurden. Darum kann es sein, dass einige Namen verschieden geschrieben wurden, aber dasselbe bedeuten. Personen wie Luag, Fionnghall und sein Sohn Donnan sind von mir frei erfunden, ebenso ihre Reiche. Wie das Land wirklich aussah und welche Herrscher oder Clanführer regierten, entzieht sich meiner Kenntnis. Auch Erics Wohnsitz existierte nie; meines Wissens wurde nie Funde einer Wikingersiedlung in Berwick upon Tweed gemacht, wo ich sein Dorf entstehen ließ. Um meiner Geschichte etwas Schwung zu verschaffen, habe ich Aethelred und seine Frau Alfyn auf den Thron von Bebanburg gesetzt und somit in die Geschichte eingegriffen. Fakt ist: Nordengland wurde in dieser Zeit von König Aella regiert, bis Dänen York eroberten und Aella fiel oder hingerichtet wurde. Die neuen Regenten wählten einen Schattenkönig namens Ecgberth und setzten ihn ein. Später folgte Eadwulf und danach sein Sohn Ealdred.

GLOSSAR

Aett – Bezeichnung einer Runenreihe, die aus acht Runen bestehen. Das erste gehört Freyr, das zweite Odin und das dritte Thir.

Asen – Überbegriff aller zwölf Götter des nordischen Pantheons. Das bestimmende Göttergeschlecht. In einem Kampf verdrängten sie die Wanen.

Ägir – Göttlicher Meeresriese. Seine Frau ist Ran.

Berserker – Wolfsfell, Bärenfellträger genannt. Odins Krieger. Ihre Wildheit ist in so manchen Sagen überliefert.

Brünne – Körperpanzer, meist aus einem Hemd aus Eisenringen.

Danu – Keltische Göttin. Muttergöttin aller Lebewesen.

Dyflinn – Dublin

Einherier – Einzelkämpfer. Er ruft seine ausgesuchten, tapferen Kämpfer, die auf dem Schlachtfeld gefallen sind, zu sich, wobei ihm seine Walküren helfen und sie nach Walhalla führen. Sie gehören zu seiner Armee und kämpfen an seiner Seite beim Weltuntergang.

Futhark – Zusammenfassung aller bestehenden Runen. Ein Alphabet. Das alte nordisches Futhark trägt vierundzwanzig Runen. Das jüngere nur noch sechzehn Runen. Das nordhumbrische dagegen dreiunddreißig Runen.

Freya – Göttin der Liebe, Fruchtbarkeit und der Zärtlichkeit. Schwester von Freyr. Sie steht wie ihr Bruder hoch in der Gunst bei den Asen. Sie teilt mit Gottvater Odin die Hälfte der gefallenen Krieger auf dem Schlachtfeld. Ihr Sitz heißt Folkwang.

Freyr – Gott der Fruchtbarkeit, des Wachstums und der Ernte. Bruder von Freya. Sein Wohnsitz heißt Alfheim.

Haithabu – Handelsstadt an der Schlei in Schleswig-Holstein, kann heute noch besichtigt werden.

Hel – Göttin des Totenreiches, Tochter von Loki. Zu ihr fahren alle Toten, die nicht als Krieger in der Schlacht gefallen sind. Ihr Sitz liegt unter dem Weltenbaum (Esche) Iggdrasil und heißt Eljundnir (Elend).

Holmgang – Ein Duell. Zweikampf zweier Männer unter festgelegten Regeln.

Hrimfaxi – Reifmähne. Siehe *Skinfaxi*. Dieses Pferd folgt Skinfaxi, doch auf seinem Wagen thront der Mond.

Loki – Gott der Zwietracht.

Lumdum – London

Met – Honigwein/Bier

Mittgard – Ebene, auf der wir Menschen leben.

Mjöllnir – Der Zermalmer. Thors berühmter Hammer. Meisterstück der Zwerge. Kehrt nach jedem Wurf zu seinem Besitzer zurück.

Nerthus – Germanische Göttin. Erd- und Fruchtbarkeitsgöttin. Entspricht lautlich Njörd.

Njörd – Meeresgott. Vater von Freya und Freyr. Auch als Wanengott bekannt. Herr über Wind, Meer und Feuer. Er lebt nach Übereinkunft mit seiner Frau Skadi neun Tage im Gebirge Thrymheim und neun Tage am Meer Noatun.

Nornen – Drei Frauen – Urd (Schicksal), Werdandi (Werden) und Skuld (Schuld) –, die am Fuße von Iggdrasil wohnen, nahe dem Brunnen Urd. Sie spannen die Lebensfäden und das Schicksal aller zusammen.

Odin – Auch Wotan, Wuotan genannt. Gott der Berserker, Herr der Dichtkunst. Gott der Ekstase oder Wallvater der Toten. Einige seiner Hunderte von Namen. Er ist Oberhaupt der Asen.

Ran – Ägirs Frau. Sie ist wie ihr Gemahl eine Riesin. Hat mit Ägir neun Töchter, die Personifikation der Meereswogen. Fängt mit ihrem Netz alle Ertrunkenen und führt sie in ihr eigenes Totenreich. Es ist getrennt von Hels Totenreich.

Rus – Wikinger, die sich in den baltischen und russischen Ländern Gebiete eroberten, Städte gründeten und beherrschten.

Runen – Schriftzeichen der Nord- und Südgermanen. Sprachliche Formel.

Sax – Germanisches einschneidiges Kurzschwert.

Skinfaxi – Leuchtmähne. Siehe *Hrimfaxi*. Dieses Pferd zieht den Wagen, auf dem die Sonne thront.

Thir – Sohn von Odin und Frigg, der einarmige Gott genannt. Er verlor den Arm, weil er den Fenriswolf hintergangen hat.

Thor – Odins Sohn. Gott des Gewitters und des Donners. Schutzpatron aller Freien, Bauern und Handwerker. Schützt sie vor aller Formen der Bedrohungen. Sein Haus in Walhalla heisst. Thrudheim mit seiner Halle Bilskinir.

Uller – Sohn von Sif, Thors Frau. Stiefsohn von Thor. Er wird als Gott der Jagd und auch Wintergott und Bogengott genannt. Sein Wohnsitz ist Ydalier (Eibental).

Walhalla – Halle, der auf der Walstatt Gefallenen. Ihr Dach ist mit Schilden gedeckt. Das Gebäude hat fünfhundertvierzig Tore, aus dem je achthundert Krieger nebeneinander heraustreten können. Walhalla ist ein Teil von Gladsheim (Froheim), das Haus der Asen.

Wergeld – Festgelegter Geldbetrag für die Sühnung eines erschlagenen Mannes, einer Frau oder eines Leibeigenen.

Wieland – Sagenschmied, der die schönsten Gegenstände erschaffen hat, unter anderem manche legendären Schwerter.

VORSCHAU BAND 3

Nach dem Sieg ihrer Alliance aus mehreren Clans gegen die Angelsaxen und Nordmännern bekommen Eric und seine Freunde als Belohnung einen Ort nach Erics Wahl, um sich dort anzusiedeln. Die Wahl trifft sein gefiederter Freund Gloi; er führt sie dorthin. Das Land liegt auf dem Gebiet von Luag, an der Küste, wo der Fluss Tweed ins Meer fließt. Viel Arbeit erwartet sie, Land muss gerodet werden. Erics Haus entsteht und neue Pläne für das Dorf werden geschmiedet. Nach kurzer Zeit kommt es zu ersten Händeln mit ihren Nachbaren, den Angelsaxen. Eric lernt dabei Alfyn kennen, die Herrin Bebanburgs, und ist von ihr sehr angetan. Trotz Meinungsverschiedenheiten bringt er seine neuen Freunde Luag und Fionnghall dazu, Alfyn beizustehen, denn die Fackeln eines drohenden Krieges zündeln bereits. Zusammen kämpfen sie um die Burg.

Band 3 – ISBN: 978-3-94-675162-5

Band 4 – ISBN: 978-3-94-675173-1

Band 1 – ISBN: 978-3-96-724771-8